GAEA

Gaea

偵探冰室　劇

陳浩基、文善、譚劍、夜透紫、冒業、柏菲思、望日、黑貓C——著

偵探冰室　劇

目錄

偵探冰室・劇

——目錄

序

「偵探冰室」系列來到第六彈，今次主題是「戲劇」。縱使參加者都是過去的《偵探冰室》成員，對短篇推理創作已有一定經驗，但幾乎所有作者都表示今次是歷來最難，大部分人更創下了最遲交稿紀錄。

《偵探冰室．劇》每一篇都有改編自的原作劇目。因此，如何將本來很長的原作內容壓縮在一萬五千字以內（不過陳浩基嚴重超字，所以他沒這個煩惱（？））、加入推理元素、加入自己的原創部分，同時要兼顧與原作的互文趣味、推理性趣味、獨立於原作的故事性、讓對原作一無所知的讀者都能夠順利進入故事等，要滿足以上所有條件是一大挑戰，光是能夠完成已經相當不容易。

很多地方的推理作家都發表過將經典作品進行「推理化」改編的創作，像是日本作家蘆邊拓的《紅樓夢殺人事件》以賈寶玉爲偵探，偵破發生在大觀園的殺人事件；日本作家北山猛邦的《人魚公主殺人事件》將人魚公主「未能用魔女的匕首殺死王子」的結局更改成「被指控是殺害王子的凶手」，讓安徒生和格林兄弟其中一員擔當偵探爲她平反；日本作家野村美月的輕小說系列《文學少女》每一集都以一部文學作品爲基礎，解開該事件中的人際關係與各人的想法；日本作家小林泰三的《謀殺愛麗絲》同時存在「現實世界」與《愛麗絲夢遊仙境》的「仙境世界」，兩個世界互相交錯；台灣作家臥斧的短篇連作《FIX》其中一個故事〈我們與他們〉講述女主角如何借用美國作家娥蘇拉・勒瑰恩（Ursula Le Guin）科幻小說《一無所有》（*The Dispossessed*）的世界觀創作出推理故事；陳浩基的《魔笛：童話推理事件簿》收錄了改編自《傑克與豌豆》（*Jack and the Beanstalk*）、《藍鬍子》（*La Barbe bleue*）跟《花衣魔笛手》（*Rattenfänger von Hameln*）的三篇推理探案。

這類「推理化」改編大致可分爲以下四種手法：

一、續寫：忠實沿用原作人物和故事背景，延伸出與原作沒有矛盾的全新推理案件。

二、改寫：直接採用原作故事，不過更改成適合加入推理解謎的形式。

三、鏡像式改寫：把故事切換至截然不同的時空和背景，而人物或情節可以和部分原作內容直接對照。

四、作中作文本：將原作設定成故事中的角色會閱讀的文本，並以該文本爲核心上演推理解謎。

《偵探冰室・劇》的收錄作品主要採用第二、第三和第四種手法，亦有短篇同時加入多於一種手法。部分短篇還活用「戲劇」有別於其他原作形式的特性。「戲劇」不單是文本，還要演出來，故此踏上舞台的角色會同時具備「劇中」與「劇外」的雙重身分。然而身分有兩個，身體卻只有一個，兩者有時候無法好好切換，也非完全獨立於彼此。角色在「劇外」遇到的問題會被同時帶到「劇中」，影響到演出或劇目編排。有短篇就連「演出中」與「演出後」的邊界也很模糊，難以判斷同一角色正在演繹哪個身分，營造出虛實難分的張力。

因為多了改編原作的負擔，今次香港元素無可避免地有所減少。各位讀者不妨將此合集當成大膽的推理文學實驗，說不定能從中找到有別於系列前五本的新鮮感。

冒業

二〇二四年五月二十日

作者介紹

陳浩基

香港中文大學計算機科學系畢業，台灣推理作家協會國際成員。二〇〇八年以童話推理作品〈傑克魔豆殺人事件〉入圍第六屆「台灣推理作家協會徵文獎」決選，翌年又以續作〈藍鬍子的密室〉及犯罪推理作品〈窺伺藍色的藍〉同時入圍第七屆「台灣推理作家協會徵文獎」決選，並以〈藍鬍子的密室〉贏得首獎。之後，以推理小說《合理推論》獲得「可米瑞智百萬電影小說獎」第三名，以科幻短篇〈時間就是金錢〉獲得第十屆「倪匡科幻獎」三獎。二〇一一年，他再以《遺忘・刑警》榮獲第二屆「島田莊司推理小說獎」首獎。

他的長篇作品《13・67》（二〇一四年）不但榮獲二〇一五年台北國際書展大獎、誠品書店閱讀職人大賞、第一屆香港文學季推薦獎，更售出美、英、法、加、義、荷、德、韓、日、泰、越等十多國版權，並售出電影及電視劇版權。本書同時獲得二〇一七年度日本「週刊文春推理Best 10（海外部門）」及「本格推理Best 10（海外部門）」兩大推理排行榜冠軍，爲首次有亞洲作品上榜，另外亦獲得二〇一八年本屋大賞翻譯部門第二名、第六回翻譯推理讀者賞第一名及第六回Booklog大賞海外小說部門大賞。

二〇一七年出版以網上欺凌、社交網路、駭客及復仇爲主題的推理小說《網內人》。另著有科技推理小說《S.T.E.P.》（與寵物先生合著）、科幻作品《闇黑密使》（與高普合著）、異色小說《倖存者》、《山羊獰笑的剎那》、《筷：怪談競演奇物語》（與三津田信三、薛西斯、夜透紫、瀟湘神合著）、《氣球人》、奇幻輕小說《大魔法搜查線》、短篇集《第歐根尼變奏曲》、童話推理《魔笛：童話推理事件簿》、恐怖小說《魔蟲人間1》及《魔蟲人間2：黑白》等等。最新作品爲《隱蔽嫌疑人》。

文善

香港出生，中學時好友犯禁帶《金田一少年之事件簿》漫畫回校給同學傳閱，自此便愛上推理。

九十年代隨家人移民加拿大，落地生根。學生時代無車又無兵，假日只能跟著老爸常去圖書館，借閱當時有限的中文書籍，維持了中文的讀寫能力。也從漫畫「進化」到看推理小說，最愛日系本格推理，覺得各種設計巧妙的詭計就如一件件精緻的藝術品。

大學畢業後開始嘗試寫作，曾三度入圍「台灣推理作家協會徵文獎」決選。當「島田莊司推理小說獎」開辦時，抱著和推理界朋友去慶典的心情參加，每屆參賽的成績都有進步，終於在第三屆憑《逆向誘拐》榮獲首獎。小說並由香港導演黃浩然改編成電影，於二〇一八年上映。二〇二一年出版的《不白之冤》榮獲第十九屆「十本好讀」中學生票選最愛書籍之一。

在這個社會派和懸疑作品當道的年代，希望透過帶有不同元素的作品，給讀者接觸本格解謎的趣味。除了有本格解謎的骨幹，作品常有另一層議題：從商業科技到愛情甜品到女性生育到種族偏見，當中數本長篇小說已分別在韓國和日本出版。另有短篇作品散見港、台雜誌和網路平台。

譚劍

生於香港，自小喜歡說故事。曾擔任程式設計、系統分析、項目管理等講究邏輯和分析的工作，從中悟出條理分明的故事創作技巧。

台灣推理作家協會國際成員。二〇一九年香港書展「科幻與推理」主題作家。二〇二三年秋季台灣文學基地駐村作家。

年輕時寫科幻奇幻和輕小說，獲倪匡科幻獎（〈免費之城焦慮症〉）、全球華語科幻星雲獎金獎（《人形軟件》，台灣版書名爲《人形軟體》）、可米瑞智百萬電影小說獎、BenQ華文世界電影小說獎等，入圍九歌30長篇小說獎（《黑夜旋律》）及台北文學獎年金獎助、入選《華文文學百年選・香港卷2：小說》（〈斷章〉）及台灣文化部「年度推薦改編劇本書Top 20」（《貓語人》系列）。

二〇一九年起開筆寫推理，短篇〈重慶大廈的非洲雄獅〉獲改編成音樂劇。首部長篇《姓司武的都得死》獲讀墨「二〇二一年這本超好推！」華文作品第一名、「二〇二三台灣大眾小說人氣票選」第一名和二〇二四年台北國際書展大獎小說獎首獎。另著《復仇女神的正義》。

整理資料成癮，因此編寫「香港科幻小說發展史」（收錄於《免費之城焦慮症》）及在個人網站整理〈香港推理書目（二〇〇一年至今）〉。近年去中學和大學主持講座和寫作班推廣推理和科幻小說，把知識和經驗傳授給下一代。

好奇如鯊魚，喜歡動物和大自然。與家人和一隻愛撒嬌的狗住在西太平洋一個小島上。

個人網站：www.mysterytam.com

夜透紫

電腦學系畢業後轉戰跨文化研究學系。曾任職兒童電視遊戲設計師、手機遊戲劇本寫作。以短篇小說〈Presque Vu〉參加第八屆「倪匡科幻獎」獲佳作獎，其後描寫繁簡漢字大戰的《字之魂》在第三屆「台灣角川輕小說大賞」獲得銅獎，共出版四集。

因爲貓是液體，希望自己的文字也能像貓一般，不喜歡被類型限制。橫軸在令人不安那一端有《人臉書》、《筷：怪談競演奇物語》。溫馨感人那一端有《二次緣古物雜貨店》、《貓耳摩斯》。縱軸在理性邏輯那一端有《小暮推理事件簿》、《幀破：慾望攝獵》。腦洞大開那一端有非常歡樂的《第一次變魔王就上手》、無以名狀的《推理什麼的不重要啦你要吃章魚燒嗎》。電子書《后羿追月》大概在中間，重寫中華神話的軟科幻故事，建議配搭月餅閱讀。

夢想是可以和貓咪一起宅在家寫作看書，而且不會餓死。

冒業

九十年代出生。香港中文大學計算機科學系畢業，現職軟體工程師。台灣推理作家協會國際成員。二〇二一年以〈千年後的安魂曲〉獲得第十九屆「台灣推理作家協會徵文獎」首獎。第二十至二十二屆「台灣推理作家協會徵文獎」初選評審。

除了創作也從事評論活動。二〇一四年開設部落格「我思空間」發表作品評論。文章曾於U-ACG、01哲學、同人評論誌Platform、MPlus、Sample樣本、微批、明周文化、博客來OKAPI等刊登，並爲劉慈欣小說合集《流浪地球——劉慈欣中短篇科幻小說選》、譚劍科幻小說《黑夜旋律》、子謙推理小說《阿帕忒遊戲》、林斯諺推理小說《笛卡兒的惡魔》、京極夏彥推理小說《姑獲鳥之夏》、方丈貴惠推理小說《孤島的來訪者》、今村昌弘推理小說《凶人邸殺人事件》、大島清昭推理小說《影踏亭怪談》、麻耶雄嵩推理小說《夏與冬的奏鳴曲》撰寫代序或解說文。目前與獨步文化合作連載專欄「今天獨步獨什麼」介紹日本推理小說評論最新狀況，藉此推廣推理小說評論普及。

另著有結合東方奇幻與數碼龐克的桌上遊戲《無盡攻殿》小說版（與PureHay〔Pure Studio〕合著）、長篇犯罪推理小說《千禧黑夜》和長篇科幻犯罪小說《記憶管理局》。

筆名是「不務正業」的異變體。

柏菲思

九十後作家，女性，香港人，現居英國。小學時期受日本文化影響，自學日語，曾用日語創作並由MYNAVI出版推出作品。對外國文化和語言研究深感興趣，另自學韓語。

二〇〇八年開始網上創作；二〇一四年獲「明日獵星輕小說大賞」金獎，商業出道；二〇一九年以《強弱》獲第六屆「金車・島田莊司推理小說獎」特優獎；二〇二一年以《孤島教室》獲選第十八屆「香港教育城十本好讀」中學生最愛書籍第四名。其他作品獲「港都文學獎」、「文學創作者文學獎」等。

寫作題材多變，擅長寫悲劇、人性黑暗面。最新著作有《貓教授之故事帳——三浦屋的小玉》。另著有犯罪小說《嗜殺基因》、《腐屍花》，推理小說《強弱》，校園小說《孤島教室》，小說集《格子裡的男人》。短篇散見各大文學雜誌。

望日

香港科技大學土木及結構工程學工學士、土木工程學哲學碩士。曾任職香港政府一級行政主任。輟筆多年後仍對寫作念念不忘，爲實現以創作爲終身職業的夢想，遂毅然丟棄鐵飯碗全職寫作，集中於創作科幻及推理小說。

二〇一五年以科幻小說《黑色信封》出道；同年年底創辦「星夜出版」，繼續出版自己的作品外，同時期望與有理想、有潛質的作者攜手發展，並推廣香港作品。其懸疑小說《有冇搞錯！我畀咗成千蚊人情去飲，竟然九道菜全部都係橙》[1]於二〇二一年獲香港劇團「劇場空間」改編爲讀劇公演。二〇二二年重返校園，現正就讀於國立台北藝術大學文學跨域創作研究所。二〇二三年以〈安心出殯〉入圍第二十一屆「台灣推理作家協會徵文獎」決選。二〇二四年入選台灣文學基地駐村作家，並以首部個人長篇推理小說《小說殺人》獲「BOOK☆WALKER票選：年度海外華文小說人氣獎」。

另著有科幻小說《時間旅行社》、《深藍少年》、《粉紅少女》、《白色異境》、奇幻小說《等價交換店》、拳擊圖像小說《死角》（與曹志豪合著）等。最新作品為生存系漫畫《崩塔》（與鄧俊棠合著）及小說《崩塔：B-SIDE》。

堅信夢想，勇於走出舒適區，不斷尋求挑戰。

黑貓C

香港理工大學電子及資訊工程學系畢業。二〇一五年開始在網上連載科幻、奇幻小說，翌年以武俠小說《從等級1到武林盟主》系列出道。他涉獵多種類型寫作，同年以數學為主題創作推理小說《歐幾里得空間的殺人魔》，並於二〇一七年獲得第五屆「金車・島田莊司推理小說獎」首獎。另著有奇幻輕小說《末日前，我把惡魔少女誘拐回家了！》系列。最新作品為推理小說《崩堤之夏》。

---

1 粵語翻譯：「怎麼搞的！我付了足足四千塊禮金去吃喜酒，竟然九道菜全部都是橘子」。

港島半山的籠中鳥

——譚劍

1

必哥就像典型的暴發戶，一身上下都是名牌。

他和我親切地握手後，坐在長桌的一端，示意我坐到另一端，這樣我們就保持至少三公尺距離。

會議室很大，但只有我和他兩個人。冷氣充足到過分，我懷疑不到二十度，更懷疑這是他對付「客人」的手段。只要客人坐立不安，就想盡快離去，因此接受他提出的談判條件，或者說，「硬食」。

除了欠債和追數外，我最討厭的事，就是和黑社會大佬談判，但最後這事現在我不得不去做。

當你沒有錢，就沒有選擇工作的餘地。

2

自疫情開始，我的客戶就像逃亡似地離開香港。

最慘的是，找過我幫忙的客戶，雖然簽了合約付了訂金，但我完成工作後，客戶卻一走了之，拖欠尾數。

「我趕著移民，下星期離開香港。」他們的理由差不多都是這樣。

本來以爲在香港經過三年疫情後解封會回復正常，經濟會好轉，不料不但沒有發生，情況反而更惡劣。先是在外的俄烏戰爭令全球糧食和能源價格上升，繼而引起通貨膨脹；在內的香港樓宇因高利率而成交量下跌，繼而令樓價不斷尋底。

而萬眾期待的自由行也就是旅遊業，根據小紅書Citywalk來港的大陸旅客只是進行深度文化體驗遊，並不志在消費，反而不少香港人響應香港特區政府推行的「粵港澳大灣區一小時生活圈」和「融入國家發展大局」，身體力行北上吃玩買。

此消彼長下，本地商戶和食肆叫苦連天，不少捱過疫情，卻捱不過復常，不是已經結業，就是準備結業。

香港步入經濟寒冬這點，再樂觀的人也無法否定。

政府沒有坐以待斃，於去年（二〇二三）九月中開始推出「香港夜繽紛」（Night Vibes Hong Kong）活動，鼓勵市民出夜街消費，但無法阻擋十一月二十八日股市收市時，香港恆生指數（16993.44）被台灣加權指數（17370.56）超越，是三十一年來首次，被一眾股評人指是「東升西降」。

我不是開店，但情況沒有比較好。除了私家偵探本行，我還可以怎樣增加收入？做YouTuber分享我接過的案件？我不懂剪片和上字幕。學ＡＩ？雖然我不是科技盲，但要學新科技一點也不容易。

趁有點空閒，我做大掃除清理家裡的雜物，讓我家的痴肥老貓黑格爾有較多活動空間。

不料，這個一月中的早上，一通電話把我吵醒。

「Max，我認識一個闊太，急需你幫忙。」

雷霆是我老朋友，不講廢話，我喜歡。

「中午出來見面吧！」我說。

「客户不好意思跟你見面。你聽了就知道原因。」

闊太的姐姐去年年底血癌病逝，臨終前說自己年輕時去日本留學一年學日文，其實是躲起來未婚產女，孩子交去孤兒院，後來被領養。她姐姐在那孩子三歲前每年都見一次，希望死後妹妹能替她找回這個現在二十出頭的女兒。

「不容易找呀！二十歲出頭的話，可能在這幾年的移民潮裡被送去外國留學，或者隨父母移民外國。」

「不用你找，闊太透過朋友找到了。」

「她朋友是私家偵探？」

「果然是行家，這就是問題了。闊太找上的，是她丈夫在商界裡認識的朋友，叫必哥，三十多歲，是個有江湖背景的人。」

我大感不妙。

「你認識必哥？」雷霆聽出我的沉默並不尋常。

「不認識，但出來混的，誰沒聽過必哥的名字？」

必哥老爸年輕時是警察，反黑組，其後發現加入黑社會能賺更多錢，就由白變黑，成爲字頭（黑幫）高層後又極力洗白做正行生意，像用染髮劑一樣在黑白之間來去自如，彈出彈入，因此在黑白兩道的人脈都極多。

這種人脈也很輕易過戶到必哥這兒子身上。

很多人以爲江湖人物很講義氣，當然大錯特錯。那些人講義氣只是人設，希望能從其他人身上找到利益才是眞正目的。

「必哥動用了所有人脈，幫闊太找到人，而且，找到不應該被發現的事情。」雷霆繼續說。「那個女生不是闊太姐姐的女兒，而是闊太的親生女，而且是在婚前誕下的私生女。」

我雖然不是上流社會的人，但很清楚那個階層的遊戲規則，就是「私生活要檢點」，不過，只規範女性，對男性並不適用。

「闊太有私生女這一點如果曝光，她丈夫一定要求離婚。」雷霆說：「而且，闊太嫁入豪門前，簽下婚前協議，表示離婚的話，每月只會拿到五萬塊錢的贍養費。」

一個月五萬塊錢（約二十萬台幣）收入在香港可以維持不錯的生活水準，但由儉入奢易，由奢入儉難。那些闊太平日去高檔café隨便享用一個下午茶都要過千。雖然離婚後可以拿到贍養費，但可能連做少奶奶時能自由花費的十分之一都沒有，結果無法接受現實，沉迷酒精，甚至毒品、牛郎和整容，最後被很多朋友離棄。

有些人受不了這種打擊而尋死。

這些老套的情節電視劇不會再用，因爲觀眾在新聞裡看到太多了。

所以，闊太有私生女這件事一定不能曝光，而必哥也很清楚。

「那我知道發生什麼一回事了。」我說。那等於世界末日。

必哥和闊太非親非故。一個男人願意勞心勞力替一個女人辦事，十居其九圖謀不軌。

「必哥要求做一夜夫妻，否則就爆料。」雷霆說。

「這種人貪得無厭，有了第一夜就只想要第二夜、第三夜、第四夜。」

「對，所以不能讓這種人予取予求。闊太希望你幫忙解決這件事。」

「我的本領只是調查。」

「別妄自菲薄，所有行家都知道你擅長解決問題。」

「這種案件不是調查，我很難決定費用。」

我不是嫌錢腥，而是怕惹上麻煩。得罪黑幫，手尾很長（麻煩很多），更怕有錢沒命享。

「我明白，闊太錫身，但花錢非常大手筆。」

雷霆報上一個我無法抗拒的數字，讓我可以暫時把風險束之高閣。

「什麼時候要答覆必哥？」我問。

「明天黃昏六點前。」

這次我接了一個奇怪的委託，不是調查，而是解決問題，正是受人錢財，替人消災。

3

雖然闊太說不好意思見面，想身分保密，但和委託人見面是行規，否則，偵探無法確定委託人的身分。經典犯罪電影《唐人街》（由波蘭斯基執導）的女主角就是被冒充，去欺騙私家偵探查案。

她自稱石太，見面地點不是在酒店或私人會所的小型包廳，而是在金鐘一個共享工作空間的小型會議室，裡面只能坐四個人。她的外籍私人保鑣高頭大馬，站在玻璃門外面寸步不離，但聽不到我們的談話內容，大概以爲我們在談生意。

石太我沒在新聞上見過，看來只有三十出頭，比我還要年輕。不過，如果她的私生女二十出頭，表示她起碼四十歲。

身爲闊太，養尊處優，不必憂柴憂米，擁有龐大的資源去維持自己的容貌和體態，因此外表往往比實際年齡年輕很多。

她坐下十分鐘內就讓我知道她的底細。她大學畢業後做過空姐，其後在一間科技公司任職市場推廣，被年紀大她十年的老闆看上並發動追求。

雖然她沒有說，但「嫁給有錢人」是不少女性的人生志願，可以借力幫自己和家人早日財務自由。

姓石的這個家族從紡織起家，其後跨足地產——上世紀下半葉香港很多工業家轉型為地產商的方式大致如此——成為隱形的豪門世家，因此對長子跟一個並不是系出名門的女性結婚很有意見。

如果和同樣家世的女性結婚，家族會壯大，發揮一加一大於二的協同效應。

「這種豪門姻親只是理想。」石太解釋說：「現實不見得那麼美好。我先生結過婚，對方家族是世交，結成親家後，以為關係更加密切，但合不來就是合不來。相反，他喜歡我的背景簡單，我也不相信一入豪門深似海。我先生堅持和我結婚，他的父親也不得不妥協，畢竟他是悉心栽培的接班人。如果他脫離家族，要找人接掌家族企業會非常困難。」

「妳先生很聰明，知道自己的優勢，換了是其他人，可能就會反過來被『廢除接班人』威脅。」

「有錢人自小就不用習慣屈就，要求人家順從自己，所以ego非常大。我的兩個小姑和她們丈夫吵起架來各不相讓，後來也是離婚收場，要打官司爭奪撫養權，幾家人在不同場合一起出現時非常尷尬。所以，我教我的女兒做人要謙遜，不要什麼都要爭贏。有時贏了面子，其他的會全部輸光。」

「很有道理。妳家裡有多少個女兒？」

「我和我先生有兩個女兒，他和前妻也有兩個女兒，已經成年，我都視如己出。」

「如果被妳先生知道妳有私生女會怎樣？」

「離婚，沒有其他結果。他和我在一起，就是喜歡我背景單純，不像其他女人般複雜。」

「但妳和他結婚十多年了。」

「十九年，但他這人非常固執。」

我喜歡立場堅定的人，他們擇善固執，但有時不講道理也缺乏彈性。

「可以問妳另外那個女兒幾歲嗎？」我迴避「私生女」這字眼。

「二十四。」

假如十八歲生，二十四加十八等於四十二。

「生父是誰嗎？」

「一個航空機師，但他不知道我生下女兒。」

假如當時二十三，二十四加二十三等於四十七！

這年頭，女人的外表果然很不可靠。

「妳知道妳女兒的近況嗎？」

「必哥告訴我，她的英文名叫 Isabella，目前在一間動物福利機構工作。」

「妳給了必哥什麼線索叫他找人？」

「當年我交出女兒時，對方說可以匿名，但我留下我姐姐的名字。我就叫他跟這線索去找。」

「他怎會發現妳是生母？」

「我不知道。」

「妳說在她三歲前找過Isabella，是真的嗎？」

「假的，那是我騙必哥的。」

「妳一直沒見過妳的私生女，也拋棄了她，爲什麼還要找她？我沒有批評妳的意思，只是想知道原因。」

「就是後悔當年的決定。」

「對妳來說，她重要嗎？」

「你的話到底是什麼意思？」石太揚起眉毛。

「如果沒人知道她的下落，就無法證明妳有這個私生女，也無法勒索妳。」

「你指殺掉她嗎？」

「怎可能？妳最不缺的就是錢。妳送她一筆錢，讓她離開香港，去一個沒人能找到她的地方就可以解決問題。」

「不行，送她去外國生活，就要保證她衣食無憂，和足夠的金援讓她培養自己的興趣，甚至貼錢讓她勇敢追夢，做一些沒有經濟回報但讓一個人不枉此生的夢想，否則她怎可能答應？」

「這當然，我幫過客戶處理這種情況，很有經驗。如果是英國的話，一千萬港紙內就可以解決。雖然不夠她過一世，但我會盡力說服對方答應。」

「我平日都是用附屬卡，沒有這麼大筆私己錢，雖然有辦法借到，但一定會驚動我丈夫。」

那種才是大錢，相比之下，付我的六位數費用對她來說只是微不足道的小錢。

這種差異告訴我投胎的重要。

就算她一臉憂愁，仍然無法看出她至少四十七歲。

難怪必哥想打她主意，否則，他一輩子也沒有機會開箱這種等級的美熟女。

4

我單槍匹馬在下午五點前往荔枝角，站在一座商業大廈的大堂研究水牌（樓層索引牌）。必哥的辦公室在樓上，招牌屬於建築工程公司。

會議室的冷氣充足到令人感到不只浪費電力，還有恐懼。

必哥讓我獨自在會議室裡超過十分鐘體驗到「空虛、寂寞和凍」後才現身，但不打算調高到正常溫度，潛台詞就是「在這裡，所有事情由我決定」。

所以我不喜歡和黑社會大佬交手，也沒有碰他要手下爲我準備的冰水。

「Max哥，久仰大名，終於見到你本人。」他皮笑肉不笑道。

「我也很榮幸見到大名鼎鼎的必哥。」

交換完這種虛僞的廢話後，我開門見山道：「石太委託我向必哥傳話，說必哥很會開玩笑。」

「我像是開玩笑嗎？」必哥收起剛才的公式化笑容。

「石太快五十歲了，她說自己人老珠黃——」

必哥打斷我的話。「你見過她本人嗎？」

「剛才見過。」

「那你會認同她不是徐娘半老風韻猶存，而根本還是美得能挑起性慾吧！」

我無意和他在文字上爭論，那只是浪費時間。

「石太不會答應你，你開別個條件。錢不是問題。」

「你覺得錢對我是問題嗎？」必哥攤開手。其實他不用攤開手示意，我也看得出這個辦公室雖然座落在工廠區，但他全身上下每一件名牌服飾都散發令人厭惡的惡俗銅臭味。

這種堆砌出來的虛浮，所有人都看得出來，包括石太，但活在那個豪門世界裡的人習慣了虛浮，失去常人的嗅覺。

「如果你賣個順水人情給石太，她會在丈夫面前說你好話，你們在生意上會有更多合作機會。」我不卑不亢說，絕不讓自己的氣勢落於下風。

必哥冷笑了幾聲。

「我們公司業務繁多，主要收入來源是大廈維修，就算在這個經濟環境裡，生意也不受影響，做也做不完。就算原材料加價，也會全部直接轉嫁到客戶身上，所以不只有賺無賠，而且是大賺。現在我欠的，是一個像石太那樣的闊太。」他用手指指向我。「不如反過來，如果你能遊說她在二十四小時內上我家，我付你錢。放心，我不會告訴她你食兩家茶禮。」

我幾乎想向他舉中指，幾乎想罵他髒話。

「靠這種方式賺錢，你當我是什麼？」

「你怕扯皮條犯法嗎？只要我沒付她錢，就不算是嫖。」

雖然我喜歡星爺的《九品芝麻官之白面包青天》，把台詞倒背如流，但聽到這金句時，不但不覺得好笑，反而想罵他「禽獸」。

比起單純的調查，有線索可以追蹤，我手上這種解決問題的case棘手好多，因爲連怎樣解決都毫無頭緒。

5

「必哥好頑強。」我在電話裡跟石太說：「除非找到談判籌碼，否則我好難說服他妥協。不過，我向他爭取了四十八小時寬限期。」

我沒有告訴她，我是向必哥以「遊說石太答應你要求」這個會令她作嘔的藉口去爭取寬限期。

「就算多一個星期也做不了什麼。」她的語氣彷彿已知前面只剩死路一條。

我想起石太的愁眉苦臉。「當然不是，按江湖規矩，不，江湖上的做法，如果有人勒索妳，妳就要反過來勒索他，向他的弱點發動攻擊。誰的弱點更脆弱，就會成爲輸家。」

「怕被發現年輕時誕下私生女而被逐出上流社會的我，和被發現是黑社會大佬的他。誰的弱點更脆弱一目了然。」

「他這種人一定有其他不能見光的弱點，我要在四十八小時內找出來。把妳知道必哥的所有事情全部告訴我，特別是有關他家人及男女關係的。」

石太知道必哥的都是他的「豐功偉業」，但對他的私生活所知不多，所以，我回到家後，不斷打電話，詢問各方友好索取必哥的背景。

綜合如下：

必哥有一個妹妹，是小學教師，但關係疏離，十幾年沒有聯絡。

自從父母雙亡後，必哥就獨居。

男女關係很複雜，但他只對有夫之婦感興趣，以前連自己手下的老婆也不放過，直到被他的大佬「提醒」後才收斂，不過不是金盆洗手不搞人家的老婆，只是不再搞手下的老婆。

如果女方意外懷孕的話，必哥一定會付錢叫對方墮胎，絕不要人家離婚來跟自己結婚。

總之，必哥沒有成家立室的打算。

他很清楚，出來混的，遲早要還。家人是負累，也會成爲痛腳。

不，他還有妹妹這個家人。

如果找到他妹妹，以她性命去勒索他，他會不會就範？

不行，不是「必哥會不會就範」，而是拖一個不相關的女性落水做人質，不就等於把我變成和必哥一樣的流氓？不，是比必哥更卑鄙無恥。

6

第二天早上，我接到雷霆的電話。

「石太自己採取了行動，她找另一個江湖朋友幫忙，希望解決必哥。不過，她沒有告訴那個朋友詳情，只說必哥勒索她。」

我大驚。「買凶殺人嗎？」

「不是，但意思差不多，就是教訓必哥。」

「除非那個江湖朋友和她很熟，否則只會愈幫愈忙。她只是欠另一個人更大的人情債。」

黑社會成員不輕易替組織外非親非故的成員尋仇，因為尋仇容易擦槍走火，賠上自己一條人命。

九十年代的樂壇天后梅艷芳在「掌摑事件」發生後，掌摑她的「湖南幫」堂主遭斬手，去醫院求救，不料殺手潛入病房槍殺他。幾個月後，為她出頭的社團大哥「灣仔之虎」在澳門賽車時被三位殺手伏擊，同樣太陽穴中槍身亡。

「我說不過她，她似乎喪失理智。」雷霆的語氣充滿無力感。「她付了上期給你嗎？」

「付了，但這次不是錢的問題，我希望她不會出事。」

必哥沒有聯絡我，彷彿我沒去過他的辦公室被低溫虐待。

如此風平浪靜了一個多星期來到一月下旬，我以為事過境遷也圓滿落幕，沒想到石太的家人卻報警指她出門後失蹤。電視台記者用沒有感情的語氣報導。

「她不是有保鑣嗎？」我打電話問雷霆。

「她喜歡一個人到處跑不喜歡有人跟在後面，以為沒事，就撤去保鑣。」

「太掉以輕心了。」

香港很多地方都有閉路電視，店家架設的可以組成監視鏈，但也有很多死角，更別說現在香港處於大結業潮，死角愈來愈多。

「你覺得發生什麼事？」雷霆問。

「沒有人會為一個女人而得罪江湖中人。她求救的那位江湖朋友，恐怕已經向必哥通風報信，以免自己惹禍上身。必哥知道有人想買凶殺自己，就先下手為強。」

石太當然不是失蹤那麼簡單，而是被殺。

我想像她被棄屍荒野，或沉屍大海，甚至先×後×，反正必哥起了色心。

我很少覺得自己無能，但這件事我覺得自己真的很無能。我應該有先見之明提醒石太，遠離江湖那種渾水。

很多人以為人生有無限個選項，就算做錯了一個，也可以用下一個去彌補。

不，有時做錯一個決定就全盤皆輸，無法回頭。

7

次日，一大早，雷霆的電話又把我吵醒。

「有進展嗎？」我問。

「什麼進展？」他問。

「不就是石太的事情嗎？」

「你怎會知道？你收到什麼風聲？」

他答得牛頭不對馬嘴。我走到客廳時，驚覺明明清理掉很久的書，像那套十本已經起黃斑點的「錢德勒偵探小說」系列，竟然還在書架上。

我正在把家裡的藏書從紙本換成電子書，這套錢德勒我明明已經送走，還去Amazon用不到一美金買了整套英文版電子書。

是不是我忘了送走？

打開Kindle Paperwhite，沒發現錢德勒的電子書。

不，不是不見了，而是這天的日期竟然根本不是一月下旬，而是一月中旬。

我保持冷靜，對雷霆說：「我搞錯了事情。你再說一次。」

我看過這種涉及時間迴圈的科幻片，知道是怎麼一回事，簡單來說，世界出現了reset的狀況，讓我回到了雷霆找我的那一天。

他把我幾天前聽過的話再說一次，一字不差。

接下來石太約我在金鐘一個共享工作空間的小型會議室再次見面，她的外籍私人保鑣再次站在玻璃牆外面寸步不離，但兩人並不知道是再次。

她向我再次說明自己的身世後，我馬上道：「不要找江湖朋友幫忙，那只會愈幫愈忙。」

「你怎知道我打算找江湖朋友幫忙？」她驚問。

原來妳早有這打算，怎麼上次不說？

「直覺。妳們這些有錢人總會認識一、兩個江湖朋友，對吧？」

「對，那你有什麼其他建議？」

「不要理會必哥，他只是拋浪頭（虛張聲勢）。」

「眞的？」

「妳不要惹他就沒事，但絕不要撤掉妳的保鑣。」

我也沒去見必哥再次面對酷刑虐待，反正我知道他會講什麼廢話。

我賭他不會在沒有理由的狀況下殺害石太。

我沒有賭錯，但他沒有放過石太。

必哥的人脈遍布各行各業這點千眞萬確，一星期後，有本八卦雜誌在封面故事報導，說收到神祕人的線報，指石氏企業董事長夫人也就是我這個新客戶石太有個叫Isabella的私生女。

Isabella理所當然被起底和偷拍，被挖出她的住處和工作地點。

記者不知從哪裡找到石太年輕時的照片，果然和Isabella酷似，好一對外貌出眾的母女。

爲了令報導更juicy，記者虛構石太正打算和Isabella相認，並密謀把她引入石氏企業裡，損害其他女兒的利益。

這件無關公眾利益的事，其實連新聞也說不上，但能夠激化石氏一家人之間的利益衝突，並吸引讀者追逐無聊的家族糾紛眞人秀。

石先生被記者追問時怒髮衝冠，表示「會回家向太太了解」。

結果三天後，石先生宣布和石太結束十五年的婚姻，就像石太跟我說的一樣。

隔天，石太從位於港島半山的自家露台墜樓身亡。

她的兩個親生女傷心欲絕，離家出走，表示「永遠無法接受父親的決定」。

我也無法接受，但在從事私家偵探的第一天就明白，不是所有經手的案件都有完美結局。

這就是人生，否則，大眾不會熱衷於從虛構的故事裡尋找心理補償。

8

次日，我又回到雷霆打電話吵醒我那個早上。

我知道，只要接聽電話，就會和石太的死拉上關係，所以放任電話響個不停震個不停。憤怒的電話幾乎要從床頭櫃跳樓，但在最後關頭被我拯救。

然後收到雷霆的WhatsApp短訊，我也沒有回覆。

雷霆是聰明人，沒有再聯絡我。

石太會怎樣做？直接找她那個江湖朋友去對付必哥嗎？

我不管了，繼續大掃除，除了捐書，也把不用的雜物清走，以免政府實施垃圾徵費時要花另一筆錢。

一個多星期後，石太又在半山豪宅的露台墜下，歷史一再重演。

我不知道石太做了什麼，或者做錯了什麼，但結局一樣。

9

次日，我又回到雷霆打電話吵醒我那個早上，所有清走的書和雜物又回歸原位。

顯然，上天要我解決石太的問題才會放過我，讓我離開古怪的時間迴圈，否則就要永無止境在家裡做大掃除，沒完沒了。

可是，我實在一點辦法也沒有。

這次我沒有接聽雷霆的電話，也沒有和石太再見，而是直接上必哥的辦公室，自稱是石太的朋友。

他不知道我在這天早上並沒有接受石太委託，甚至沒有見過石太，繼續侃侃而談，給我洗腦石太他吃定了。

「其實你怎知道Isabella就是她的親生女？」我問。

「很多人說幫親戚找人，其實都是自己要找人，所以我們就去找她姐姐以前的同事，沒有人有印象她懷過孕，不過，石太在生Isabella前半年辭職。我找到她當年的照片，靚過港姐多多聲（很多），如果你能遊說她在二十四小時內上我家，我就付你錢。放心，我不會告訴她你食兩家茶禮。」

「你付我多少錢？」

「石太付你多少？我出雙倍。我迫不及待想和她……」

他還沒說完，我已經抓起桌上的杯子向他丟過去，然後衝上前，用右勾拳把他輕易擊倒後，朝他的臉拳如雨下。

剛才他講的，是我這輩子聽過最侮辱的話，徹底侮辱了我的人格。

他是問題源頭，把他解決了，石太就不必面對威脅，也不必尋死。

我敢這樣發洩，是我知道，會議室的門會被打開，他的手下會衝進來不顧一切把我打死。

然後，又reset。

10

捷克裔法國籍文學大師米蘭‧昆德拉在《生命中不能承受之輕》（尉遲秀翻譯，皇冠出版社）裡寫道：「如果生命的每一秒鐘都得重複無數次，我們就會像耶穌基督釘在十字架上那樣，被釘在永恆之上。這概念很殘酷。在永劫回歸的世界裡，每一個動作都負荷著讓人不能承受的重責大任。這正是爲什麼尼采會說，永劫回歸的概念是最沉重的負擔（das schwerste Gewicht）。」

石太雖是客戶兼苦主，我只是領錢辦事的偵探，但同樣被她的生生滅滅所折磨。

我和她在小型會議室裡進行沙盤推演，仔細分析各種行動的後果。

石太愈聽愈不高興，我也一樣。

我見過她死去無數遍，實在不忍心見到她再死去。

不是所有經手的案件都結局完美，有時我們會勸客戶妥協，接受不完美的結局。

「信我，妳陪他過一夜，或許就是最簡單也是最好的方法。」我勸她說。

我無法告訴石太我試過無數方法，也無一成功。沒人會相信我的說法，只會當我是神經病。

「有沒有可能灌醉他，找另外一個女人代替我？」她怯怯地問。

我沒想到她會提出這種方法。

「付錢找女人不難，但要騙他應該不容易。必哥處心積慮要得到妳，怎可能在那個重要時刻飲醉？」

她的眼神逐漸失去光彩，就和這天早上我在家照鏡時一樣。

我不知道石太和必哥在哪裡私下見面，做那種不能被外人所知的交易。

必哥不會滿足於和石太只有一夜春風，他那種好色之徒肯定對石太需索無度。

我沒有完成石太給我的任務，但幸好她付了兩天工作費，讓我沒有白做。

不，我不是爲她工作了兩天而已，只是不斷reset。

不斷reset，但始終找不到解決方案，我於心有愧。

我叫石太妥協的原因很簡單，也很自私，就是讓事件盡快落幕。只要她繼續活下去，我就不用回到那個奇怪的時間迴圈，也不用一次又一次無止境地清理家中雜物。

我以爲經過一輪折騰後，終於可以回復正常生活，但事與願違。

一星期後，石太還是從自家半山大宅的露台墜樓，留下遺書說對不起家人。

該說對不起的是我，是我送她去死。

不，她惹下這個無法解決的大麻煩，並換來這個必然會發生的結局，沒有人能夠幫到她。

臨床心理學家接受訪問說，石太可能患上抑鬱症。她丈夫以爲自己平日專注工作而冷落她，因此內疚不已。他們的四個女兒都非常傷心，讚揚她是好媽媽，照顧她們成長。就算不是她親生的女兒，也能完完全全感受到她無分彼此的母愛。

根據過往經驗，石太死去的那一晚，我的世界就會reset，離開這個時間迴圈，回去石太沒有死去的世界，可是第二人起床後，發現reset並沒有出現。

石氏企業的傳訊公關部正式發新聞稿公布石太的死訊，並要求全體同事在早上十點默哀一分鐘，悼念全心全意照顧家人的石太。

我沒有加入默哀的行列，而是回復正常生活，盡全力清理家裡的雜物。這些雜物在家裡來來去去無數次，希望這是最後一次。

我出席石太在教堂舉辦的喪禮，就當是最後告別，並親眼見到她的四位千金哭成淚人。

她們並不知道還有個姐妹Isabella在外面過一般人（相比她們過大富大貴）的生活，而Isabella也不知道自己有四個「親人」，其中兩個同母異父，另外兩個雖然沒有血緣但生母視如己出。

我一邊看著四姐妹爲石太製作的回顧影片，聽著她們回顧她人生走過的軌跡，一邊胡思亂想。

由於石太重視培養四個女兒的獨立思考能力，因此她們比同齡人成熟很多。

我在喪禮結束後，走向四姐妹，向她們致哀。

11

次日，我再一次回到雷霆打電話吵醒我那天，希望是最後一次。

石太仍然活著，並不知道自己死去和復活過無數次，也不知道家人和親友因此哭過無數次。

她不知道我們在這個小型會議室裡面對面無數次，她的說詞我倒背如流。

「包在我身上。」我說：「我會處理必哥那邊的事，但妳要聽從我的指示，只有這樣妳和家人才可以平安度過這次危機。」

然後我去那個令人冷得受不了的會議室找必哥，不過，進去前我加了內衣打底保暖。

「我代表石太告訴你，她不會答應你任何要求。」

必哥冷笑：「她想清楚了嗎？不要反悔呀！」

「我們不會被你嚇到。」我沒有多話。他不知道我看著石太多次「出生入死」，見多識廣的程度遠遠超過他的想像。「不過，她很信任我，我說什麼，她都會信。」

必哥的嘴角露出邪惡的笑意。「你就知道你是叻仔。」

在香港，叻仔有很多種定義。其中一種是指一個人沒有原則，只向利益靠攏。

我這叻仔要做的事，就是爲石太爭取寶貴的五日時間。

五日過去，必哥不管打電話或者WhatsApp，我都沒有回覆，他才知道被我耍。

我見識過不同抉擇的結果，等待的是還沒有出現的那一個。

兩星期後，有本八卦雜誌報導，說收到神祕人的線報，指石氏企業董事長夫人有個叫Isabella的私生女。

這個劇本走向在意料之中。

意料之外的是，十多個我估計是聽從必哥指揮的YouTuber（說不定只是被必哥款待了一餐飯），爭相製作影片炒作這件事，並分析石家姐妹內鬨繼而影響股權變動和企業管治，最後令石氏企業的股票變成廢紙（完全是胡道八道），否則難以在周刊出版當晚就能推出影片，現在Youtuber製作影片都不可能在半天內完成。

為什麼會出動YouTuber助陣？我估計是必哥不高興自己被耍，所以十倍奉還。

放馬過來吧你這小人！誰怕誰？

第二天早上九點，石氏企業大廈正門聚集了十多個來自不同傳媒的記者，期待董事長石先生講幾句話。

我暫時停止大掃除，坐在沙發上看YouTube直播。老實說，看這種沒有營養的新聞直播，實在非常浪費時間。

石先生在九點半由司機開車送到現場，下車後，他沒有一個箭步衝進大廈裡，而是主動接近記者群。

「石先生對昨天的周刊報導有沒有回應？」其中一個記者率先發問。

「香港的經濟狀況低迷受制於外圍因素，特別是高利率，對香港這個外向型經濟來說，難以在一、兩年內解決……」

石先生在迴避問題。

「我們指的是另一本週刊。」另一個記者說。

「我沒有看無聊的週刊報導。」

「就是指你太太有私生女這件事，你有什麼回應？」第三個記者毫不客氣。

石先生停頓了幾秒鐘，「有什麼需要回應？」

「例如會否接那個私生女回石家？」

石先生還沒回應，第四個記者又問：「石太欺騙你，你會不會和她離婚？」

這個問題非常直接，也是所有記者都想問的題目，一刀朝石先生的心臟刺過去。

果然大家靜下來，等待石先生回覆。

石先生停頓了幾秒。

「早在我們結婚前，我太太就把所有事情都告訴我。每一個人都有過去，我接受她成爲我的太太，表示我接受她的過去。其實我們一直希望尋找Isabella，但不知道如何開始，又如何接觸去減少對Isabella的傷害。昨日的報導意外爲我們打開了一個契機，我正和家人商量如何處理這件事。如果Isabella需要任何幫忙，我們全家人都會在能力範圍裡提供協助。」

所有記者都無法反應過來，因爲石先生大方得體的回應超乎他們預料，而且，這年頭很多記者只是提出老總準備的題目，須要根據指示去行動，不能自作主張提出問題。

其實，石先生在背稿，裡面每一個字，甚至連每一個停頓，都是公關公司替他準備好的，讓他可以四兩撥千斤應付難纏的記者。

而石先生會找公關公司幫忙，則是被四位千金要脅。

12

事情是這樣的，我那天出席石太的喪禮後，和四位千金接觸，表示知道石太自殺的內情。

關鍵詞是「私生女」、「必哥」和「勒索」。

她們聽得咬牙切齒，想向必哥報仇，但當然不可能。

我太清楚必哥會用什麼變態的手段對付這四位貌美如花的女性，她們承受不了。

人死也不能復生。

「如果能夠讓妳們母親復活，妳們是否什麼事都願意做？」我問。

「對……但怎可能讓我們母親復活？」

她們非常猶豫，我從眼神判斷，她們開始覺得我是騙徒。

我無法告訴他們，我陷入時間迴圈，否則她們不只覺得我是騙徒，還是徹頭徹尾的神經病，這和深夜裡在街上冒出的裸男告訴你，他是從機械人統治人類的未來世界回到現在一樣。

「如果當初妳們母親說出眞相，妳們可以接受多一個姐妹嗎？」我問。

四人交換眼神後，紛紛點頭同意。

次日。

不，第二天醒來，我以為又會reset，不料沒有。

石太仍然塵歸塵，土歸土，沒有復活過來。

這可不妙了，我的如意算盤落空。

沒有辦法之下，我去必哥公司的樓下埋伏，見到他出現後不管三七二十一向他淋通渠水（水管疏通劑），他痛得呱呱叫。

他的手下看不過眼，也不管三七二十一向我拳打腳踢，當場把我打死。

13

終於，我一覺醒來，回到石太仍然在世的時空，並建議她向女兒坦白，尋求她們的寬恕，原諒她隱瞞過去，要她們支持她，並遊說父親支持她。

「她們會答應嗎？」石太問得很沒有信心。

「告訴她們，如果不答應，妳只有死路一條。」我恐嚇道，很想告訴她，我見過她死了不知多少遍。

她女兒那邊當然沒有這麼順利。她告訴我。

面對母親的屍體時，她們當然爽快說願意原諒她，但如果她還活著，要她們原諒她的過失，就不是那麼容易。

特別是兩位並不是石太生的女兒，開始質疑這個後母嫁入石家的居心，對她重新估計。

「我是個失敗的後母。」

她在電話裡跟我說，我不難想像到她眼泛淚光的模樣。

「不，妳女兒其實非常愛妳，只是一時之間無法接受現實，信我。」我安慰她說。安慰客戶是私家偵探的必備技能，但我對她講的是真心話。我見過她們為她淚崩，矢志要為她復仇。

果然，她生的兩位女兒寬恕她，並說服了兩位姐姐，節省了我的力氣，否則我要親自出馬。

四姐妹召開家庭大會，和父親談判。

石先生當然很不高興，但二人同心，其利斷金，何況四人同一陣線，連金剛鑽也無法摧毀。

如果他不答應，四人會和母親共同進退，和他斷絕父女關係。

有些事情，無法用錢去威脅，石先生認為四千金比錢更重要。

這也和石先生當年堅持和石太結婚，家人對他讓步一樣。

「上一代對下一代讓步」這個家族文化DNA，讓石家平安度過無數難關。

石家方面總算擺平，於是找公關公司幫忙拆彈，但這裡還有另一個重要角色需要擺平，需要我這個偵探出馬。

這個角色我從來沒接觸過，需要摸清楚她的底細，了解她是否需要金錢去彌補她失去母愛的童年。

我去到Isabella在灣仔工作的動物福利機構守候。以一位法律系畢業生來說，這工作就算不是屈就，也是大材小用。

她下班後一個人搭地鐵回東涌，買兩餸飯[1]回家吃，日日如是。

我沒有其他選擇，只能在地鐵車廂裡接近她，表明自己的身分和來意。這種事我做得多了，駕輕就熟。

她不知道自己被領養，養父母死前沒有告訴她。她一直很奇怪母親和自己的年齡差距超過四十歲，但從來沒探問過原因，只以爲自己是母親高齡才懷上的獨生女。

我的出現，解答了她人生的重大疑問，也讓她發現自己的身世，甚至可能扭轉她的命運。

「我的父母到底是誰？」她雙眼和石太的一樣，非常漂亮動人。

「我不知道妳父親是誰，但妳母親是個有身分的人，現在遇到大麻煩。」

「她需要我捐骨髓或器官救回一命？」她的答案表示她一點也不天真。

「不，她被人勒索，所以僱用我來找妳。」我扼要說明石太和必哥的背景，跟兩人目前的瓜葛。

她有點失望。「果然，如果不是出了什麼大麻煩，她根本不會聯絡我。」

「不，她本來就在找妳，不然不會被發現。」

「少騙我了。」

Isabella對我的話半信半疑。

「妳恨她嗎？」

「恨？我在你找我以前根本不知道她的存在。我對她一點感情也沒有，就算現在也一樣。我只想繼續過平靜的生活，請她不要打擾我。我現在過得很好，沒有興趣攀關係。」

可是我剛才注意到她眼神裡的細微變化。

「如果妳母親需要捐骨髓的話，妳會答應嗎？」

「那當然，但就算她不是我母親，我也會答應。」

我還有話想說，不過，算了。我不應該再打擾她。

1 兩餸飯：餸，即台灣的「菜」；兩餸飯則指搭配有兩種菜色的飯。

14

對石家來說，Isabella是個沒有血緣的外人，知道她沒有興趣找他們麻煩後，他們都鬆了一口氣。

於是，石先生無後顧之憂走出來，發表了一番義正詞嚴的偽善講話，維護了石太的尊嚴，也不讓外人挑撥離間惹事生非。

必哥大概很不死心，叫YouTuber再次發動另一波攻勢，拿石先生的話再炒作，但幾天後，球王梅西率領美職聯足球隊邁阿密國際來港踢表演賽（二〇二四年二月四日），全場九十分鐘都坐在替補席上觀賽，引起入場的三萬八千球迷觀眾不滿。

新聞總是一浪接一浪，新聞淹沒舊聞。

石家的風波再大，也只是石家的家事，但梅西罷踢不只是全港市民的話題，也是轟動國際的新聞，或，笑話。

很多中國網民在微博上斥責「梅建國」「傷害十四億中國人民的感情」。

梅西不愧是偉大的球王，即使收起黃金左腳，也輕易把石家的事踢到不知什麼地方去。

15

石太約我見面，親自向我致謝。

「你太厲害了，想到這個方法。」

我沒有告訴她，目前這個解決方法，不是想出來的，而是我試了不知多少個方法後的結果。

幾年前我看過一部改編自推理小說的日本電影。一個少女被撕票前，父親接過綁匪的電話，牢牢記住凶手的聲音。其後十幾年間，他根據電話簿上的登記名字逐一打電話給鎮上的居民，最後找到凶手是誰。

我只不過用類似的方法去尋找解決之道。

不同的是，那個父親找到唯一的凶手，而尋求家人諒解也許不是解決石太困境的唯一方法，卻肯定是我找到的第一個。

我沒有力氣去找第二個。老天，我只想盡快離開那個奇怪的時間迴圈，不想每天早上都被電話吵醒。

那個方法可行，只有一個原因：石太一直好好教育自己的女兒，包括不是自己生的女兒。

她教她們如何待人接物，學習謙遜，明白親情比金錢更重要。

她們接受她的過去，是一報還一報，善有善報。

不過，從Isabella的角度去看，被石太拋棄，雖不至罪無可恕，但從此改變了兩人的關係。

因此，石太希望和Isabella見面，卻遭一口回絕。

「我雖然收入不高，面對數量龐大的棄養動物也感到挫敗，但是在做有意義的工作。」Isabella對我說，這次不是在地鐵車廂，而是在電話裡。「我沒有興趣改變目前的生活方式，沒有興趣和她見面，也不想和她有任何接觸，就算她捐錢給我們這個動物組織也不會改變我的想法。」

她不等我講第二句話就掛線。

我把電話錄音傳給石太後，收到她的電話。

「你可以再努力幫我說服她和我見面嗎？我可以另外付錢給你。」

「不用了，她比必哥更固執，也更難搞。人生總有點遺憾。當年妳拋棄過她，所以今天她也拋棄妳。妳這次難得走狗屎運毫髮無傷，不要太貪心了。」

我沒有把「報應」兩字直接講出口，但意思一樣。

必哥做的是錯事、壞事，須要解決。

Isabella做的事並沒有錯，也無從解決。

從石太遺棄Isabella那一秒開始，她們就註定今生會成爲陌路人，無法挽回。

後來石太叫雷霆說服我幫她忙，我叫他不如直接去說服Isabella。

所有事都有報應，或者說，因果。

一報還一報。

必哥也不例外。

他的大佬的大佬叫威威，威嫂和石太一樣有個年輕時生下來但非常疏離的女兒，因此威威不齒必哥去勒索石太這種小人行徑，調派必哥去東南亞幫自己打理生意，不容必哥拒絕。

而必哥這輩子最怕的就是酷熱。

這是我請雷霆去五星級酒店食自助餐時，他告訴我的。

他覺得我這次很順利，只需要兩個多星期就完成委託，很有效率，但我其實被困在時間迴圈裡無數次，因此無法計算我爲這個case到底工作了多少天，大概介乎三個月至半年之間。如果以日薪和勞力計算，實在說不上是豐厚的酬勞，說不定時薪比在便利商店工作還要少，只是數字上看不出來。

16

我終於可以來一次眞正的大掃除。不過，錢德勒那套紙本書我決定留下來。

我以為故事會就此結束，但並不是。

次日醒來，我回到二十五年前，回到還是中學生的時代，還和父母住在一起。雖然他們都趕去上班，但回到那個家，還真令人懷念，感觸良多，暫且按下不表。

我有預感會發生什麼事，果然，早上在地鐵裡發現坐在我對面的女人很面善，是孕婦Isabella，不，是那位還沒有成為石太的女人。

兩母女五官如餅印，但不代表兩人關係親密。

當下Isabella在她的肚子裡。她臉上也沒有迎接新生命的喜悅。她決定生下Isabella後就放棄這個孩子嗎？或者目前仍在猶豫？

我可以勸告她不要放棄Isabella，否則二十多年後就會後悔。

我在未來裡知悉她的過去、她姐姐的過去、她和家人的關係……只要我說出來，她一定對我的話深信不疑，當我是活神仙。

可是，我沒有行動。

如果她沒有放棄Isabella，石生就根本看不上她，她也不會給石家生下兩個非常懂事的千金。

如果我左右她的決定，那兩位千金就不會出現，我無異於殺人，即使那並不見血。

一報還一報，就算不用佛家的因果孽報去解釋，但肯定是連鎖反應。

我目送她挺起大肚子離開車廂後，繼續我的行程，繼續我的人生列車。

我在車廂裡思考送我回來這個時空的意義，甚至存在的意義——我認爲這是人生最大的謎團，值得用一輩子去追尋。

〈港島半山的籠中鳥〉完

（本作改編自莎士比亞的《一報還一報》〔*Measure for Measure*〕）

Toothless —— 柏菲思

意識時燃時滅，我靈魂出竅，被一聲突然的叫喊驚醒。

「請讓我看看那具屍體！」

話語者是一名青年，魁梧，長著一雙標誌性的三白眼，稱自己爲刑警。他神色堅定，發言後向前邁了半步，試圖利用先天體格優勢製造壓力，逼其就範。

然而，資深法醫絕不是省油的燈，並沒有被對方的來勢嚇到，從容不迫地繼續於解剖檯上執刀解剖。「我承認，那確實是一具頗特別的屍體，只是案件又不歸你管，有必要做到這地步嗎？」

「因爲案情尚有許多疑點，但他已經打算結案了。」年輕刑警迫切地說。

「你自己的案子解決了嗎？怎麼有空插手別人的事。」

「本來沒想過要插手，可他老是往錯誤的方向調查……」

「他是你的師兄，經驗比你豐富，既然鎖定了嫌疑犯總有些依據吧。」

剎那，年輕刑警的腦內似乎掠過很多想法，卻無法一一解釋，只好簡短回應：

「我覺得凶手另有其人。」

我心裡咯噔一下，輪流巡看兩人的神情。

「你們不和，別扯上我啊。」法醫沉著氣說：「在這裡抗議有什麼用，回警局理論去。」

硬的不行就來軟的，年輕刑警轉換策略。「這是爲了搜集足夠證據回去理論，請你行行好，通融一下啦。」他語氣溫和下來，實質仍在死纏爛打。

法醫當然看得出他在演哪齣戲，「逝者已矣，不過是一對可憐遭殃的父女罷了，讓他們安息吧。」

「眞相沒有大白，逝者怎會安息？」

聽及此話，法醫長吁一口氣。「無論我怎樣說你也不會放棄，是嗎？」

年輕刑警露出哀求的眼神，與剽悍的形象略有反差。「就當作案例研究，讓我瞄一眼好不好？」

糾纏下去也不是辦法，法醫總算換掉一次性手套，摘除口罩，正面朝向他。「純粹學術分享，聽懂了？」

「懂。」得到允許，年輕刑警雙眼唰地亮起。

法醫把餘下的工作交由助手善後，帶著我們前往另一間特殊停屍間，那是專門用作存放刑事案件相關遺體的房間。甫進門，便感覺氣氛有種說不出的詭異，或許是溫度和燈光營造的錯覺。我忍不住戰慄，相反，年輕刑警大剌剌走上去，與法醫一同站在冷凍櫃前。

「事先聲明，要吐出去吐，不要弄髒地方。」法醫叮囑。

年輕刑警點頭示意，櫃門旋即打開，惡臭湧出，一具焦黑的屍首進入照明範圍，那顆頭顱燒得原貌盡失，軀幹攣縮，皮肉破綻開裂，骨骼器官若隱若現。見此，我摀嘴，反胃想吐卻什麼也吐不出來。

「這是女兒，漆燕。」法醫淡然說明著，「發現時毛髮和衣物燒得所剩無幾，難以當場辨認，送來後請母親認屍，從一些身體特徵確認身分。謹慎起見，採集了檢體進行基因鑑定，確定雙方存在血緣關係。死者周身無明顯外傷，僅有幾處骨折，從心血驗出高濃度碳氧血紅蛋白，死因為一氧化碳中毒。」

面對死狀恐怖的屍骸，年輕刑警不由冒冷汗。「所以她不是直接燒死，而是吸入過多濃煙？」

「可以這麼理解，全身燒毀挺徹底的，那時候的火勢想必很猛烈。」

「骨折呢，為了逃生嗎？」

「那是坍塌造成的，在火場遺體上發現骨折不罕見，除了因為砸壓，還因為骨頭脆化，倒是沒有找到什麼擦挫傷，在我見過的那麼多遺體之中，這具算完整了。」法醫投以憐憫的目光，「才十六歲，還是獨生女，縱火犯眞狠心，天知道她母親哭得多傷心……」

年輕刑警同情道：「也是，看見親生骨肉變成這樣，誰受得了。」

留在後方的我聽了一陣，鼓起勇氣站到兩人中間，盯著遭遇無情火摧殘的軀殼，內心悲戚不已。

眾人默哀片刻，剛醞釀出哀傷情緒，法醫又改變語調。「我說，你費盡唇舌求我不是爲了這一副屍體吧？」

出於對死者的尊重，年輕刑警不正面回應，兩人對視半晌，法醫意會地將焦屍推回櫃中，走到另一邊拉出另一扇櫃門。還未做好心理準備，比剛才難聞好幾倍的氣味便撲面而來，一堆黑色物體橫在那裡，乍看像是死物，稍頃方察覺是支離破碎的人類殘骸。體色與先前的相差甚遠，胴體大面積破裂，四肢鬆弛脫落，內臟無一倖免燃燒殆盡。

畫面過於刺激，令人不敢直視，難以想像眼前這黑不溜秋的一坨，曾經是個活生生的人。我感到一陣暈眩，抖個不停。縱使有實戰經驗，年輕刑警仍然感到動搖，一時丟了三魂七魄。

「一場火能夠把人燒成這樣嗎？」年輕刑警努力穩住嗓音。

大概猜到他會有此疑問，法醫熟練地答言：「符合各種條件的話不是沒有可能，即使是同一處火場扛出來的屍首，損壞狀況亦不盡相同。兩具遺體分布在不同位置，一在客廳，一在睡房，環境因素有別。加上這位死者身上有疑似被潑灑過汽油的痕跡，相信亦有影響。」

稍作調息後，年輕刑警恢復冷靜，審視著不成人形的屍塊。「這麼零碎，混在灰燼和瓦礫裡，搜索不簡單吧？」

「盡力了，花了不少工夫把它重新拼合起來。」

「確實是父親嗎？」

「坦白講，屍身毀壞太嚴重，消滅了有機物質，剩餘的都沒什麼檢測價值，只能從下頜骨和恥骨判斷性別是男，年齡介乎四十至六十歲。早些時間我讓漆燕母親來看一看，把她給嚇著了，沒有成果。一般遇到這種情況，我們都會用耐燒的牙齒來尋找身分，無奈，如你所知，它失去全部牙齒——」說著，法醫扳開它僵硬的嘴巴，內裡深若黑洞。

我一激靈，起初以為自己聽錯了卻不是。目睹那可怕的形相，我頭皮發麻，暗忖是怎麼一回事。

法醫逕自講解下去，「面談時，她告訴我丈夫口腔健康不好，有牙齒脫落情況，但這顯然不是自然造成的，問他生前有沒有做過手術或植入物之類，說是沒有。如此一來，既不能提取牙內基因，亦無從對照治療紀錄。」

年輕刑警奇怪問：「但我聽說你們找到一枚牙齒？」

「你消息挺靈通。」法醫越說越起勁，「沒錯，我們在解剖時發現它支氣管內藏著一枚人類臼齒，相信屬於本人，保存狀態尚可。可惜今次火災發生在住宅，大火焚毀了所有可靠比對樣本，唯有用較間接的方法。一是牙齡估計，得出死者歲數與對象年紀相仿的結果；二是親子鑑定，檢驗後判明兩具遺體是父女關係的機率達百分之九十九，最終證實它的身分是父親，漆果。」

年輕刑警一臉困惑，「等等……臼齒爲何會出現在氣管裡？」
「好問題，這正是關鍵所在。」
「什麼關鍵？」
「死因呀。」
「我不明白……」
法醫自信地說，「我認爲他是被自己的牙齒噎死。」
受到衝擊的年輕刑警不禁怔忡，琢磨了一會，剛開口想說話，猛然一陣風颳來打斷了他的思緒。
「謝思羽，你他媽越界了！」一中年男子殺氣騰騰破門而入，穿著印有「警察」字樣的外套，無視其他人，淨對年輕刑警叱喝，擺明是衝著他來。
被逮個正著的法醫，因心虛速速關閉冷凍櫃門，下意識隱藏證據，反倒顯得此地無銀。
「你倆串通好的嗎？」中年刑警用大嗓門吼道。
法醫避而不談，只是迷信說：「別在遺體面前亂叫人家全名，會招惹鬼魂啊……」
名謝思羽的年輕刑警貌似在意，但顧不得那麼多。「師兄，勸你說話客氣點。」
「少管我，就你天天有意見！」中年刑警氣沖沖與他對峙。
「別把話說得這麼難聽，我之前問過你，要求查看相關案情文件，你不批准，總不能怪我用別的手段吧？」

「這是我的案子！」

「沒什麼你的我的，調查眞相是我們組每個人的職責。」

「所以你覺得我的結論不是眞相？」中年刑警特別強調句末二字。

「我不認同這起案件是單純的佔地糾紛。」

兩名刑警你一言我一語，互不相讓，使氣氛驟然緊張。我不習慣這種劍拔弩張的場面，悄悄躲到角落去。

「噢，你想辯論，那好。」中年刑警偏著頭看人，帶點挑釁的意味。「你背地裡收集了那麼多情報，應該清楚那棟寮屋[1]才重建了一個多月吧，四個月前那兒發生過同類火災，燒掉了半間房子。」

1 寮屋：在香港指的是未經許可佔用政府或私人土地建造的臨時住所，結構簡單，主要用木板和鐵皮搭建。

「聽聞過，那次運氣好無人傷亡，犯人到現在仍然逍遙法外。」

中年刑警振振有詞，「調查報告書指起火原因是蓄意縱火，家門鎖上鐵鏈，助燃劑是汽油。事發前，受害者持續遭一名神祕男子糾纏，聲稱受地主委託收地，強行設置鐵柵阻礙一家出入。今回案發現場，大門與上次一樣緊鎖，屋外留下大量裝過汽油的容器。火警發生不久前，神祕男子再次出現騷擾他們，就在上個禮拜，地政署派員拆卸了安裝在寮屋唯一通道的圍封物。前後兩起案子手法相似，動機成立，還有什麼話說？」

「我同意案情很相似，卻有一個決定性差異。」謝思羽在他話音落下一刻開口，「關於拔牙的情節，聽你剛剛的發言好像刻意忽略了這一點。」

「拔牙怎麼了？」

「試想像一個流氓，如此有耐性一顆一顆拔去別人口中的牙齒，覺得合理嗎？」

「哼，你跟我做罪犯側寫嗎？」中年刑警揶揄他。

「隨你怎麼說。」

「那你有所不知了，黑社會常常用拔牙作爲恐嚇手段，這些年來我見過不少。這次拔死者的牙，肯定因爲上次逼遷未遂，行動升級了。」

謝思羽平靜地反駁，「只是恐嚇有必要拔掉所有牙齒嗎？按理說，若真要把行動升級，上次燒掉半間屋，今次焚燒整間，讓他們無家可歸即可，爲何特地做廢時失事的事？」

「犯人不一定時時刻刻做對自己有利的事，或者一時沖昏頭腦，原本沒那樣的打算，但途中發覺對方斷了氣，一不做二不休，乾脆毀屍滅跡，統統燒光。」

「包括女兒嗎？」謝思羽看起來不大信服，「任誰都知道這樣做的下場，那男子受僱而來，達不到目的等於沒有報酬，搞出人命對事情一點好處也沒有。」

中年刑警未語先笑，彷彿在嘲諷他不諳世事。「沒準男子收到的指令是收地不成就與他們同歸於盡，反正地主已移民海外，只要今後不踏足香港便終身免受刑責。」

那目空一切的態度，換著是別人絕對會勃然大怒，可謝思羽沒被激怒，依舊表現冷靜。

「你一直認定案件是單一犯所爲，可是受害者會反抗，至少要一人負責拔牙，一人負責壓制，這點如何解釋？」

中年刑警逐漸不耐煩，「強逼受害者服食藥物，令他不醒人事就行了，反正屍骨碳化五臟六腑什麼都沒有，驗不出來。」

謝思羽露出異樣的表情，「說不通啊，方才你說拔牙是恐嚇手段，可對方失去知覺，哪來效果？」

聽之，中年刑警頓時腦袋當機，接不上話。

趁他舌頭打結，謝思羽拋出別的疑問。「另外，那通打到緊急熱線的電話錄音，我聽完後有些疑惑。當時漆燕母親告訴接線生，稱女兒放學後返家，發覺屋外有可疑男人出沒，意圖放火，因此致電求救讓她報警，實在不大合情理。爲何漆燕沒有自己直接撥號，這麼曲折找人代勞？」

此際，中年刑警才反應過來。「女兒移民來港不足數年，內地打１１０，香港打９９９，她不了解這邊的規矩，不敢亂撥號碼。況且他們在本地無親無故，危急關頭找唯一依賴的親人幫忙，正常不過吧。」

「你未免太低估年輕人，既然遭遇過相同情況，應當懂得處理了。還有個問題，爲何漆燕沒有向在場的父親求助，而找不在家的母親？」

「她父親遇害了，怎可能教他幫忙！」耐性被消耗得七七八八的中年刑警，粗魯答言。

「倘若如此，她理應擔心自己有生命危險，告訴母親『父親被殺了，快來救我』，而不是舉報一個陌生人徘徊在外。」

「人緊張起來根本無法保持冷靜，講什麼，做什麼，誰控制得了！」

謝思羽語速快了幾分，「我說的正是人在慌亂時的本能反應，父親被殺對一個孩子而言是最大危機，不可能忘記交代這條重要訊息。再說，假如漆果在漆燕回家當刻已經身亡，可疑男人不應在屋外，而應該在屋內——」

中年刑警惱羞成怒，一手揪起他的衣領。「幹，吵死了，臭小子就愛問問題！」

分明是道理說不過人胡亂撒野。

謝思羽面不改色，「我就事論事罷了。」

「聽著，案件已經結束，絕不容許翻案！」中年刑警雙目瞪得快脫窗。

「請不要迴避問題。」

「少礙事，照我的方式來，不然馬上滾蛋！」

「回答我。」謝思羽冷厲地說。

「眞聽不懂人話，你這麼想知道嗎？」對方全然沒有退讓的意思，令中年刑警暴怒，臉色紫脹。「這世界哪有什麼絕對的眞相，要是事事死咬著不放，豈不是沒完沒了！」

聽了他一番強詞奪理，謝思羽眼裡滿是鄙夷。

「鬧夠了沒？」旁觀二人口角已久的法醫，終於忍不住出口。「這裡是停屍間，不是擂台，兩個都給我滾，別在這兒打擾亡者清靜！」

□

不歡而散後，回到街上，天已歸黑。

我化爲一道憂鬱的虛影，迷迷糊糊坐在副駕上，窗外傳來穩健的腳步聲，由遠至近，有人踩過堅實的柏油路，朝我身處的私家車邁步過來……

未幾，駕駛席那側車窗映出謝思羽的輪廓，他伸手觸碰門把，忽而察覺到什麼凝止著，直愣愣透過玻璃望向我，大概沒料到我會跟上來。一瞬間，他整個人肉眼可見地變得蒼白，踉蹌走開，於街頭踱步了好一會兒，才折返回來，見我依然原封不動坐在車內，不知如何是好。

經過一場複雜的內心戲，謝思羽最後還是打開車門坐進來，卻面青唇白，不肯與我互視，恐怕被我洞察到他那雙顫動的瞳仁。

空間一時靜得可怕，誰也不想起頭說話。剛在停屍間內咄咄逼人的謝思羽，尷尬地清清喉嚨，調整一下後視鏡。他如滿弓的弦繃緊著，眼不見心不煩，索性從座椅下的背包掏出平板電腦查看通知，閱讀起電郵附件來，檔案內容是今次事件和上次火災的詳細鑑識資料、現場照片、當事者筆錄等。

我用劉海遮掩著表情，開始端詳謝思羽的側臉，情不自禁，居然看出一點某人的樣貌，胸口滾燙難受。正看得入迷，突然感到一股震動。謝思羽從座位跳起，差點魂都飛了，摸摸褲袋，原來是手機來電，他按下接聽同時開啓擴音功能。我偷瞥放在車頭的手機，螢幕顯示來電者名稱——劉士杰。

「收到電郵嗎？」一道粗豪的男聲從喇叭跑出來。

「收到，果然還是前輩人脈廣。」聽見那聲音，謝思羽的慌張情緒登時舒緩了一些。「抱歉，難得放假還打擾你，你那邊幾點鐘？」

劉士杰不打算與他閒話家常，「看過屍體了？」

「嗯，剛從法醫那兒回來。」

「意外地很順利嘛。」

「一點也不。」謝思羽的臉沉了下來，「繁Sir找上門了。」

「看來局內有人口風不夠緊，他沒對你做什麼吧？」

「吵了一架。」

劉士杰嘆氣，「那人一把年紀，還演欺負年輕人的戲碼，真不怕羞。」

謝思羽用拳頭輕捶大腿，「他只在乎結案，不在乎破案。」

「話不能這樣說，繁Sir向來最一視同仁，上次調查官邸失竊案可上心呢。」

我聽不大懂，猜度他在開解謝思羽。語畢，他們倆心照不宣般笑出來。

謝思羽斂色問：「看過資料嗎？」

「粗略看過一下。」

「騷擾事件和殺人放火，我認爲不是同一批人所爲。」

「的確，流氓很忙，不可能用沒效率的方法，更不可能殺人。他們行走江湖已久，不至於那麼笨，爲無關痛癢的事弄髒雙手。」劉士杰一針見血。

謝思羽手肘架在半開的車窗上，說：「兩件事發生時間雖然重疊，做事風格則不大一樣，前者簡單粗暴，後者像有強迫症。想想看，倘若對象在遇害期間不小心吞下牙齒身亡，人們大多會收手，畢竟目的已經達到，今次犯人卻沒有，證明他施虐性強，同時對漆果抱有極大仇恨。」

「而且嘴巴那麼不衛生，他還敢伸手進去，看來病得不輕呀。」

「我也這麼認爲，估計犯人想利用折磨手段懲罰死者。」謝思羽梳理著思路，「拔光牙齒是他的本意，而噎死只是意料之外。不過，死者是平平無奇的新移民，平日在市集經營菜檔，販賣自家種植的本地菜，沒什麼值得著墨的，無端端怎會招惹殺身之禍？」

「爛心蘋果從表皮看不出來。」劉士杰沉聲說。

謝思羽似懂非懂地點著頭。

劉士杰順口一問，「那你之後打算怎麼辦？」

說時遲那時快，謝思羽已扣好安全帶，牢牢攥住方向盤。「去現場瞧瞧。」

「不是大晚上嗎？」

「晚上更好，否則到了明天繁Sir可能派人妨礙。」

「行，那我先掛了——」

「別掛電話！」謝思羽反射動作般叫出來，其後發覺失態，一副如坐針氈的模樣，吞吞吐吐說：「欸，我還想問問你的意見，可否保持聯繫？」

手機那頭忽然沒了聲音，過一陣，隱約傳來劉士杰的吐槽。「你是我的誰？難得出門一趟，還得跟你煲電話粥……」

行駛了一段距離，運轉的車輪終於停下來，前照燈照射出一片偏遠的寮屋區，深夜裡寂靜無人。到了這刻，原先埋怨不斷的劉士杰突地轉變態度，莫名萌生自豪感。

「沒有我，你就搞不定。」劉士杰語中帶幾分得意，「想不到你長得牛高馬大，竟然會怕黑。」

謝思羽無語，眼皮半睜不睜，引擎聲滅後，急不可耐地解開安全帶，拽上車門走人。我的視線穿透擋風玻璃追視他的背影，順勢望向如怪獸猙獰的建築物群，內心紛紛擾擾，苦惱交煎之下，到底強逼自己下了車。

「到了？」大概聽到關車門的聲響，劉士杰問。

謝思羽通過藍牙耳機交代情況，「我下車了，前面沒有車路，要步行。」

這區住宅用途的寮屋甚少，久無人居，毫無生活氣息，一些用作倉庫或是長期丟空[2]，政府一直未有清拆。沿狹窄的巷徑前進，不難看見大量破敗低矮的房屋，均是臨時搭建的。任誰都清楚這兒不可能成爲永久居所，可並非人人生來有選擇權，一踏

2 丟空：即台灣的「閒置」或「廢棄」。

足此地，我心坎不由湧現厭惡之情。

「這裡是人住的嗎？要我住三天還行，一年可受不了。」謝思羽的耳機漏音，加上四周無聲，我把他們的對話聽得一清二楚。「死者住的寮屋有登記吧？」

「系統上有登記編號，但不在他們名下，申請人亦不是他們的親戚，相信是違法出售再出租。」劉士杰答。

「為什麼要租這種地方？」

「哪能挑三揀四，有瓦遮頭已經算不錯了，而且後面有塊農地。」

謝思羽四處張望，邊找路邊問：「那麼缺錢，房子沒了，漆燕母親要住在哪？」

「我問過人，她寄住在同鄉家中，沒記錯是姓全，也是一家三口，需要的話稍後傳地址給你。」

「繁Sir還說他們無親無故……」謝思羽晃晃頭。

「兩家貌似挺熟絡的，四個月前火災後好像是他們收留。」

穿行於迂迴的道路，我掃視著由破銅爛鐵砌成的積木，一間接一間，錯置、交疊、拼貼、反覆，霎時間陷入沒有出口的迷宮，驚悸不已，只管向熟悉的路奔去。走在不遠處的謝思羽頻頻回首，似在確認背後的情況，猛地發現跟在身後的影子消失不見，即刻煞住腳步，思考著什麼躊躇不決，最終決定回頭跟蹤。

「那個……」謝思羽總覺有東西要從巷子裡竄出來，一路疑神疑鬼。「我稍稍看過重建前後的照片，差別鑾大的，以前做工比較好，後來用上不牢固的物料，我想一個八號風球[3]都捱不住。」

劉士杰不以爲怪，「省錢吧，本來修葺必須依照登記的建築材料，但沒多少人遵守，通常用些便宜貨東拼西湊。」

驀地，一股濃烈的惡臭撲面而來，謝思羽馬上提高警覺，加快了腳步。果不其然過了路口，一間七穿八洞的危房映入眼簾，雖然火警已發生一段時間，嗆鼻的氣味仍然消散不去。房子災後破爛不堪，木板燒黑，鋅鐵軟化變形，屋頂用的廉價坑板歪斜不正。僅須片刻凝神，便能輕易於腦內重塑它遭烈火吞噬的畫面。

「到現場了。」謝思羽踩著一地吱嘎作響的碎屑，「如此僻靜，難怪起火後沒有第一時間發現。」

「鄰村村民有發現，可是以爲是後山的違法露天焚物，沒有理睬，後來才知釀成大禍。」劉士杰有一搭沒一搭地回道。

「搭建技術眞差勁，一旦起火很難逃生啊。」

---

3 八號風球：「風球」爲香港颱風警告信號的俗稱，一般市民俗稱八號烈風或暴風信號爲八號風球或八號波。

「寮屋火災向來最難搞，上次能從火場救出女兒已算奇蹟。」

謝思羽見一個鄰接的棄置貨櫃沒有上鎖，打開瞅瞅，內裡有燻黑痕跡，堆放著微焦的農具如打草機、犁田機，還有常見的肥料袋和鐵桶等。「延燒很廣，基本上整塊區域毀了，前陣子天乾物燥，肯定比平常燒得更旺。」

「火勢那麼大，縱然有證據都燒沒了吧。」

「總得試試。」

這時，我佇立在既成廢墟的寮屋前，茫然若失，先前產生的抗拒感盡數化作悲慟。頃刻間，我難以自持，以迷離的目光望向謝思羽，隨後跌跌撞撞繞到房子後面。表面沒有關注，實質暗中監視的謝思羽，見狀迅即尾隨。

「還在嗎？」謝思羽來回摩挲手臂，希望雞皮疙瘩快點平息下來。

「……在。」劉士杰慵懶地回應。

「你千萬別掛電話。」他聲音不自覺變了調。

「幹嘛說句話還走音了。」

來到陰影處，謝思羽被別的事物分散了注意力。「劉Sir，我找到助燃劑容器被棄置的地方。」

謝思羽蹲下，戳著平板，將案發時照片和現場實景放在一起對比，相片中顯示不計其數的膠樽在地上融成一塊，推算容量大略是兩公升，也有一公升；有些縮成一團，有些剩下半截；少部分殘留著薄薄一層液體，相信是沒倒乾淨的汽油。

「膠樽堆成山，有夠誇張。」

劉士杰說：「犯人還眞不慌不忙。」

「爲什麼？」

「一般不是用油桶嗎，膠樽容量那麼少要潑到何年何月？」

「對啊。」謝思羽滑動平板螢幕翻閱文件，發現端倪。「咦，他用的是92汽油？」

「內地汽油，非法購買的吧，犯人性格頗謹愼的，這樣追蹤起來不容易。」

謝思羽點頭認同，思疑著。「鎖大門用的鐵鏈上也沒有陌生指紋……」

與此同時，謝思羽有所覺察，從窗口的破洞往屋內觀望，窺見我站在一面頹垣敗瓦中，便忙不迭奔至正門，越過藍白相間的膠帶進屋勘查，那是警方設置的警戒線。

經歷火的洗禮，室內空氣混濁不清，與外界迥異，摻和著形形色色難以描述的氣味。他打開手電筒掃了一圈，只照出炭黑的家具與東歪西倒的雜物。

「怎麼不說話啦？」劉士杰問。

「……沒事，我進了寮屋。」謝思羽微微喘著，合掌拜拜。「百無禁忌、百無禁忌……」

「又不是沒踏足過案發現場，至於嗎？」

一束月光自綻開的屋頂投射下來，把不規則的黑影打在謝思羽臉上。心中有鬼，看什麼都成鬼。他四下張望，濃煙留下駭人印記，牆身染成深不見底的黑，燃盡的建材變作木炭散落，有消防員救援時的灑水痕，地板爆裂，電線融解捲縮，一片狼藉。

「喂，還活著嗎？」

謝思羽舌頭僵住，骨碌吞下口水。「唔……」

「快告訴我看見什麼？」

「黑漆漆的，什麼也看不見，若有屍塊埋在腳下，鐵定分辨不了是人是炭……」

「可惜我不在現場，你現在害怕的樣子一定很可笑。」劉士杰幸災樂禍道。

謝思羽無暇回嘴，面部肌肉搐動，躡手躡腳往深處走去，找到一扇被高溫燒熔的塑膠門，輕推開，那便是挖出父親屍首的睡房，與大廳不同，牆壁尚保留些許空白。

「這焚毀程度明顯是客廳比較嚴重，怎麼躺在睡房裡的屍骨反而碳化了？」

劉士杰沒好氣說：「那些人做事真馬虎，竟然犯這種低級錯誤……」

正當謝思羽要跨越門檻，突然身子一晃，褲袋中手機滑出掉落，碎了螢幕，同時斷了通信。他盯著平地出現的我，寒毛直豎，靜止不動，渾身散發出恐懼的氣息。可我無意安撫他的情緒，默默垂頭，全神貫注盯住卡通折疊桌上，一個蒙上煙灰的水晶杯。

□

謝思羽躺臥在鏡子裡，失卻了言語，四肢癱軟無力，淹沒於一片棉花海，酣睡如永眠之人，無從知曉時針已指向魔鬼時刻（Devil's hour）。連日熬夜，加上奔波勞碌了一整天，他已耗盡所有體力，回家後隨即趴倒在床，斷了片。

我佝僂著腰，背對床，立於浴室鏡前，沉醉在那面鏡像反映的美好，腦間掠過一幀幀刻骨銘心的場景，那是有生以來度過最快樂的時光，我甚至想過今後只爲那段回憶而活。然而，如今倒影裡的我徹底變樣，披頭散髮，沾滿灰末煙塵，嘴唇龜裂脫皮，雙眸失去了神采。

我拭不去心中的痛，用藏著黑垢的指頭，撿起擱在洗手盆邊的平梳，將梳齒插入乾枯毛糙的髮絲，狠狠拉扯著分岔的髮尾。扭開水龍頭，彎腰洗一把臉，不可思議地全身污漬瞬間剝落，完好如初，彷彿從來都是光鮮亮麗的樣子。

回過身，俯視沉沉睡去的謝思羽，我舉高胳膊脫掉上衣，拉下運動褲，只剩胸罩、內褲和骨感的肉體。我自床尾向床頭爬，跨在謝思羽上方，雙手按在他兩側，慢慢俯伏下來，覆蓋他的身體直至密不可分。把耳朵貼在汗津津的胸脯，聆聽心臟傳出節拍不均的跳動，如同乾柴爆裂的聲響。

熟睡中的謝思羽輕聲哼唧，齒縫漏出模糊的音節，觸電般痙攣一下則無法反抗，眼皮底下的眼珠快速轉動。我用眼神勾勒他的五官，不期然浮現出心心念念之人，那張稜角分明的臉龐。

掙扎不果的謝思羽精神緊繃起來，不適地呻吟著，用背部磨擦床單。我的思念到了極致，像針扎一樣痛，不由自主撫上他的臉，虔誠地攬著那厚實的手掌，低語。

「……我願意為你做任何事情。」

男女的身影嚴絲合縫地重疊在一塊，全耀祖把我擁入懷裡，兩人體溫互渡。我朦朦朧朧，摸著他長在心口的痣，他睜開惺忪睡眼，捧起我的臉親吻下去。在搬進這個家以前，我曾認為自己一生將會在昏天暗地裡度過，日日躺在硬床板，擔憂大雨終有一天會壓垮屋頂。那種生活，根本看不見未來。

「我要永遠待在這裡。」我抱著被子喃喃。

全耀祖翹起嘴角，起床穿好掛在椅背的褲子，打開房門。殊不知他母親黃麗琴就站在那兒，喘著大氣，猶如恐慌症發作，我喪失了思考機能。寄住在這裡之後，才得知她性格乖戾，縱然沒有到罹患精神疾病的程度，卻總是神經兮兮，有時反應過激更會透不過氣來。這種場面我已親眼見過無數回，始終適應不來，更何況，此次發作比任何一次都要嚴重。

全耀祖應付母親突如其來的爆發已非常熟練，摟著哆嗦的她出去，任由睡房門虛掩著。被遺留下來的我心緒紛紜，腦內亂響一通，恐怕黃麗琴反對我們，連忙整衣撲向外面。

餐桌前找不到黃麗琴，那是她的固定座位，無所事事的她總會坐在桌前，手執一柄水果刀，不停剖開紅石榴，弄得滿手鮮紅。最初我無法理解這行爲，家中的人習以爲常，沒有干涉亦沒有說明，因此我也不敢發問。後來漸漸領會到，她必須透過重複、單調的動作平復心情。這是我的理解，其餘的，不想深入揣摩。

緩過神，我的耳朵捕捉到一聲嘶吼，目光立時轉移到大寢室。我小心翼翼過去，看見全耀祖與母親並排坐於雙人床上，低聲絮語，我聽不清兩人在講什麼。黃麗琴的狀態依然未見改善，眼白紅絲密布，痛哭流涕，甚至到了歇斯底里的地步。

很快，全耀祖眼見我在偷窺，面魔羅地起身關上房門，不容他人竊聽。遭隔絕在外的我雙眼發直，空落落的，兩片薄脣輕輕打顫。

具體過了多久記不起來，只記得寢室的門慢慢打開，我仍杵在原地眼巴巴等候。從裡面出來的全耀祖沒想到我站在走廊，愣了愣，卻沒有表露太多情感。他深深望著我，平靜裡蘊含著某種絕望，烏黑的瞳仁蒙上一層冰霜，使我呼吸凝滯。對視固定好一會，他才將視線從我身上抽離，無言走開。

一剎那，我毫無預警被宣告死亡，短暫維持的安穩不堪一擊，徹底覆滅。他那時的神情時刻停留在我腦海，揮之不去。

當晚，我心亂如麻，默坐於書枱燈帘白的光暈中。客廳裡爭吵聲不絕，我直覺想逃，但不知被何物驅使，決定直面自己的恐懼，瑟瑟發抖離開書桌，扶著牆角偷看。

起初我以為他們在為我的事吵架，然而不是那回事。但見全耀祖目眥盡裂，喝罵著他的父親，還拳打腳踢。我從來沒見過全耀祖如此生氣，我替他不值，他父親肯定做了對不起他的事，很錯很錯的事。

面對兒子的指罵，傷痕累累的全國華跪地求饒，說了許多懇求原諒的話，一吸一頓地痛哭。黃麗琴在場卻始終不參與，神態麻木坐在她的位子，忘我地切著紅石榴，將果籽敲落碗中，用小勺子挖得乾乾淨淨。

不明所以地看了半晌，忽然媽媽從門邊閃了出來，大力把我推回房中。她因工作勞碌，一如往常臉上疲憊不堪，還有幾分憔悴，眼窩凹陷，凝視著我青白的臉。

「寮屋重建好了，我們搬回去住吧，以後不要再來了。」她語重心長說。

聽畢，我被捲入深淵，抽掉脊梁骨般滑落在地上。媽媽的淚無聲下墜，用雙手摀住我的耳朵，世界被一層膜蓋住變得含糊不清。可我中蠱似地不能自拔，繼續接收全耀祖發出的聲音，不論多麼微弱——

「你願意為我做任何事情吧？」

□

一星期前發生的事餘悸猶存，那是謝思羽的第一次體驗。自那天起，他繼續搜集資訊，到此時按下門鈴，心情仍然是忐忑的，畢竟所得情報僅止於此，尚未有十足十把握，這樣做不排除有點冒險。

門內的人自然不知道他的所思所想，不一會來應門，謝思羽不覺一怔，因眼前人正是他遭遇鬼壓床時夢見過的。名字好像叫全耀祖，中等身材，沒什麼攻擊性的長相，黑短髮，眉目清秀，是女性容易接近的類型。

全耀祖看著門前這位不速之客，未知其來意，依然有風度地莞爾一笑。

「你好。」謝思羽自問形象討喜，先友善打個招呼。「我是重案組的刑警，來交代一下有關漆果、漆燕兩人命案的進度，可否佔用你一點時間？」

全耀祖蹙起眉，詢問：「之前的負責人好像不是你。」

「我接手了。」謝思羽堂堂正正，爲表誠意更展示證件，完全看不出是在撒謊。

「謝Sir。」全耀祖看了一眼證件，禮貌道：「上次聽那位警員說已經查出眞凶，不知道有什麼需要跟進？」

「那只是初步鎖定疑犯，目前還在調查當中。」

「原來如此，你要找的是梅姨吧？她剛剛出門了。」他說的人是漆燕的母親，林阿梅。

謝思羽擺擺手，「沒關係，跟你談就好。方便我進來一下嗎？」

見他如此堅持，全耀祖亦不好拒絕，錯開兩步請他進屋。

「謝謝。」

邁進家門，謝思羽霎時感到不寒而慄，因內部的裝潢擺設，與他透過漆燕眼睛所見的絲毫不差。三房一廳格局，和諧的原木風，總的來說是個溫馨家居，和寮屋的生活環境相比簡直兩個世界。一念及此，謝思羽不由慨嘆。

餐桌那邊不出意外坐著木訥的黃麗琴，她眼角不瞟一下，機械式剝著紅石榴，桌上擺了一堆果殼，還有快將滿溢的果籽。

全耀祖從廚房端出一杯水來，「請喝。」

「好。」

他們隔著茶几，對坐在客廳的沙發，離餐桌有四公尺距離。

謝思羽喝了一口，悄悄觀察著全耀祖，外表溫文儒雅、人畜無害，可目睹過他毆打父親的畫面後，說實話無法產生好感。

「你在打包？」謝思羽餘光瞥見寢室那頭有紙皮箱[4]，問。

機靈的全耀祖反應過來，「哦，東西有點多，斷捨離一下。」

「不是因爲去留學嗎？」

全耀祖表現愕然，正如謝思羽的預期。

「也是因爲留學，下星期要到澳洲，是很早以前安排的，東西比想像中多，可以的話想盡快收拾一下。」全耀祖意有所指說。

謝思羽接收到他的暗示，「不好意思浪費你的時間，那入正題吧。關於這次火災，我認爲肇事者與之前不是同一個人，而且他僅僅是在模仿四個月前的縱火事件。」

「模仿？」

謝思羽放下水杯，徐徐道：「一開始只是調查過程中感到違和感，但當瑣碎的疑問集合起來，便逐漸形成一個清晰的念頭。汽油、鎖鏈、女兒被困，還有流氓滋事，看似沒有一項落下，細細琢磨則有很多不大對勁的地方。例如兩次火災中使用的助燃劑容器不一樣，一是二十公升的油桶，一是兩公升的汽水膠樽。通往寮屋的路曲折難行，明明已經有經驗了，爲何換成較不方便運送的容器？再說，要從那麼多膠樽中倒出汽油，潑灑速度慢，只會徒然增加風險，不像老江湖的行事作風。」

「另外汽油種類也不同，分別是98和92，證明他們取得途徑不一，於是我想追溯來源也許能鎖定目標。現時香港油公司僅出售98汽油，若要取得92，必然通過不正當渠道。初頭還以爲犯人害怕被追蹤，才故意以非法方式入手，其實是過度揣測。犯人之所以用92汽油，純粹因爲它就擺在眼前。考慮到漆果的背景和工作內容

4 紙皮箱：即台灣的「瓦楞紙箱」。

便不難理解，爲了農業用途，他有儲備汽油的習慣。寮屋附近的貨櫃內可以找到存汽油用的鐵桶，還有幾部農機，翻查型號確定是內地出產，使用的正正是92式，而大量的膠樽相信亦是農地耕作使用的。如此推論，縱火者必定知道漆果從內地購入汽油，以及知道貨櫃裡有存貨，再綜合其他線索，範圍便一下子收窄不少。」

全耀祖斜看向地板，努力消化著他說的話，酷似一尊不動的石像。

謝思羽續道：「我曾一度以爲現場找不到犯人相關的物證，是因爲他謹小慎微，不留下丁點痕跡。反過來想，假若痕跡從頭到尾都存在，只不過我們都視而不見呢？」

全耀祖倏地想通了，「你想說，火不是陌生人放的？」他赫然道：「難道是梅姨？」

謝思羽輕輕一笑，「不是梅姨，那天她去擺菜檔，許多街坊目擊，而且檔口只有她一個人，根本走不開。」

「那……還有誰？」

「其實還有一個思路，放火的人最後葬身火海。」

全耀祖神色猝變。

謝思羽迎上對面的視線，「我找了學校的閉路電視[5]，她穿著連身校裙獨自放學，時間是三點十七分，從學校步行回家只需十六分鐘，可她打給母親的時間卻是四時零八分，如果眞像電話裡所說，她放學回家碰見可疑男人，那中間的空檔怎樣說明？」

「可漆燕不是被困寮屋裡嗎？」

「我想事情是這樣的。」謝思羽略微組織一下語彙，「漆燕放學後回家先換掉衣服，因爲做粗活穿裙子不方便，這解釋了爲何在她屍體下半身殘留的化纖布料中發現了運動褲的碎屑。接下來，她從貨櫃取出汽油，因體力不足，選擇使用輕便的膠樽作多次搬運。由於自導自演，不會有被舉報的危機，也就有充裕作案時間。然後她拿家中已有的鐵鏈綁起大門，致電母親交代事件，製造不存在的第三人。點火，爬至貨櫃頂或鄰近的平房頂部，再跳往自家樓頂。因寮屋屋頂以坑板覆蓋，並非完全密封，只要不上釘子，便可從空隙進入室內。」

「還以爲是偵探小說的橋段呢。」全耀祖應道。

「滿老掉牙的，漆燕究竟是個孩子，才會想出這樣錯漏百出的計畫。」

說到這裡，全耀祖眼神流露落寞之色，令謝思羽想起他和漆燕相擁在床的時光。普通人看去，簡直是用情至深的男人，可受到先入爲主影響，老是覺得他虛情假意。

謝思羽接著說：「若漆燕是縱火者，即能解釋爲何她身上沒什麼重大傷口，皆因從一開始就不存在什麼男人，不需要抵抗，更不需要逃命，只要靜靜等待救援——」

5 閉路電視：即台灣的「監視器」。

「我無法理解。」全耀祖截住他的話，「難不成漆燕為了撇清殺人嫌疑才放火，結果搭上自己的性命？」

「不，以她一個弱女子的力量不足以殺害漆果。我想她一心放火，回家後完全沒檢查過睡房，壓根兒不以爲意有屍體。與四個月前的火災相比，太多外在條件不一樣，建材、天氣、汽油量，她經驗不足，天眞地以爲能像上次那般逃出生天。」

全耀祖往椅背上一靠，瞳孔放大。「她白白燒死了自己，爲什麼做那種傻事？」

謝思羽搖頭，「這大概只有她本人清楚，不過，我猜想她一定十分厭倦寮屋的生活，不然怎會狠心燒掉它，恐怕她心中已另有歸宿，認爲燒掉住處便能到喜歡的地方，和喜歡的人在一起。」他暗地裡想，總不能告訴對方自己被漆燕的幽靈纏身，所以略知一二。

全耀祖抽了口氣，有話卡在喉嚨說不出口，結果呑進肚子裡，並未對他的臆測加以評論。

「我可以繼續說下去嘛？」謝思羽耐心等了一會。

「……請講。」

謝思羽雙目下垂，捏著拳頭說：「與漆燕的放火相比，漆果的案子複雜得多，顯然犯罪者思維沒那麼單純。有一點非常肯定，劫後的火場並非凶手原來的設計，若要了解事件全貌，唯有還原至寮屋未破壞時的情景。早前因一些內部意見分歧，警方把火場錯認爲第一案發現場，經過反覆推敲，我們相信漆果在別的地方遭殺害、焚毀，棄置在寮屋，繼而因縱火遭到二度焚燒。簡單地說，凶手只損壞遺體表面，從沒打算令它徹底碳化。」

「把屍首燒至面目全非，最直接的想法，就是凶手想人們誤認身分，否則用不著毀容如此多此一舉。可鑑識技術先進，光破壞外在生物特徵沒法阻礙鑑別，法醫可以抽取體液檢驗，亦可以依賴基因比對找出死者身分。而且，凶手殺害死者時應該知道牙齒掉到氣管裡，卻沒有試圖取出，依然照原定計畫將它放到睡房內。只有一個可能性，凶手有自信，即使是這種情形，屍體依然會被辨認成漆果。」

全耀祖聞言一震，表情顯而易見地凝固起來。

「現代身分鑑定主要依靠幾樣判斷：親屬認屍、骨骼分析、基因比對等。有沒有可能，凶手反向操作這些項目，從而操縱鑑識結果。例如親人把不是漆果的屍體指認成本人，因爲是根據紋身、配飾等外在條件作主觀判別，除了一起生活的人，外人很難反駁。又或是像骨骼，若無明顯個人記認，只要找一名與漆果年齡、身高相仿，性別相同的對象頂替，就能瞞天過海。至於基因比對，鑑識人員通常會採集死者使用過的私人物件上殘留的髮絲、汗液、口水，與遺體基因對比。假設凶手知道這程序，事先將另一個人的物件安插在現場，便可能左右鑑別過程，最常取樣的物品包括牙刷、帽子、貼身衣物、梳子……」

謝思羽一直盯著某個焦點說話，令全耀祖心生疑惑，順著視線尋找那個焦點，察覺到他凝視著擺在茶几上的水杯。

「真神奇。」謝思羽意味深長地說：「你這裡使用的杯子和漆果睡房裡找到的一模一樣，我看是牌子不錯的水晶杯，價值不菲吧？」

全耀祖擠出好看的笑容，答：「真的嗎？我想他一定覺得這個杯很好看，擅自拿去用了。」

謝思羽故作輕鬆，「說說而已，畢竟現場被大火完全破壞了，即使有什麼東西都已經化成灰燼，再者也沒有人能說得準，那些物件是否屬於漆果。」他定了定，言歸正傳。「後來我想，只要找到第一案發現場，說不定能得到更多線索。由於焚燒屍體，地點必須在不惹人注目的位置，這時我記起，離寮屋不遠的山腳下有個廢棄物集合處，不定期有村民違規焚燒垃圾，於是過去碰碰運氣。在那裡找到一個垃圾斗[6]，有最近焚燒過什麼的痕跡，可惜裡頭沒什麼發現。」

他刻意停頓一下，才補充：「倒是在周圍找到死者留下的血跡，還撿到一顆斷齒，證實了我的直覺沒錯，那裡就是第一案發現場。」

聽畢，全耀祖不由一凜，抽了抽嘴角，那副乖乖牌的偽裝稍微崩掉。

「不知你有沒有發覺，這兒出現了一個重大矛盾。據法醫的鑑定，顯示火場找到的兩具遺體之間存在血緣關係，假如不是親子何以得出如此結論？」謝思羽直話直說，「聽上去雖然有點瘋狂，我突發奇想，倘若火場裡的男死者確實是漆燕的父親，但不是漆果呢？」

全耀祖露出難以置信的眼神。

「如果推理沒錯，那凶手一定是知情者，才能設計這種殺人方法。與漆果骨架、年紀各方面條件相近的人，最近不見了蹤影……耀祖，你父親現在在哪裡？」

「你意思是我爸爸和梅姨有染？死者是我爸，而不是漆叔？」一瞬間，全耀祖臉色猝變紙白一樣，恰似在飾演悲劇裡的主人公，只差淚流滿面。

「漆果的私人物品燒光了，無法作對比，可假如死者是全國華，那就有可靠樣本，只要拿他的東西跟火場的炭屍做基因鑑定，便會知道答案。」

「不可能，不是真的……」

謝思羽沒心思陪他玩，冷眼看他表演。

全耀祖抱頭，調節著紊亂的呼吸，待會兒才緩緩張嘴。「這兩個禮拜爸爸沒有回家，他工作總是很忙，經常加班，有時會消失幾天。不過日子越來越長，我漸漸覺得奇怪，手機又打不通，也不知道應不應該報案。每日那麼多人失蹤，警察會理睬我們

6 垃圾斗：香港的一種大型垃圾桶，會由帶有鉤子的「勾車」統一運至指定區域處理。

嗎？還不是備了案就完事……」

謝思羽並沒有動容。

全耀祖雙目失焦繼續說著，「爸爸和漆叔住在一起時，常常因爲偷錢的事起爭執。漆叔賭博成癮，缺錢缺得厲害，連租金也是梅姨獨力支撐的，還要付重建房子的費用。爲了這件事，之前他們打過一架，那次搞得我爸臉頰青一塊紫一塊。謝Sir，你看，會不會是漆叔殺了爸爸？」

「我可能知道凶手是誰。」謝思羽在靜默中開口。

全耀祖目不斜視，看對方從外套口袋掏出一個證物袋，裡面裝著斷齒。

「只要找到這枚小臼齒的主人，一切就水落石出。」

「那不是我爸的牙嗎？」

「誰告訴你是全國華的牙，這是從第二個人口中掉出來的，大概是死者掙扎時打落的吧，若然沒猜錯，應該屬於凶手。」謝思羽以異常銳利的眼神望向他，「方便張大嘴巴讓我檢查一下嗎？」

整個室內的氣溫頓時掉落冰點，事到如今，全耀祖連裝都懶得裝，冷著臉，用無高低起伏的語調說：「……眞沒想過，現在還有像你這般優秀的警察。」

說著，全耀祖鎮定自若地從沙發起立，謝思羽的視線隨之移動。霍地，一個黑影撞來，身側感覺被重重打了一記，同時飄來一縷紅石榴的芬芳——

謝思羽一瞥，只見一把水果刀沒入自己的上臂，不知何時潛伏到身旁的黃麗琴瞪裂了眼眶看著他。意識到發生何事，剎時一股寒意上湧，他按壓住傷口，鮮血源源不絕滲出。

「有一點你弄錯了，」全耀祖居高臨下說：「你手上的不是男人的牙齒。」

怎麼沒想到呢，黃麗琴一直沒敢張口說話。謝思羽心道。

血灑了一地，如同瓣瓣落地的紅石榴，謝思羽抱著臂站起來，痛不欲生，矇矓間，看見餐桌上那碗紅艷欲滴的果籽，一瞬竟把它看成顆顆鮮血淋漓的牙齒。

「你什麼也不懂……你什麼也不懂……」耳畔不停響起黃麗琴的喃語。

□

將厚厚一疊現金遞給漆果時，他毫不猶豫收下，對此我並無意外，因為世上總有一種人，只要給他錢，什麼骯髒事情都做得出來。反正他已經典賣過妻子給全國華任意擺弄，有時在酒店，有時在自己家，事已至此，把自身的靈魂也賣掉又何妨。

「還有一半，完事後給你。」我幽幽道，提醒他別太得意忘形。

「妳要我做什麼？」那臭男人咧嘴露出一排黃牙。

「幫我殺一個人。」

我們四目相交，他很快明白我的心意。

「你不是欠債嘛，他代替你死，一石二鳥。」我站在他的立場解釋這個計畫，因這才是他最感興趣的角度，從利益出發。

漆果嬉皮笑臉地說：「妳們這些女人呀，果然不完整，不只是身體，還有心理，貧的富的都一樣賤。」

「你完整嗎？」我板著臉，瞄看他的下體。

受到眼神侮辱，他青筋暴現，若是一般情況下已發火反枱[7]，大爆粗口，但念及龐大的金錢報酬，他忍了，脹紅著臉沒有動作。

在這些可悲的人眼中，女人只要無法生育，便是有缺陷，應該爲自己的身體感到羞恥，一生一世活在無限的自卑裡。

我的淚幾乎奪眶而出，可表情卻如死水無波無瀾。「國華這輩子，用盡一切方法，只爲得一個兒子，現在他得到了，絕對不會放手，若然有人危害耀祖，他一定出面衛護。你就這樣威脅國華，說要把他和阿梅的醜事抖出去，他那麼顧面子的人，肯定會上當的。你騙他上山，其他不用擔心，我會處理，你協助便行。結束後，帶著那筆錢人間蒸發吧……」

我輕描淡寫，就像在說一件輕而易舉、人人都會的事。

漆果蹺起二郎腿，打量著我藏在眼底的情緒。「妳真的那麼憎恨那個人，到了要殺人的地步嗎？」

「我想不想殺人，一點也不重要。」我答言，眼裡映射出火影幢幢。「我只是認爲，像他那般令人不齒的男人，應當落得如此下場。」

〈Toothless〉完

（本作改編自日本傳統藝能劇目主角「八百屋阿七」的故事）

7 反枱：即台灣的「翻桌」。

塵事生非

—— 陳浩基

《無事生非》（*Much Ado about Nothing*）——威廉．莎士比亞

【劇本簡介】

打勝仗的阿拉岡（Aragon）王子彼德羅（Don Pedro）帶著手下，回程途經墨西拿（Messina）接受總督里奧那托（Leonato）熱情款待，王子親信本尼狄克（Benedick）一如既往與里奧那托的姪女貝特麗絲（Beatrice）針鋒相對、脣槍舌劍，而王子的另一手下、本尼狄克的戰友克勞狄奧（Claudio）就對里奧那托的女兒希羅（Hero）一見鍾情。在王子穿針引線下，克勞狄奧成功提親，而眾人在籌備婚禮時，施計將歡喜冤家本尼狄克和貝特麗絲湊成一對，讓兩人以為對方單戀自己，雖然他們仍然嘴硬但已墜入愛河。

王子的弟弟約翰（Don John）在喜慶中卻鬱鬱寡歡，妒忌克勞狄奧取得戰功，於是施詭計破壞婚事。他指示與希羅婢女相好的隨從波拉契奧（Borachio）和女伴在希羅的房間幽會，故意引王子和克勞狄奧誤以為希羅在婚禮前夕與男人私通，結果婚禮上兩人狠狠數落希羅後忿然離場，希羅蒙冤昏倒。在里奧那托手足無措之際，主婚的神父建議希羅詐死，好讓陷害她的壞人露出馬腳，而貝特麗絲則要求本尼狄克與克勞狄奧決鬥以恢復堂妹的名譽。

與此同時，瘋瘋癲癲的警吏道格培里（Dogberry）和手下弗吉斯（Verges）巧合地逮到向他人炫耀因為做壞事而獲重金打賞的波拉契奧，審問後王子和里奧那托知悉真相，約翰亦已逃跑。懊悔的克勞狄奧以為自己害死未婚妻，向里奧那托懺悔並願意承擔一切責任。里奧那托要克勞狄奧迎娶他的另一個姪女，婚禮完成後克勞狄奧才發現妻子是復活的希羅，兩人有情人終成眷屬。本尼狄克和貝特麗絲此時亦知悉自己被王子和伯父施計湊成對，但他們暗中寫給對方的情書和情詩被希羅和克勞狄奧翻出來，於是兩人在鬥嘴中愉快地成婚。在婚禮的舞蹈中眾人獲告知逃跑的約翰已被逮住，但各人決定先不管他，繼續隨音樂起舞。

第一幕

「小妹妹，有何貴幹？啊，妳先別說出來，以我驚世駭俗、天妒英才的偵探頭腦，一看就知道妳想找人訪問——那妳就找對了！我狗巴在Roller場滾滾紅塵四世紀，從九龍灣德福滾到屯門、沙田賓士滾到港島太古城，見盡痴男怨女離愁別緒離離合合分久必合，哪種題材都應有盡有……不過妹妹妳這麼小，是中學校報記者嗎？那我就多談一些人間眞善美、狗咬呂洞賓的好人好事……」

戴著金色邊框反光墨鏡和螢光粉紅斑馬紋棒球帽、腳踏左右顏色不一的紫色白色雙排滾軸溜冰[1]鞋、身穿七彩夏威夷衫的金髮中年大叔在我小聲吐出一句「不好意思」後，像機關槍似地搶白反問，害我一時半刻反應不來，只能像呆頭鵝般盯著他一臉期待的滑稽笑容。事實上我要花好幾秒才能成功消化他那些「每個字都聽得懂但組合起來狗屁不通」的話——我猜他想說他四十年前已縱橫港九新界各大大小小溜冰場，而不是想表示自己從明朝末年活到今天吧？

「我、我不是記者，也不是中學生……」我其實很討厭人家說我年紀小，暗示我

1 滾軸溜冰：即滑輪溜冰。

「肉肉臉嬰兒肥」，雖然我已經每晚做瘦臉瑜伽，但大概因爲遺傳總是瘦不下來，再努力也是徒然。「我想請問你認不認識這張照片裡面的人。那邊的阿姨說你在這兒認識人最多，叫我過來請教你。」

我從口袋掏出那張邊緣已破損的照片，遞給面前這個打扮跟年齡不相稱的古怪大叔。他接過照片後，舉起放在眼前，揚起一邊眉毛仔細端詳，可是我看他的表情，他大概跟那個阿姨一樣，不認識相片中的四男二女。我早知道這是大海撈針，據說三、四十年前滾軸溜冰是年輕一代的時髦玩意，我猜至少有幾萬人參與，這個大叔人脈再廣也不一定碰過面，而且即使見過聊過，事隔多年亦很可能忘記了吧。

「狗巴哥……」一直在大叔身旁挨著欄杆滑手機、裝束較樸素——大概任何人在七彩夏威夷衫大叔旁邊也會顯得樸素——的矮個子先生抬頭，插嘴說：「你把照片上下倒轉了喔。」

「阿忽你有所不知啦，英國研究指出人是沒辦法辨認出上下倒轉的五官，我想趁這個機會驗證一下。」那個叫狗巴的大叔將手上的照片扭轉九十度，再歪著頭邊看邊說：「我確認那研究是事實，因爲我剛才眞的認不出來，但現在只要轉一半我都認出來了——場地是沙田賓士，我猜大概是八七、八八年左右，呵，王子還好年輕，那身形眞是健美得美輪美奐，美不勝收……」

「你、你認識他？」我喜出望外地看著用手指指著照片中站在後排高壯青年的狗巴叔。

「不是『他』，是『他們』。」狗巴叔移過指頭，「王子、阿John、克仔、小希、阿Bee和阿的，每個都認識！我不就說過嘛，我在Roller場渾水摸魚四世紀……」

我沒有將對方接下來的話聽進耳裡，因爲我對如此不費工夫便找到知情者而高興，同時也因爲發現阿爸原來有個叫「阿的」的暱稱而訝異。

我找到這照片只是巧合。

媽過身已經三年了，她患有很嚴重的全身性紅斑狼瘡和血小板缺少症，長期服藥，數年前病況變得嚴重，結果在疫情高峰期離世，年紀還不到五十。她不是因爲染疫而去世，不過我總覺得爲了防疫減少外出影響了她的健康。媽病重期間，阿爸十分辛苦，白天工作繁重，下班後又著緊回家照料媽，我看他白頭髮愈來愈多，髮線後移到近乎半禿了。雖然我十分不捨媽離我們而去，但看到她一直受病魔折磨，阿爸又急遽衰老，她走了對他倆也算是一種解脫。

媽離開後那段日子我都住在大學宿舍，雖然只在週末回家，但也感受到阿爸的生活變得單調枯燥。阿爸本來就沒有什麼興趣嗜好，不抽菸不喝酒也不賭馬，以前頂多貪小便宜買些廉價電影ＤＶＤ，和媽在假日觀賞——我唸中學時他常常想拉我一起看那些八、九十年代爛片，我都找藉口說約了同學溫習，趕緊逃離現場。我猜他現在還有利用串流平台看電影，不過安坐家中動動指頭便能從成千上萬部作品中隨意選擇，大概剝奪了他逛影碟店挖寶的樂趣。

去年某天我曾忍不住問了阿爸一句，想知道他平日有沒有找朋友或同事吃飯，有沒有遇上談得來的異性朋友。

「嘿，一把年紀怎麼會有這種閒情逸致。」阿爸打個哈哈便將話題轉到我身上：「妳呢？妳不是說過大學裡有個男生老跟妳抬槓？妳這麼在意是不是動心了？阿爸不是老古董，投緣的話就邀請他來家吃頓飯，認識一下……」

當時我想，或許阿爸不在乎缺乏社交，享受獨個兒生活，畢竟我自小就覺得他以家庭和事業為重，現在他都寄情工作，即使他只是在一家小小的印刷公司擔任不起眼的中層主管，業務平淡乏味。他年輕時應該沒有什麼夢想，是個沉悶無趣的男人，聽聞媽跟他曾是同事，婚後才辭職，要不是有這種機緣，誰會對阿爸這悶蛋有興趣？

可是一件小事顛覆了我對阿爸的刻板印象。

那是一個星期天，我睡得有點晚，起床時看到阿爸在整理家中雜物。我沒有理會他，自顧自地弄早午餐吃，但就在我收拾盤子時，我偶然看到阿爸露出我從沒見過的表情——那是一張溫柔的臉，嘴角微揚，目光有點落寞但有種筆墨難以形容的神采。我瞥見他正瞧著手上的一張照片，而旁邊還有一堆舊書刊和筆記本，照片很可能收藏在那些書本之間。我差點脫口想問他那是什麼照片，但阿爸的神態實在讓我感到疑惑，為免他再次轉移話題，我決定不動聲色，靜待他收拾好雜物，再趁他離家散步時尋找那張觸動他情緒的照片。

當我從抽屜找出那張照片，我頓時理解了——令阿爸感觸的，是「逝去的青春」。

照片背景是一個迪斯可裝潢的場所，環境不太明亮，牆上和天花板鑲嵌著五彩繽紛的霓虹燈管，而畫面中央六個年約十多二十歲的男女都穿著滾軸溜冰鞋，勾肩搭背地朝著鏡頭展露笑容。六人中最顯眼的是站在後排、身材高䠷健碩、笑容燦爛的短髮青年，他古銅色的皮膚讓整齊的牙齒更見潔白；被他搭著肩的青年膚色白皙，雖然臉上也掛著笑容，卻有種拘謹不討喜的感覺。前排左方有一男一女，有點書卷氣的男生跟留著長直髮的可愛少女親暱地手挽手，狀甚甜蜜，而右方的男女卻互相捉弄對方，男的伸手在短髮女孩的頭上豎起手指裝成牛角，女的左手握拳作勢要向男的施展上勾拳，兩人更同時笑著扮鬼臉互瞪。

這個燙了「爆炸頭」的淘氣男生，是阿爸。

我一開始沒有認出來——誰料到差不多變成「地中海」的老頭子年輕時頭髮如此濃密——直到看到相中人戴著那隻爺爺遺留給阿爸的銀色手錶，我才從那個表情豐富、年輕有活力的青年臉上看出阿爸樣貌的影子。

阿爸從來沒有表現過對運動有興趣，我完全不知道他懂得踩滾軸溜冰，更不曉得他有這樣一群志同道合的朋友。年輕的阿爸看起來充滿活力，笑容真摯，即使不計頂上三千煩惱絲多寡，感覺上也和今天的他判若兩人。我本來想等他散步回來問個究竟，可是他踏進家門後我卻說不出口，不知道他願不願意向女兒講述他年少輕狂的光輝歲月。爸媽一向都不喜歡拍照，事實上待到媽病重時，阿爸才想起該留下回憶，用手機鏡頭記錄我們一家三口的生活點滴，而抱恙臥床的媽還不住抱怨，說自己容顏憔悴，拍出來的照片不好看。因爲家裡缺乏舊照，我從來沒想像過阿爸年輕時的樣子，也甚至不知道拿著照片詢問詳情，會不會被他怪責多管閒事，觸及某些難言之隱。

所以我默不作聲，將照片放回原處，假裝不知情。

縱使我心裡還是十分在意，想知道阿爸年輕時的經歷，又爲何跟那些玩溜冰的朋友疏遠了。

兩、三個月後，一段Youtube訪問影片啓發了我。原來近年颳起懷舊風，三、四十年前的滾軸溜冰愛好者利用網路重新聯繫，定期相約到維園溜冰場聚會，雖然昔日的青年男女如今變成四、五十歲的大叔大嬸，一樣無減他們投入這運動的熱情，再次手牽手在溜冰場上迴旋翱翔。有受訪者說當年室內溜冰場倒閉後，一眾同好便失聯，加上年紀漸長要爲生活做打算，自然各散東西；不過他們現在連孩子都獨立離家了，再過幾年更屆退休年齡，如果不及時行樂重拾舊趣，恐怕再無機會穿上「雪屐」[2]飛馳，再無法和舊友們重聚。

這訪問敲動了我的心弦，鼓勵我在這個週日上午，偷偷帶著那張舊照，遠道迢迢從沙田的家隻身來到維園溜冰場，向陌生人打探他們認不認識阿爸，知不知道相中其他人的去向。

或者這是我唯一能爲阿爸做的事，擔當他和舊友之間的橋樑，讓他重溫昔日青春美夢。

「那、那麼請問你知不知道他們的聯絡方法？這個『阿的』是我阿爸，我想幫他聯絡老朋友……」聽到那個狗巴叔說他認識相中所有人，我便指著照片中的阿爸，趕緊追問。

「聯絡方法就沒有啦，不過我知道王子在哪裡，可以帶妳去找他。」對方將照片還給我，邊說邊用拇指指了指身後。

「啊，好，好！麻煩你了！」我鞠躬致謝。

「妳先等我脫掉鞋子，」他又回頭對矮個子大叔說，「阿忽你也一起來吧。」

他倆脫下溜冰鞋後，跨過欄杆，一左一右夾著我緩步前行。剎那間我內心警鐘大鳴，這兩個中年男人會不會根本不認識阿爸和他的朋友，只是信口胡謅，打算引我到公園的陰暗角落圖謀不軌？但現在還是大白天，色狼才不會如此猖狂吧？可是我記得

2 雪屐：粵語中指溜冰鞋或滾軸溜冰鞋。

那個訪問影片提過，以前的滾軸溜冰場品流複雜，三、四十年前的不良少年，現在可能只是變成了不良中年而已？

「喂，王子，有人找你！她說她是阿的女兒喔！」

結果才走不到十來步，狗巴叔的這句話便打斷了我的胡思亂想。我們不過從溜冰場旁走到場外設置長椅的休憩區，相距只有十公尺，而被狗巴呼喚的男人正在低頭滑手機，聞言抬頭瞧向我們。我錯愕地心想這距離其實只要指一下就好，犯不著花幾分鐘脫溜冰鞋再「帶」我過來；不過我沒有將吐槽說出口，因爲我被眼前人懾住——他毫無疑問就是照片中那個高壯的青年，那排潔白整齊的牙齒仍十分搶眼，不過他身材無復當年，如今頂著一個大肚子，比起迪士尼動畫的王子，我只想起夢工廠的史瑞克和功夫熊貓。

看過我遞上的照片後，王子露出複雜的表情——就像阿爸，我看到他的眼神閃過一絲哀愁，但同時禁不住微笑，像是在細味苦中帶甘的往事。我向王子報上姓名，道明來意，說阿爸看這照片時一樣似是陷入回憶，希望幫他找回舊友，給他一個驚喜。

「原來阿的姓潘啊……眞失禮，我們那時候雖然每個禮拜都見面，但一直只叫他阿的，畢竟很多朋友來溜冰場玩樂就是想暫時逃離家人束縛，我們不會打破沙鍋查問身家底細。」王子對我苦笑一下，「不過潘小姐，我不是要潑妳冷水，妳爸爸或許不想見我們，當年大家鬧得有點、嗯、不愉快，照片裡面的人幾乎全部翻臉決裂。我不介意跟阿的聚聚舊，但我眞的不知道他是不是依然心有芥蒂……當年如果我沒有制止，阿的已經和克仔打起來，雖然我知他其實不想動手……唉，結果搞到形同陌路，全部人都不再來玩，只有我獨個兒繼續溜，直到九十年代各個溜冰場逐一倒閉。」

「阿爸和這個……克仔叔大打出手？」我嚇了一大跳，因爲我從來沒見過阿爸發脾氣。

「對，他們本來稱兄道弟，但情義兩難存，感情事眞是有理說不清……」

「阿爸跟克仔叔……搶女人？」我小聲地問道。

王子展露一個內斂的笑容——就像丹佐華盛頓在《私刑教育》裡那種意味深長的微笑——再輕輕搖頭，彷彿我問了一個愚蠢的問題。

「當時溜冰場很多爭風吃醋，但阿的和克仔都不是那種自私的傢伙，況且他們各自心有所屬，我猜妳從照片也看得出來。」王子舉起照片，將指頭放在那個被阿爸作弄的女生身上。「故事有點長，橫豎快到正午，不如我們去鄰街的茶餐廳一邊吃午飯一邊談？」

雖然這樣子可能侵犯了阿爸私隱，但我的好奇心戰勝理智，迫不及待點頭同意。王子的話加強了我心底裡的某個想法——說不定我能替阿爸牽紅線找回舊情人，甚至是初戀情人。我沒有妄想他們能重新發展關係，但就像那個Youtube影片受訪者所說，人生無常，別計較那麼多，能重遇已是上天的庇佑。

畢竟人生沒有幾個三十年啊。

第二幕

在沙田新城市廣場地庫的滾軸溜冰場內，藍色綠色的霓虹燈管伴著節拍強勁的音樂閃爍，場上二十多三十名衣著光鮮、悉心打扮的年輕男女踏著溜冰鞋，有默契地循著相同方向滑行舞動。自從八年前——即是一九八〇年——一齣名為《嬌姐兒》（*Roller Boogie*）的美國電影上映後，滾軸溜冰便成為城中最時髦最新穎的玩意，比迪斯可更受歡迎的室內滾軸溜冰場如雨後春筍在各區紛紛出現，成為年輕人的聚腳點、社交場。這間名為「賓士」的溜冰場更是全港最熱鬧最著名的場地之一，它還附設撞球場和保齡球場，加上二十四小時營業，深受時下年輕人追捧。

「看，王子又炫技啦。」

雖然這晚不少人穿得花枝招展，當中亦不乏俊男美女，但全場的焦點都落在一個只穿樸素T恤和運動褲的高壯青年身上。他從緩步滑行的人群中彈出，先是施展優雅的交叉步，再雙臂抱胸急促地原地轉圈，恍若一枚正在旋轉的銀幣，巧妙地保持著平衡。在眾人喝采下王子突然張臂，像掙破束縛的猛禽展開翅膀，俯身滑翔，三秒後又換成單腳後溜，從容地在場邊轉身煞停，動作一氣呵成，猶如流水行雲。

「不表演招牌動作？」靠著場邊矮牆欄杆的克仔挽著女友小希的手臂，向停在身旁的王子問道。

「今晚新手多，免得出意外啦。」王子爽朗地回答。他的「轉體兩周半跳躍」動作媲美外國職業選手，亦因此被友伴賦予「王子」的渾號。克仔不知道王子的回答是指不想新手不自量力地有樣學樣而受傷，還是怕跳躍中有新手傻乎乎地滑到王子落地的位置前不懂閃避，抑或兩者皆是。

「王子哥你什麼時候教我？」小希插嘴問。

「妳叫克仔教妳就好，他和阿的都懂得跳一周半，落地比我還要穩。」王子故意誇讚好兄弟，讓他在女友面前臉上有光。

「可是王子經驗較豐富，名師出高徒，我指導才不及你的動作那麼正宗。」克仔靦腆地笑道。克仔並非因爲王子爲自己「助攻」而說客套話，他、阿的和王子是在賓士結識，兩人都是看到王子身手不凡，冒昧上前請求指導，王子又不吝賜教，三人便結成溜冰場上的好友。

「不過高徒都有高矮之分，有些人就是天生不夠高，唯有燙個爆炸裝，好讓自己再高兩吋。」在小希身旁的阿Bee瞟了阿的一眼，意有所指地說。

「那我也十分明白，就像有些人即使穿裙子也沒有女人味，所以只好灰溜溜地穿長褲。」阿的聳聳肩，刻意扭頭望向另一邊，眼角卻斜視著穿牛仔褲的阿Bee和旁邊穿格子裙的小希。

「呵呵，我知道我穿裙子一定沒你穿得那麼好看，我猜你巴不得每天都穿，那不如大大方方找天穿給大家看看，順便化個妝，滿足一下心願啦？」阿Bee朝阿的反擊。

「還是別啦，萬一到時場上，眾男生寧願牽我手後溜也不願牽妳，弄得妳心煩意亂失眠，晚晚拉住小希講電話要她替妳做心理輔導，克仔就會怪我喇。」

「其實阿Bee穿牛仔褲好好看喔，就像模特兒，既漂亮又帥氣。」克仔在阿Bee回話前搶白道。

「對啊，我都想多穿牛仔褲，不過我雙腿不夠長，只好穿裙子掩飾一下。」小希話畢又轉向阿的繼續說：「不過阿的人好好，我之前說買不到劉美君的卡帶，他不只幫我找到，還不用我付錢，說克仔之後會請他吃飯當補償。」

「雖然阿的常常胡說八道，但他真的很重情義，從不計較。」王子也加入。

「嘿，小希妳小心別受人家太多恩惠，天曉得他是不是放長線釣大魚。」阿Bee嘟嘟嘴。「我去買汽水，小希王子克仔你們要不要？」

三人搖頭示意不用，阿的就 臉不在乎地望向溜冰場的另一邊。

「阿的，阿Bee不是故意針對你，她只是不好意思……」阿Bee離開後，小希打圓場道。

「我才不希罕，我有手有腳，哪用她幫我買什麼喝的。」阿的聳聳肩，然後自顧自地到場上繞圈，向幾個見過一、兩次的女生搭訕，邊溜邊聊。

「我們的計畫是不是失敗了？」場邊餘下三人後，王子像是自言自語地說。上月在他幫忙試探下，成功製造機會讓克仔和小希互相表白心跡，三人後來便想撮合阿的和阿Bee——雖然兩人就像八字不合，認識不久便脣槍舌劍，但三人都覺得其實兩人性格匹配，外型相襯，天生一對。

於是他們用計讓雙方以爲對方對自己有意。

半個月前，王子和克仔假裝不知道阿的在廁格，在洗手間裡大談阿Bee如何爲了阿的茶飯不思，又拉不下面子硬要裝強，說小希爲此煩惱，擔心好姐妹單思成疾；另一邊廂，小希趁著阿Bee來家作客，假裝接到克仔電話，讓阿Bee以爲阿的實際上因爲她的嘲諷心如刀割，被心上人如此冷待生不如死。

「我肯定有效！」小希回應王子，「那次她一定聽到我講電話，她不知道自己滿面通紅，我一提起你們她就立即換話題，我從來沒見過阿Bee那麼慌張。她當時還差點打翻汽水呢。」

「我也肯定阿的已經墜入情網，你看他現在滿場找女生搭訕，卻老是向我們這邊偷瞄，根本就是等阿Bee回來，想她吃醋。」克仔歪一歪脖子，用下巴向場中的阿的呶了呶。

「可是他們仍然互相嘲弄，句句見骨，很不客氣啊。」

「換作以前阿的八成會更刻薄，直接譏諷阿Bee蘿蔔腳男人婆虎背熊腰大猩猩，怎會像現在那般斯文有禮？他近來還有好好打扮，每次都偷戴他老爸的名牌手錶，分明想吸引阿Bee注意。」克仔笑道。

「阿Bee也是，她以前一定會講下流笑話，拿阿的的名字諧音『Dick』來開玩笑，現在都收斂了。」小希再湊過頭向兩人說：「她最近還常常塗香水！但只是來賓士才塗，我才不相信她沒放在心上呢！」

「那或許順其自然，等機會出現吧……」

就在王子說出這句時，場上的音樂換成慢歌。

「是陳慧嫻！克仔你來陪我！」小希一聽到〈傻女〉的前奏便立即認出，於是牽著克仔的手往溜冰場中滑過去，兩人親密地手挽手，一邊滑行一邊喁喁細語。

「咦，狗巴，不用當值嗎？」就在王子獨個兒待在場邊，瞧著一對對男女隨旋律共舞，在賓士兼職的狗巴穿上了「阿公鞋」，緩步滑來。

「對啊，今天放假，不過外面大氣好，所以沒外出逛街，留在這兒苟延殘喘。」

王子從來不太聽得懂狗巴顛三倒四的話，不過他也沒深究。狗巴和王子年紀相若，但只靠打散工維生，在不少滾軸溜冰場都工作過，目前在賓士主要是在租鞋部櫃檯當職員——由於滾軸溜冰鞋價格不菲，一雙往往索價上千元，能擁有一對「私家鞋」是所有愛好者的心願；室內溜冰場之所以能盛行，是因為有租借公用溜冰鞋的服務，顧客們都習慣稱之爲「阿公鞋」。

「今天有沒有看到阿John？」王子問。阿John跟阿的和克仔一樣，在賓士認識王子，他甚至比兩人更早和王子來往，切磋技藝。克仔和阿的懂得的花式技巧，阿John都會表演，他還會跳轉體兩周，只是社交手腕遠不如克仔和阿的，要不是經常和王子一起，場內沒人願意和性情乖張的他搭話。

「沒有，不過昨晚他有來，只是沒有人陪他，他孤伶伶地溜了一會兒便離開了，可能趕回家看〈打電話問功課〉。」

王子想吐槽說阿John已經中學畢業，才不用看電視的教育節目，更何況〈打電話問功課〉是在黃昏五點多播放。

「阿John形單影隻，克仔和女朋友就像『糖黐豆』[3]，眞是煮豆燃豆萁，豆在釜中泣。」狗巴望向場內正在依偎並溜的兩人繼續說。

「話說回來，小希和阿Bee溜冰技巧不錯，不像初學，看步法應該在德福學過。你有沒有在那邊見過她們？」王子說。由於每個溜冰場都有自己的社交圈子，各自有老手傳授新人技巧，於是漸漸有「流派」之別，例如沙田賓士的客人動作大而豪爽，九

3 糖黐豆：粵語，形容戀人如膠似漆。

龍灣德福的則步幅小步履密，港島太古的就從容淡定斯文。旁人未必看得出來，但對老鳥們來說就像太極拳和空手道的差異那麼明顯。四個多月前小希和阿Bee第一次來賓士，克仔便對小希一見鍾情，王子出面攀談，提點技巧，這個小小的朋友圈才形成。

「沒有喔，不過說不定她們師承姑蘇慕容，盡覽天下祕笈……正好一個阿朱一個阿碧，王子你要不要復大燕國？」王子這回倒聽得懂狗巴的胡扯，因爲幾年前他也有看《天龍八部》的電視劇，心想假如他是慕容復，狗巴一定是包不同。狗巴繼續說：「克仔前世積福，追到阿碧這個正妹，人品和樣貌身材一樣好，那個椰汁砵仔糕[4]玲瓏浮突晶瑩剔透，用料上乘絕不欺場……」

「狗巴，我不介意你說下流嘢，但要是給克仔聽到你這樣談小希，他鐵定翻臉啦。」王子皺眉罵了一句，心想狗巴名副其實，狗嘴長不出象牙。

「什麼下流嘢？我就事論事罷了，不說砵仔糕不如說光酥餅？我也很喜歡光酥餅……」

王子懶得回應，男生就是愛講屁話，平時克仔和阿的私下也會聊女生，說葷笑話，只是他們都有默契，狗巴在場時就閉嘴不談。這不是因爲狗巴言談猥瑣，而是因爲他的話太令人費解——眾人初相識時，阿的和克仔爭論組合「夢劇院」中李敏還是劉文娟較迷人，狗巴卻堅持兩人都比不上徐小鳳。

場上響起達明一派的〈溜冰滾族〉，踏著溜冰鞋的人群活躍起來，就如歌詞所寫的

「忘懷一切失落」。在溜冰場裡，王子可以忘掉白天工作的勞碌，忘掉老闆的刻薄嘴臉，投入這個族群，盡情嬉笑與享受友情。他此刻心裡只想著如何替阿的和阿Bee牽紅線，他數年來在賓士見過不少聚與散，假如有朋友能「修成正果」，總是一樁美事。

只是他當時不知道半個月後事情會急轉直下，一切都粉碎掉，灰飛煙滅。

一週後，阿John約王子與克仔泡酒吧。今年克仔剛成年滿十八歲，比他大一歲的阿John便說要帶他到酒吧見識，而阿的、阿Bee和小希只有十六、七歲，所以阿John就私下相約，說以免讓他們誤會被冷落。王子很高興阿John主動邀請，爽快地答應，克仔自然也沒有拒絕的理由。王子本來說在沙田區內消遣，但阿John建議到尖沙咀他相熟的店子，於是某個週四晚上八點半王子和克仔便跟著阿John到九龍喝酒。

雖然阿John說是尖沙咀，酒吧的位置實際上已近油麻地，裝潢亦頗廉價，但無損克仔興致。酒過三巡，克仔覺得阿John比平日健談，比較容易相處。

「克仔，有沒有打算找一份薪水較高的工作？」王子問道。克仔目前在文具店上班，薪水微薄。

---

4 砵仔糕：碗狀的傳統粵式糕點。

「我會考[5]成績那麼不濟，哪有大公司聘用？」克仔嘆道。

「約會花費多，還是勤奮一點找個筆職？」

「克仔應該沒這問題吧？你前陣子不是送了一雙私家鞋給女友嗎？我記得你有天拿了個紙袋給她？」阿John插嘴問。

「那雙鞋子是她自己的，我只送她圍巾，在好運中心時裝店買的便宜貨。」

「咦，她一直用鞋套，她這陣子沒用我還以爲是因爲你送了一雙新鞋給她。」阿John邊說邊啜了一口啤酒。男生粗枝大葉，租「阿公鞋」不計較顏色款式，但不少女生愛美，自備鞋套覆蓋在溜冰鞋上，搭配衣飾。小希和阿Bee都有用。

「她的鞋套弄破了，沒空買新的。」克仔嘆一口氣。「一雙私家鞋等於半個月薪水，我怎可能買得起？」

「那小希的私家鞋哪裡來？她這麼富有？」

「她當家教，酬勞很好，聽說那小孩的父親是公司老闆。」

「所以我說，萬一將來小希升讀預科[6]甚至進大學，嫌你不夠上進甩了你，你就後悔莫及。趁早好好打算吧……」王子接話道。

王子其實只比克仔年長兩歲，但在人生經驗上的確較豐富，克仔也只好點頭稱是。三人喝到十點左右便離開，克仔本來打算回家，阿John卻提議到廟街[7]逛一下，湊湊熱鬧，於是三人便緩步往廟街夜市走過去。

「菸癮起，等我一下。」三人走到街角垃圾桶旁，阿John從口袋掏出菸包。他遞給王子和克仔，但兩人都不抽菸，禮貌地示意不用。在阿John吞雲吐霧之際，克仔環顧四周，對環境感到新奇，亦覺得有點不舒服——有些衣著妖嬈的女子朝他拋媚眼，也有一些貌似古惑仔的壯漢經過他身旁。

「這邊龍蛇混雜，克仔你一個純情小子千萬別獨自過來喔。」阿John笑道。

「你很熟識這邊？」

「一點點啦。」阿John用夾著菸的手指了指馬路對面，「這邊多『架步』[8]，按摩店全都掛羊頭賣狗肉，就像對面唐樓那家廉價賓館，根本是私鐘妹[9]專門店，你要和

5 會考：過去香港中學五年級的公開考試，在二〇一二年被香港中學文憑試取代。
6 預科：在香港過去的學制中，完成中五學業並在會考中得到優秀成績者，可修讀預科課程（大學預科課程），此一制度在二〇一三年正式結束。
7 廟街：香港知名地標，位於油麻地，以熱鬧而富有香港在地氣息的廟街夜市而聞名，也是各種影劇作品的熱門取景地。
8 架步：粵語，原指色情場所，後泛指祕密場所，貶義。
9 私鐘妹：年輕女性性工作者的俗稱，類似台灣的外送茶。

女友開房間千萬別光顧……」

「阿John你別教壞克仔啦。」

「他早晚都要懂這個啦，你看，進去的傢伙都不是正人君子……咦，那個是阿波？」

王子和克仔朝阿John視線看過去，的確看到他們認識的人。阿波是賓士常客，但聲名狼藉，常常對未成年少女伸出魔爪，誘騙失身。王子有聽過對方高談闊論，說不少來溜冰的女生其實是來物色恩客，他只是迎合對方，經濟上援助小妹妹，一家便宜兩家著云云。

阿波摟著一個女生，手不規矩地放在對方屁股上，而女生將頭靠在阿波手臂，就像情人般親密。兩人轉進那間賓館所在的唐樓樓梯的一刻，克仔頓時酒醒，無法相信眼前光景。

被阿波擁著的女生，跟小希身高體型相若，還留著相同的髮型，而最令克仔頭皮發麻的是，對方披著一條粉紅色圍巾，和他送給女友的那條一模一樣。由於只看到背影，克仔立即忘我地衝出馬路，想確認女生身分，王子在一秒後也看出端倪，連忙從後追上。就在克仔要追上樓梯，喊出聲音呼喚小希的名字時，和王子一起趕上的阿John一把拉住他，躲到唐樓入口外。

「你別亂來！這兒的店全部有黑道罩，他們以爲你生事，隨時讓你人間蒸發！」

阿John捂住克仔的嘴巴，可是克仔仍奮力掙扎，而王子霎時間也無所適從，只好跟阿John一起躲起來。

「……這賓館看來滿爛的……小希，妳說來這兒可以便宜一百塊，可別反口不認帳啊……」

三人聽到梯間上方傳來阿波的這句話，氣氛頓時凝住，克仔也不再嘗試掙脫阿John的束縛，卻開始嗚咽悲鳴。

「唉，別說我事後諸葛，其實我一直覺得小希有點神神祕祕，說句難聽的話，條件那麼好的女生怎會讓克仔你追到手？靠做家教買私家鞋？鬼才信！《靚妹仔》裡也演過吧，不過現在『魚蛋檔』式微，她又不夠年齡到夜總會陪酒，要賺外快就做私鐘囉……」

王子和阿John將失魂落魄的克仔半拉半拖帶到附近一個公園，阿John沒理會是否觸及對方的痛處，如此說道。電影《靚妹仔》中女主角爲了買溜冰鞋，被損友唆使下海當替男人打手槍的「魚蛋妹」賺皮肉錢，王子和克仔都有看過。

克仔回家後，一夜無眠，翌晨向老闆請了病假，黃昏好不容易才抖擻精神，立定主意到溜冰場和女友對質。他在租鞋部櫃檯遇見王子——嚴格來說，是王子特意在那兒等候——兩人默然無語，換過鞋子，神色凝重地來到溜冰場上。

「克仔！剛才阿Bee搞怪，她……咦？你怎麼了？身體不舒服嗎？」

正在跟阿Bee和阿的談笑的小希看到男友，立即趨前迎接，但她很快察覺對方板著臉，語氣也緊張起來。

「我？我當然不舒服，原因妳心知肚明。」

「我？」

「妳還裝傻？還想騙我？」

「克、克仔，你說什麼啊？」小希　臉茫然，向王子瞧過去，可是王子故意別過視線，不想跟她對上眼。

「妳昨晚是不是在九龍？」

克仔這句話讓小希愣了愣。

「什麼啊？哪有啊？」

「妳還死口不認？我知道妳昨晚跟男人一起，天知道妳這般下賤，齷齪淫穢！」

「克仔！」阿Bee搶到小希身前，「你說什麼！幹啥把話說得那麼盡，什麼下賤淫穢那麼難聽？」

「盡？她才做得盡！當私鐘妹不是齷齪淫穢是什麼？難道是普渡濟世，造福人群嗎？」

「什麼私鐘妹！」阿Bee驚訝地瞪著克仔，小希也頓時張口結舌，錯愕地抓住阿Bee手臂。

「昨晚我在油麻地親眼看到、親耳聽到她和男人上賓館！還說能少收一百塊！」

「我沒有！我沒有做、做這種……這種……」小希氣急敗壞，結結巴巴地為自己辯護。

「哼，還想狡辯？妳不幹這個又怎會買到——」克仔垂頭正想指向小希雙腳，卻發現這大對方租了阿公鞋。「不、不管怎樣，總之妳就是爛貨，裝清純自抬身價，把我當凱子……」

小希沒有回話，嬌小的身軀發顫，一張臉脹得通紅，斗大的眼淚撲簌簌地滑下。

「克仔，你是不是弄錯了？小希又怎會——」

「別碰我！」

阿的伸手打算安撫克仔，對方卻一手甩開，對阿的怒目而視。「王子可以做證，三個人六隻眼，難道我會冤枉她！」

阿的詫異地望向王子，王子只皺著眉默默地點頭。

「你們這些臭男人欺負我好姐妹！全部都不是好人！我們走！」阿Bee抱著開始放聲嚎哭的小希，對眾人怒目而視，慢慢後退。

「有事慢慢說，我猜當中一定有些誤會……」阿的一臉無奈，嘗試緩解肅殺的空氣。

「誤會？什麼誤會？阿的，你是不是偏袒外人，寧願替那些賤女人說話都不相信兄弟？」

「克仔，你怎可以蠻不講理？」

「你看上人家，所以才替她們說話吧？那個賤女人出來賣，她的好姐妹又怎會不知情？說不定是阿Bee帶她落火坑，兩隻都是——」

「你給我收回這句話！」阿昀衝動地揪住克仔衣領，克仔也要舉手還擊，王子連忙架開兩人。糾纏中王子看到阿Bee和小希已經遠離，但他也看到阿Bee回頭丟下鄙夷的目光，像是看到嫌惡物時的表情。

這一刻，王子彷彿感到心裡有什麼東西破裂了。他在賓士見過不少聚散，只是他沒料到這回發生在自己身上。那天之後，阿昀、克仔、阿Bee和小希再沒有來溜冰場。王子每次表演依舊獲得喝采，可是他心裡就是覺得失去了一點什麼似的，餘下一個沒塡上的空洞。

然而，時代的巨輪繼續轉動，數年後滾軸溜冰熱潮退卻，室內溜冰場一一倒閉，留下來的，只有一段段蒙塵的回憶。

第三幕

「那個年代沒有手機，年輕人跟父母同住不方便和異性交換家裡的電話號碼，大家只習慣定期到溜冰場見面，所以沒來就會失聯。」在電氣道一間廉價茶餐廳裡，王子對我說明了三十多年前舊事的來龍去脈，說了大半個鐘頭。「照片裡，就只有阿John在事發後繼續來賓士玩，但後來他也消失了，傳聞他惹上麻煩。當時溜冰場不時有人打架，阿John開罪了某些『有背景』的人物一點都不出奇。」

比起阿爸年輕的經歷，我對他曾衝動地爲了維護女生的名譽幾乎出手揍朋友更感到不可思議，他不像有這種騎士風範。不過，聽完這故事我便明白到爲什麼王子說阿爸可能不想跟舊友重聚，他和克仔不歡而散，王子就跟克仔同一陣線，而且小希和阿Bee都已經和他們絕交了，硬揭三十多年前的舊瘡疤，未免有點殘忍。

「咦，原來他們分手是這個原因嗎？我還聽說是小希嫌棄克仔有狐臭所以才分手啦。」

狗巴叔一邊吃紅豆冰一邊說。他和阿忽跟著我和王子來吃午餐，王子說舊事時他們都自顧自地吃飯，我以爲他們只是來湊熱鬧。

「狗巴你不知道？啊，那天你沒有當值不在賓士，但怎麼會變成那樣子的傳聞？當時頂多傳阿的和克仔爲爭女友而翻臉吧。」王子失笑道。

「我不知道喔，但他倆難兄難弟、鸞鳳和鳴，怎會爲爭女友吵架……」

「王子哥，你剛才說小希做私鐘，客人是阿波？」阿忽插嘴問。「狗巴哥和我在賓士倒閉後，有遇過阿波，他說過好奇怪的話。」

「阿忽你說那次嘛，我都記得。」狗巴叔接話。「忘了是〇八還是〇九年，我去深水埗買手機，碰巧遇上做店員的阿波。他跟我們打招呼，說一場相識可以打折，我和阿忽自然當仁不讓，之後幾年換手機也光顧他打工的店。有次談起以前在賓士玩，他很唏噓，說當年生活多姿多采，晚晚都『清蒸啪啍』，天天歡樂今宵，現在就虛無縹緲。他還說當年無奇不有，有人塞了幾百塊給他，替他預約私鐘請他去嫖妓。」

「誰給他錢？」

「清蒸啪啍」大概是「Changing Partner」[10]諧音，但讓我怔住的是最後那幾句。

「他沒明說，只提到當時不知道爲什麼有這麼便宜的事，後來才明白原因。」阿忽補充道。

我猛然想到一個詭異的念頭，同時爲這個邪惡想法感到噁心。

「王子叔，你說當晚你們只看到小希被阿波摟著上樓梯的背影，會不會其實認錯人，那個根本不是小希？」

「克仔怎會認錯女友……」

「假如這是一個局，阿John事先找一個和小希身材髮型差不多的援交……呃，私鐘妹，披上一條同款圍巾，預早安排她約阿波在指定時間上特定的賓館，那不就能騙過你們囉？如果沒有他提議去廟街，你們根本不會遇上那件事！而且你們喝了酒，判斷力眞的可靠嗎？」

王子一臉錯愕，很明顯他三十多年來都沒想過這可能性。若是阿John安排的話，他甚至能要求那女生自稱「小希」，阿波就自然會用這名字來稱呼對方。他更可能明知故問，在酒吧提起克仔送女友的禮物，讓對方更容易察覺那女生披著同款的圍巾。

「就……就算有這個可能，現在都沒辦法查證，糾正不了錯誤啦……」王子嘆一口氣。

「但任眞相被埋沒，眞的可以接受嗎？你們現在重聚溜冰，不就是爲了尋回當年失去的事物，讓自己人生路上再沒遺憾嗎？」我著急地說。

王子默然不語。

「至少先想方法找回克仔叔，讓他知道狗巴叔聽到的情報，我們有什麼資格代替他決定要不要查證？」我的語氣有點不分尊卑，但我不在乎。若然阿爸當年是遭奸人間接所害，失去朋友和心上人，我便無法放手不管，首先要解開的便是克仔和他之間的心結。

「克仔不用『找回』，我知道他在哪兒。」王子搔搔下巴。

「你知道？他有來維園？」

---

10 Changing Partner：即更換伴侶。

「不，我幾年前在油麻地一間餐廳見過他，彼此有相認，聊了幾句。」王子一臉感慨。「當然我沒有重提舊事，當著矮人別說短話嘛，所以只談近況。那餐廳雖然小卻是克仔開的，生意還可以，我問他結了婚沒有，他答離了，他前妻出軌，用他的錢跟小王去日本玩，他離婚後就　心一意顧店。被伴侶背叛兩次，我猜他不再相信愛情……我有他手機，不過之後一直沒有聯絡，疫情期間我也沒去過他的店，不知道現在還有沒有繼續經營。」

王子說罷掏出手機，滑了幾下，將畫面遞給我看。「Google說他的餐廳還在……那我們直接過去找他吧，用電話就怕詞不達意，尤其關鍵證人是狗巴。」

結帳後，我們離開茶餐廳，我正要看看地鐵站入口在哪邊，王子卻搖搖頭，指了指馬路對面的停車場。

「狗巴哥有車，我去開過來。」阿忽說。

我訝異地看著仍舊掛著滑稽笑臉的五彩大叔，他卻擺出一副理所當然的樣子。

「他傻人有傻福，中過六合彩，還中了兩次。」王子笑道。「現在約維園聚會都是他辦，畢竟他沙田太古德福都有人認識，有時間又有閒錢。」

我似乎太小看這位滿嘴屁話的叔叔了。

下午兩點半，我們乘著狗巴叔的豪華七人車，來到油麻地碧街一間日式串燒餐廳。餐廳店面窄小，只有四張桌子，十來個座位，此刻更沒有食客光顧，不過從裝潢來看主打外賣，正門右側就是附燒烤爐的櫃檯，而一個中年男人正在櫃檯後料理食材。

「歡迎——」男人抬頭將歡迎客人的話說到一半便打住，視線落在王子臉上。

「克仔，好久沒見。」

克仔的樣子和照片裡的變化不大，不過就是有一股濃烈的滄桑感，而且年輕時的書卷氣已消滅殆盡，取而代之的只有油煙味。

我們坐到店裡盡頭的一個四人座，狗巴叔立即打開餐牌，點了兩客串燒雞肉，就像剛才午飯吃不飽，克仔便吩咐員工接手料理，拉過一張椅子，坐在我們身旁。王子對他說明找他的理由，當談及我是阿的的女兒時，克仔表情似乎稍稍變化，但隨即回復本來的撲克臉。直到解釋我提出的假設，克仔也不爲所動，只默默地聆聽著。

「已經三十幾年，算了吧。」克仔淡然地說。

「你不在乎當年是不是阿John害你分手？」王子問。

「過去的事由它過去吧，就算眞是阿John和阿波設計陷害又如何？難道找他們打一頓洩忿？還是要他們賠償？」

「那好歹知道實情嘛。」

「知道眞相又有何用？時光可以倒流嗎？你們有空來光顧吃串燒我無任歡迎，但別添煩添亂，無事生非。」

「我終於明白爲什麼阿爸當年會動手打你。」

我無名火起，不管對方是不是比我年長足足三十歲，我毫不留情地吐出這句狠話。克仔、王子和阿忽大概沒想到我會硬起來，三人都直盯著我，只有狗巴叔在愉快地大口吃串燒雞肉。

「你完全沒想過小希的心情，」我冷冷地說，「你剛才在想假如你和小希真的是被人用詭計拆散，自己身為受害者當然有權利繼續不去正視事實；但你別忘記整件事真正的受害人是小希，她無端被男友冤枉她賣身，當眾被最不堪的罪名羞辱，被罵個狗血淋頭，就算阿John是罪魁禍首，真正的加害者和負最大責任的傢伙，是你。你可以繼續裝可憐，覺得全世界有負於你，但現實你不過是一條自怨自艾的可憐蟲，更是一條自欺欺人的可憐蟲。」

克仔臉上一陣紅一陣白，一副張口欲言的樣子卻沒反駁半句。

「那……妳認為我應該怎麼辦？」沉默片刻後，克仔反問道。我這時才察覺他剛才的強勢只是紙糊的盔甲，撲克臉一崩潰便露出他隱藏起來的怯懦。或許我說得太過分，但我沒有後悔代替阿爸教訓他當年的兄弟。

「狗巴叔知道阿波在哪兒上班，至少可以去問個清楚，問當年跟他一起的私鐘妹是不是小希，出錢的人又是不是阿John。假如我們弄錯了，起碼你可以心安理得，知道當年沒有罵錯人、分錯手。」

克仔垂頭半晌，再倏地站起，回頭對櫃檯後的員工說：「阿鮑，我外出一會兒，你負責顧店。」

我們一行五人再度上車，往深水埗出發。上車時我收到阿爸的Whatsapp說有事外出，吩咐我晚飯自理。我只回覆他一句「收到」，心想要是告訴他此刻我和他年輕時的好友們一起調查陳年舊事，他一定驚訝得說不出話來。

車子不一會便駛到鴨寮街，我本來以為阿波在黃金電腦商場裡工作，但阿忽指了指前方，說那手機店就在街角。

「我們接下來怎麼辦？一起進去質問阿波？」車子停在路旁後，王子轉頭向我發問。雖然是我主張找阿波問眞相，但此刻我也想不到對策，阿波不見得會老實作答，他只要馬虎推搪說忘了，我們就無計可施。

「嘿，這時候當然由我名偵探福爾摩巴出馬啦！」我還沒有回答，狗巴叔便搶著說。「阿忽，拿手機出來，我一個人進去套阿波的話，殺身成仁，你們在車裡開免持聽筒，那就一網打盡，掩耳盜鈴。」

狗巴叔說罷便用阿忽的手機致電王子，下車走了幾步，確認我們能從王子的手機聽到他的聲音便一個人走進阿波的店舖。

「咦，狗巴？好久沒見！來買機嗎？」手機傳出略帶沙啞的聲音。

「剛好經過罷了！只有你一個人顧店？你老闆呢？」

「未到三點就去了吃下午茶啦。喂，你上次那支手機已經買了整整一年啦，我有新貨到，水貨旗艦，算你便宜一點也可以。」

「嗯？好，姑且看一下。」

之後十五分鐘狗巴叔眞的和阿波在談手機，從王子和克仔的臉色來看，他們都跟我一樣，懷疑狗巴叔是不是忘了原來的任務。

「……還是算了吧，這陣子我經常到夜店玩，剛剛有朋友在店裡被偷手機，等我這支也被偷了才換機吧。」狗巴叔說。

「嘩，你這年紀還泡夜店？」

「對啊，人不風流枉少年，人到中年萬事休。找天一起去？」

「唉，不啦，就算你請客都不要了，我現在有心無力……可能是報應，誰叫我年輕時玩得太盡……」

「對了，你以前不就跟我提過，說有人出錢請你約『囡囡』，我不久之前碰過另一個賓士常客，他說他也試過，更說是阿John請客。」

「那傢伙重施故技？嘿，阿John眞是下三濫，常常用這些卑鄙手段，不知道有沒有遭天譴。」

「哈，原來眞是阿John給你錢？他不像這麼富有喔。」

「就是沒錢才混帳，損人不利己，都不知道圖個什麼。他出錢請我上的那個私鐘妹打扮得好像……哪個……啊，克仔的女友的樣子，連名字都相同，但恐龍怎麼化妝都是恐龍，要不是免費餐我也不吃。」

「那個不是克仔女友小希？」

「當然不是啦，當時我都不知道爲什麼有這巧合，但後來就明白喇——」

聽到這句，我立即抬頭望向克仔，想看看他的反應，沒料到他同時伸手打開車門，朝手機店直奔過去。我和王子立即尾隨，留下阿忽顧車——我想王子和我在想的事情一樣。

「克仔！別衝動！」

王子雖然胖但身手比我敏捷得多，一衝進店裡就將上半身越過櫃檯、正要出拳的克仔制住，被克仔抓住衣服的男人看起來比阿爸還要蒼老，此時正慌張地用手抵住來襲的克仔。克仔表面不在乎，但我猜他根本一直放不下。

「如今眞相大白，我這個偵探就功成身退喇。阿波我找天再過來看手機，記得給我打折喔。」狗巴叔無視眼前克仔和阿波的狼狽相，從容地說。

「阿波你這賤人！和阿John合謀害我以爲小希不是正當人家！你給我去死！」

「克仔你先放手！」王子大嚷，好不容易才將兩人分開。

「死狗巴，原來你來套話。」阿波瞟了狗巴叔一眼，再將視線放回克仔身上。

「冤有頭債有主，我當時哪知道背後瓜葛，有人出風流錢誰會在乎原因？後來聽到你和女友分手，我才明白爲什麼那個私鐘妹碰巧叫小希……」

「你！」

「我以爲阿John目的是橫刀奪愛才設計拆散你們，但他和你女友又沒有下文，那時候我才發覺原來有人心腸眞的如此惡毒，看不順眼人家恩愛幸福。」阿波一邊整理被弄縐的衣衫一邊說：「你要怪就怪你自己眼光不濟，誤交損友……咦，王子？你怎麼胖了那麼多？你也是，要追究就找你的好兄弟，我被他利用也心有不甘……」

王子拖著克仔離開店子，狗叻叔臨走前仍跟阿波說廢話，阿波好像怕了他，爲了打發對方答應下次仍會給他優惠價。我們回到車上，阿忽大概從手機聽到對話，所以也沒有過問詳情。

克仔像失去靈魂般頹然地癱在座位上，王子關上車門後，長嘆一聲。

「阿波罵得對，我眞是眼光不濟，沒察覺阿John本性這麼壞……唉……」王子搖搖頭，「潘小姐，麻煩妳回家跟妳爸爸說一句，問他願不願意和我們見面，我和克仔欠他一個道歉，當年如果我們平心靜氣好好聽他說話，就不會各散東西……」

「比起我阿爸，我想你們更應該向小希道歉。雖然我不知道她有什麼想法，但十六、七歲的女孩子好脆弱，被男友這樣子冤枉，心理創傷一定很嚴重。」

「可是人海茫茫如何找她？克仔，你知道小希住哪兒嗎？有沒有她當年的電話？至少可以試試……」

被王子呼喚，克仔稍稍回神，但隨即搖頭。「沒有，那時都是她打電話給我，她說家裡管教甚嚴，不准她結識男生……我只知道她住港島，但哪一區都不清楚……」

「咦，原來你們不知道嗎？」

狗巴叔突然彈出這句，讓我們一起回頭瞧著他。

「狗巴你知道？就像碰巧遇上阿波那樣子，你這幾年有碰到小希？」王子問。

「沒有啦……」狗巴叔掏出手機滑了幾下，「但那家店還在，應該沒有轉手吧？就算換了東主，至少可以順藤摸瓜，順手牽羊地繼續調查？」

「店？」

我們望向狗巴叔遞給我們的手機畫面，Google地圖上標示著港島半山區堅道一間叫「墨西拿」的餅店，評價有四點五星。

「當年我有好幾份兼職，其中一次跟車送貨去這兒，才知道原來小希是這家餅店的老闆千金，西半山[11]，前舖後居[12]，富貴逼人啊。那時你們感情仍然很好……我以前不就說過小希人品和她外表一樣好嘛，她認得我，趁我離開時偷偷塞了一盒招牌砵仔糕和光酥餅過來，眞是好吃到繞樑三日，人神共憤。」

11 西半山：在香港被視爲傳統高級住宅區。

12 前舖後居：粵語，指店子與住宅相連，亦稱下舖上居。

王子和克仔面面相覷，我不出得對狗巴叔敬佩起來，雖則他只是一味碰巧矇到，但要不是他多次提供關鍵情報，我現在仍在維園溜冰場碰運氣。小希父親開餅店，難怪有錢買私家鞋，我猜王子和克仔也想到了。假如克仔和小希冰釋前嫌，我們大概更能聯絡上阿Bee，那我就功德圓滿，爲阿爸尋回一點朝氣。

阿忽開車經西隧到港島，朝目的地前進。對我這個「沙田友」來說，港島頗陌生，到維園尋人已是極限，要是只有我一個人，才搞不懂什麼西半山、中半山的分別。因爲媽患長期病，就連農曆新年期間親戚長輩都反過來來我家拜年，我就更少搭車到港島——所以當車子鑽進九曲十一彎的斜路，經過不少貌似有數十年歷史的石牆，我感到十分新鮮。

「堅道沒有車位，我們停在堅巷再步行上去吧。」阿忽說。

我不曉得堅道堅巷是什麼地方，只好跟大隊，在車子停在一個公園旁的死路後，隨著他們沿陡斜的小路往前走。攀上一段石階，我們回到有車經過的馬路旁，而左方不遠處便有一間裝潢有點陳舊的餅店。雖然招牌用上「墨西拿」這種洋名，櫥櫃裡和架子上卻是中式糕點較多，除了今天少見的砵仔糕外，還有薩琪瑪、糯米糍和杏仁餅等等。

「老婆餅剛剛出爐，還熱騰騰耶。」坐在收銀處旁一張圓凳上顧店的老人大概以爲我們是遊客，站起來主動向我們推銷。那位老人家滿頭白髮，看來已有七十多八十歲，但十分壯健，腰骨也挺直。

「請問……你是不是餅店老闆？」王子問道。

「哦？是啊，你們是記者想採訪？我這家餅店足足有八十年歷史，一代傳一代，在這區見證不少歲月變遷……隔鄰堅巷七六年雨災坍塌我也在場，看著馬路塌陷，多誇張啊，原本堅巷跟堅道相通，可以開車上來，結果修好就變了死路，只給行人使用……」

老人口若懸河講歷史，但我們都在意他話中另一個重點——他一直是這兒的老闆，換言之小希很可能就是他的女兒。

「不好意思，請問你是不是有個女兒叫小希？我們是她好多年前的朋友……」克仔打斷老人的講古課堂，緊張地問。老人聞言止住，察看我們的樣子，再直愣愣地注視著克仔的臉。

然後，老人的表情猛烈變化，剎那間從和善的菩薩變成暴怒的金剛夜叉，再以和他年紀不符的速度突刺一步，朝克仔臉上揍了一拳，克仔幾乎往後跌出店外。

「我認得你！克仔嘛！你這混小子欺侮我阿女，還斗膽多年後親自送上門……」

「伯、伯父！請你先聽我們說！」王子邊擋在克仔身前邊對老人說：「我們今天才知道三十幾年前被人設計誤導，所以希望能夠向小希道歉……請問你可不可以幫我們聯絡她？或者給我們她的地址，我們親自向她賠罪……」

「她死了！」老人憤怒地大喊。

我們無不驚訝地瞧著滿面通紅的老人。

「死……死了？怎、怎麼死的？」克仔仍坐在地上，一臉惶恐地問。

「阿女她積鬱成疾，不到半年就死了！你一是給我滾蛋，一是讓我多打幾拳……」

「小、小希……呀……呀！」

克仔突然歇斯底里地怪叫，抱頭狂抓頭髮，再衝出店外往石階跑過去，企圖攀過欄杆躍下斜坡。王子和阿忽腳步快，再度制止了克仔，可是這回克仔似乎施盡蠻力，死命要往斜坡跳下去。

「你們別阻止我！讓我死！是我害死小希！嗚哇……小希我對不起妳！」

「克仔哥你不要做傻事，有事慢慢說！」

「你要死就給我遠點再死！那斜坡這麼矮，才跌不死你！你可以滾下山再跳海！」

「老闆說得對喔，克仔，你在這兒跳成效不彰，功虧一簣啦……」

「狗巴你不要說廢話快過來幫手拉住他——」

「老爸你在搞什麼鬼？八十幾歲就別那麼大火氣，又不是不知道自己有高血壓……」

在這場混亂中，一道女聲讓我們所有人動作停住。一個穿圍裙的中年婦人捧著一盤皮蛋酥，站在餅店門口瞧向我們。

「小……小希？」克仔驚詫地吐出這句，我才赫然從那位阿姨臉上看出照片中小希的模樣。小希已不復當年的青春可愛，雖然沒有走樣太多，但眼角的魚尾紋和脣邊的法令線透露出她的眞實年齡，不施脂粉的五官更凸顯她勞工的身分。

「克仔？王子？」小希雙目圓瞪，同樣訝異地說。

「妳……不是死了嗎？伯父說妳積鬱成疾，已經離世……」

「老爸！你又胡扯什麼！」小希放下盤子，從店子門前走過來。

「哼，不教訓一下那混蛋又教我如何消心頭之恨，妳不想想當年他害得妳一場糊塗……」老人邊抱怨邊回頭走回餅店。坦白說，剛才這一幕有夠彆扭，八十歲的老翁教訓五十歲的大叔，感覺上就是弄錯演員年齡的青春肥皀劇。

克仔離開欄杆，跪在小希跟前，哭著說：「小希！是我錯是我有負於妳！我知道我不該事隔多年才來認錯，亦不是求妳原諒，但阿的女兒罵得對，我不能逃避責任……」

小希一臉茫然地瞧過來，我只好尷尬地微笑點頭。我們接下來回到餅店——雖然小希老爸仍一臉不悅地想將克仔踢出門外——讓王子向小希說明來龍去脈，包括今天我到維園尋人的原因，以及我們遊走各區調查當年眞相的經過。知悉阿John的惡毒手段後，小希訝異得瞠目結舌，但大概因爲事隔已久，她沒有咬牙切齒地咒罵仇人，只是淡然地表示總算還她一個清白。

「全靠潘小姐，我們才知道眞相。」王子指了指我。「她想幫她爸爸——即是阿的聯絡我們聚舊，不計阿John，現在只差阿Bee。小希妳應該能夠找到她？」

小希這時反而露出尷尬的表情，苦笑一下，瞧了瞧坐在一旁的老爸。

「阿女她三十年前就和B女絕交了啦。」小希老父一直在旁聆聽，氣好像消了，但語氣仍是硬邦邦。「她怪B女打小報告，將你們的事情告訴我，還給我看你們的照片。」

「我那時其實瞞著家人和阿Bee去玩溜冰，所以她一五一十全告訴老爸，我跟她吵了一架後就再沒見她。」

「B女做得對啊！妳那時候憔悴不堪又厭食，成績大跌，問妳原因又不肯說，B女知道長此下去要不得才跟我們說。你們才不知道啊，阿女她本來成績不錯，應該能讀預科進到大專學院，結果會考滿江紅，我看她與其在外面吃苦，不如在家幫忙打理餅店……」

「伯父，所以你也認識阿Bee？」王子問。

「她老爸在食品批發公司工作，以前餅店用的麵粉、豬油等等都找他進貨，而且他當時住在附近，有帶B女過來，所以阿女才跟B女成爲朋友。不過後來我們換了批發商，B女一家又搬家了，我們就再沒有聯絡啦。」

「所以還是沒有辦法聯絡到阿Bee……」

「那又不是。」就在我感到失望之際，小希老爸從櫃檯後拿出一本殘舊的記事簿，「我認識B女老爸的一個老同事，可以打電話問問，但人家跟我年紀差不多，搞不好早就見閻王啦。」

小希老爸戴上眼鏡，再拎起櫃檯上的老電話，按下數字，電話接通後便和對方寒暄起來。

「對啊，對啊……還過得去，有心有心。有人問我有沒有辦法找到阿安……對，就是那個阿安囉……還健在？哦？安老院？等等，我先寫下……」

小希老爸掛線後，將字條遞給王子。「對方說他現在住老人院，地址在赤柱。對方說你去這兒，跟看護說找阿安伯便行了。」

「謝謝，伯父。」

「你們現在去？」

「對，擇日不如撞日。」

「阿女，餅店我顧就行了，妳一起去吧。」

「老爸？」小希和我們都意外地望向她父親。

「妳的老朋友專程來找妳，妳也應該找回B女啦。妳們兩個小學時就形影不離，我身為老爸又怎會不知道妳在想什麼……不過你啊，」他轉向克仔。「你別再想踏入餅店半步，你再來我便用掃帚掃你走……」

即使知道眞相，小希老爸仍不原諒克仔，不過我想這是人之常情。

我們回到狗巴叔的七人車上，王子故意換座位坐到我旁邊，讓克仔和小希並排而坐。他們有點拘謹，但至少願意交流。

「多年來都是在家裡的餅店幫手嗎？」

「有在外面打過工，但家裡請不到人，老爸年紀又大，總要有人接手。你這段時間又如何了？」

「我在油麻地開串燒餐廳，小小的 間，沒賺到什麼錢，不過養活自己一個勉強足夠。」

「你……還是孤家寡人？」

「結過一次婚，但太太……外面有人。或許是報應……妳呢？」

「跟你差不多，現在習慣一個人多一點。」

聽著他們有一搭沒有一搭的對話，我不由得想到，或許阿爸跟阿Bee重逢後氣氛也是如此。狗巴叔和阿忽在前座討論路線，說什麼Google表示隧道塞車，走薄扶林道往南區可能更快，但結果這邊道路也不暢順，跑了半個鐘頭，我才看到「黃竹坑」的路牌。

「新聞說淺水灣道有交通意外，所以兩邊都塞車。」狗巴叔轉頭對我們說。

因爲阿忽人有三急，車子經過深水灣泳灘時稍作停頓，王子、克仔和阿忽都上廁所，狗巴叔就嚷著今天午飯還沒吃甜品——他說紅豆冰是飲品不是甜品——要到泳灘旁的餐廳買巧克力慕斯配雪酪。我和小希留守車上，霎時間獨處，氣氛有點尷尬。

「所以妳爸爸好嗎？」對方先打開話匣子。

「還好，只是頭頂變了地中海。」

「哈哈，眞是意想不到。」

「小希阿姨，妳會不會介意我問一個問題？」

「關於阿的年輕時的事情？我一定如實作答。」小希語調輕鬆。

「不，我只是有一件事覺得奇怪……」我本來不想多管閒事，但因爲現在沒有其他人，我才放膽發問：「爲什麼妳住港島，卻到沙田踩Roller？」

「有什麼好奇怪？」

「我記得看Youtube訪問，三十幾年前交通不及現在那麼方便，所以玩滾軸溜冰的年輕人有很強的地域性，沙田賓士會有賓士踩法，九龍德福有德福風格，大家很少去人家的場地，因爲交友圈子不一樣。可是剛才吃午飯時，王子叔說妳和阿Bee似是一直在德福玩，我就直覺地認定妳和阿Bee都住在九龍東，而偏偏妳住港島。當年港島人要到室內場溜冰，去太古最方便，但妳們不只去過九龍德福，後來還每個禮拜跑到遙遠的新界沙田，所以我想，妳們是不是在其他溜冰場發生了某些事，所以才不嫌遠改去沙田。」

「那妳覺得是什麼事情？」小希仍保持微笑。

「小希阿姨，妳……當年是不是一腳踏兩船，瞞著克仔叔有第二個男友？」

「妳為什麼這樣想？」

「我不知道王子叔複述內容有沒有錯誤，但他提到克仔叔在溜冰場跟妳攤牌那一刻，我覺得妳反應不對勁。克仔叔質問妳前一晚是不是在九龍，王子叔說妳愣住然後大力否認，假如妳不是心虛，只會覺得問題奇怪而不會被嚇一跳；克仔叔指妳和男人在一起，阿Bee就很強烈地反駁他用『齷齪淫穢』來罵妳，而不是否認『和男人在一起』的指控——我猜妳前一晚的確在九龍，而且真的和某個男生在一起，只是妳們當時誤會了克仔叔，以為他指的是這件事。初時我沒察覺不妥，但後來知道妳家地址，加上聽到剛才妳的話，我就估計我的猜想並非空穴來風。」

「我說了什麼話？」

「妳說以前瞞著伯父去溜冰，那我就奇怪妳為何有錢買私家鞋。王子叔說，那時候買一雙私家鞋得花上半個月薪水，妳當然有可能用積蓄來買，但要瞞過父母動用這麼一大筆錢並不容易。於是我想，妳的私家鞋會不會是男朋友贈送，而那個男生來自德福溜冰場，所以妳就學會了德福的滑法。剛才克仔叔說因為太太外遇離婚，可能是報應，妳說妳也差不多，我就想妳或許不是指婚姻狀況，而是『報應』，因為當年妳真的有事情隱瞞，所以才如此說。」

「不愧是阿的女兒，妳頭腦跟妳爸爸一樣精明。」小希繼續微笑，「妳說得對，不過有一個細節妳忽略了——我就是因爲和那個男生鬧分手，所以我和阿Bee才改到沙田賓士。」

「分手？」

「最初那男生來太古跟我和阿Bee認識，後來我們就跟他去德福，但我和他交往半年，發覺大家性格不合想分手，他又死纏爛打，我怕他會去太古等我，所以我們就改去賓士，認識了王子他們。克仔當時對我很好，阿Bee整天勸我別藕斷絲連，於是那天就特意去了九龍灣德福和那男生講清楚，更將他送的溜冰鞋還給他。」

原來如此，所以王子說吵架那天小希租了阿公鞋。

「那時年紀小，戀愛大過天，明明終於跟前任徹底分手，迎接新開始，怎知道克仔突然發瘋似地在大庭廣眾冤枉我奚落我，十來歲女孩子情緒脆弱，很難不崩潰吧。後來年紀漸長，事過境遷，覺得自己未免太傻，還弄到跟阿Bee割席絕交。潘小姐，妳會不會把這件事告訴妳爸爸或克仔？」

「我沒有這個打算……」

「那就好，雖然我不介意妳跟他們說明眞相，但我不想破壞他們的回憶。」

小希態度從容，直認不諱，我感到她由衷地不在乎當年的祕密曝光。我赫然想到，對阿爸這種年紀的人來說，青春的回憶或許比眞實更重要，就是因爲年少氣盛，一切猶如霧裡看花，思憶都配上了濾鏡，過去永遠美好。他或許根本不想尋回舊友，不想找回初戀情人，我一廂情願地替他「圓夢」，搞不好是好心做壞事。

下午五點多，我懷著複雜的心情跟著王子他們走進那家安老院。王子向接待的看護道明來意，我就心不在焉地看著庭院中等候欣賞晚霞海景的老人們。

「阿絲？爲什麼妳在這兒？」

熟識的聲音叫喚我的名字，我訝異地回頭，理所當然地看到那個人。

「阿爸？」

與此同時，我聽到跟王子說話的看護說出令我更費解的一句。

「啊，安伯！有人找你！」

她朝著阿爸正在攙扶的老翁大喊。

「哎喲，阿絲這麼乖來探望我喔？」

「外公？」

到我弄懂事情已是半個鐘頭後。狗巴叔一時興起，抓了王子和阿忽在庭院表演花式滾軸溜冰，安老院的老人們平日沒太多娛樂節目，有年輕人——對他們而言五十歲仍然年輕——表演自然笑得合不攏嘴。我和阿爸就坐在庭院一角的木椅上，看著夕陽談今天發生的事情……以及那個我完全沒察覺的事實。

「阿Bee就是妳媽媽啦。」

「怎可能？媽媽和照片裡的女生樣子完全不一樣！媽媽的臉形足足胖一個碼啊！」

「她那不是胖，是水腫。她二十一歲左右發病，妳也知道紅斑狼瘡會影響腎功能，而腎功能不良會導致水腫。治療狼瘡症狀服用類固醇亦有相同副作用，所以她一直瘦不下來。妳媽媽平時沒有表現出來，但其實很愛美，十分在意自己好不好看，所以不願意拍照，家裡亦沒有舊照片，免得她觸景傷情。她如果眞的不在乎外表，以前溜冰就不會用鞋套搭襯衣裝了。」

「可是你和媽媽都說過以前是同事喔？」

「是同事，但不是因爲這樣子才相識嘛。跟克仔吵架決裂之後我們全部人就沒有再聯絡，直至九五年妳媽媽轉工來我公司，我們才重遇。她以爲我認不出她——那時候她已經病發，樣貌變了許多——但我怎可能認不出初戀情人。」

「然後你便追求媽媽？」

「她初時天天迴避我，我以爲她仍然因爲克仔那件事不想跟我接觸，後來才知道原來她介意自己沒有以前那麼漂亮。我跟她說人人外表都會變，她在我眼中和以前認識的那個阿Bee沒有分別，一樣聰明一樣熱心一樣伶牙俐齒，更重要的是上天給我機會讓我們重逢，我就死不放手。妳媽媽口硬心軟，內心其實好感性，結果我們交往一年就結婚，幾年後就生了妳囉。」

我原來完全誤解了那天阿爸翻出舊照時的表情——他不是在緬懷青蔥歲月，而是緬懷「跟媽一起度過的」青蔥歲月。

我告訴阿爸今天我和王子他們的種種經歷，揭開三十多年前的詭計，他有時會發出「哦」的聲音，但感覺上比我想像中平淡。

「阿John這樣做，我猜不是因爲他黑心見不得人好。」阿爸聽罷來龍去脈，如此說道。

「他眞的是爲了橫刀奪愛？」

「不，我想是爲了掙一口氣——那個年代去踩Roller，就像之後的卡拉OK熱潮一樣，主要是爲了自我滿足，在人前表演。我和克仔未跟王子混熟之前，阿John就是王子唯一知己，地位就像二王子，賓士人人都認識他，即使他人際關係再差都有一定地位；但王子圈子愈大，他就顯得愈渺小，爲了排除王子身邊的『害蟲』，他故意製造風波一點都不稀奇。」

不知道阿John是不是就如傳聞一樣，惹上黑道所以消聲匿跡，又或者遇上什麼意外，早已不在塵世；不過我想阿爸和王了他們都沒有興趣追究，比起向元凶復仇，他們更在乎活在當下，思考如何好好運用人生餘下的日子，和珍視的人共聚。

我問阿爸爲什麼會在今天探望外公，他說外公參加什麼網上抽獎，中了一台電熱水壺，今天是換領的最後日期，偏偏淺水灣道發生交通意外，巴士班次大亂，外公便打電話請阿爸代領，他懶得帶回沙田，順便拿給外公。老實說，我完全不知道外公住的安老院在赤柱，阿爸笑我這是遺傳。

「我和妳媽媽年輕時都不在乎家庭長輩，整天到外面玩。」

在我們詳談前阿爸和王子他們相認，寒暄一番，但小希得悉阿Bee三年前因病離世，頓時惘然若失，呆了半晌後默默流淚，克仔一直在旁安慰。

「上天帶走妳媽媽，我當然很傷心，但我們都沒有遺憾。」阿爸瞧著夕陽，對我說：「因爲我們做了二十幾年夫婦，雖然生活平凡，但我好慶幸每一大都有她在我身邊。而且她還帶了妳這個寶貝女兒來這個世界，妳不用擔心阿爸孤獨，好好過自己的生活，好好實踐自己的理想，正正直直做人，那我和妳媽媽就好滿足。妳整天嫌自己嬰兒肥，其實只是妳的錯覺，妳媽媽的水腫不會遺傳給妳，她留給妳的只有熱情、幹勁、聰敏和細心。妳今天做的事情，就像她當年也會做的。」

我感到臉上一陣熱。我們父女很少這樣子交心，而很奇妙地，我覺得媽就在我們身旁，微笑著看我因爲被稱讚而鬧彆扭。

「……阿爸，你還記不記得怎麼踩Roller？」我邊問邊站起。

「或許啦。」

「狗巴叔車裡還有很多雙後備鞋，不如你現在教我滑？我想我多多少少也有遺傳你和媽媽的運動神經，你還可以表演給外公看耶。」

我拉起阿爸，一起往正在空中華麗地轉圈的王子跑過去。

〈塵事生非〉完

作者按：特別鳴謝Paul Shieh提供堅巷地理資訊。

宦官

一

望日

第一幕

這是我人生第一次步入教堂。

踏入教堂的一瞬間，我馬上被其內部的莊嚴與宏偉震懾。教堂中央尖拱型迴廊、兩側的飛扶壁結構、四周的彩繪玻璃等，這些我只在古文獻上看過的哥德式教堂特色，現在竟一一呈現在我的眼前。它們彷彿象徵著神從高處俯瞰著我的出現。

教堂肅穆的氣氛將我凝在原地好一會，我才醒覺這是神都無能爲力的年代，順利地把視線重新聚焦。我留意到在這空蕩蕩的教堂最前方，坐著一名女生，她低著頭，像是在禱告。

我以不驚動她的緩慢步伐靠近，心裡同時想像著她的芳容。隨著我逐漸步向教堂深處，傳到我耳畔的某種雜音漸強，直至我到達講台前的位置，終於找到雜音的來源——這名女生原來不是在禱告，而是低頭看著手機，上面顯示著某場抗爭運動的畫面。

我佇立在她的身旁，但她似乎太聚精會神，未有察覺到我的存在。這名女生身穿簡樸的黑色棉質T恤和長褲，雙肩削瘦，亮麗的長髮綁在頸後，腳踏一雙全黑運動鞋，似乎是適合到處走動的裝扮。

我端詳過她的側面後，她的視線仍沒有離開過手機，我只好無奈地開腔。

「妳⋯⋯好。」我有點緊張，聲音在喉嚨卡住，由這具男性身軀發出的聲音也比我想像中的更低沉。

她抬起頭，把幾綹掉到白皙額前的長髮整理好，以圓而大的晶瑩雙目回眸。

我的心跳彷彿漏了一拍。

我知道，她就是我要找的人！⋯⋯

第二幕

宇宙曆六一八一年的某天傍晚，紅星副總統府邸的大廳正舉行著週末舞會。大廳正中的天花板吊燈鑲滿水晶和寶石，四周設有奢華的藝術雕塑和畫作，地面鋪設了上等的大理石。身穿華服的官員和貴賓有的在大廳中央翩翩起舞，有的在場邊大快朵頤，傭人穿插其間為眾人服務。人們酒酣耳熱，暢快玩樂，現場彷如一場日夜都繽紛的節日盛事。

府邸的大廳連接著副廳，副廳的奢華與大廳不遑多。此時副總統和一名高級官員完成了公務會談，正從副廳過來，準備參與這場舞會。

二人站在大廳的一隅欣賞了片刻。這個國家的權力核心早已由機器族佔據，在大廳內的幾乎都是機器人。他們分屬不同年代，跳舞的動作也大相逕庭，較年輕的動作可媲美人族般流暢，較年長的則卡卡的，猶如遠古時代幀率較低的默片，產生莫名的喜感。不過，能夠體會這種喜感的僅屬場內的少數人族，當中包括經常在副總統身邊阿諛奉承的宦官。

宦官長年在副總統身旁卑躬屈膝，現在已經沒有能力挺直腰板。他眼見那名高級官員完成職務後離開現場，連忙走近副總統身旁討好一番。

「副總統大人笑盈盈的，是因爲剛才的工作會談很順利嗎？」

「工作肯定是順利的。」年輕的副總統趾高氣揚地說：「我是對今晚稍後的冒險興致勃勃。」

「喔？是跟大人您之前提過、在教堂偶遇的那名女子有關嗎？」宦官追問。

「對，我這幾個禮拜天都遇到她，可惜碰面時間有限，未能詳談，所以決定今晚直接登門拜訪。」副總統只是想像著碰面的畫面，臉上已隱隱洩露出春光。

「她住在哪？」

「就在離這裡不遠處的小路之中。不過每天晚上都有人去探望她。」

「噢，大人知道那名追求者是誰嗎？」

副總統自信滿滿地回應：「不知道，但總不會是我的對手，我一定能奪得她的芳心。」

響徹大廳的音樂此刻轉換到下一首，賓客們順應著曲風改變舞蹈，也有一群人退下舞池範圍，準備休息或離場。這群人在副總統與宦官的面前經過，其中一名女子在頃刻間擄獲了副總統的心。

「你有看到剛剛經過的蒙特羅夫人嗎？」副總統興高采烈地對宦官說：「她眞是迷人，我想向她示愛。」

宦官眨了眨眼。儘管宦官已見識過副總統對女性的「大愛」，但他對副總統轉換示愛對象之快仍是有點愕然。到他回過神來之時，副總統已踏前了一步，他只好連忙拉住對方勸說：

「大人，這女人惹不得，她丈夫蒙特羅博士是著名科學家，也跟大總統很熟絡。」

「那又怎樣？我是紅星副總統，一人之下萬人之上，這裡的子民，不分男女老幼都是爲了我而存在，特別是女性，命中註定要爲我帶來歡愉。」副總統在自己的府邸內說話，似乎比平日更目中無人。

「但她已經結婚了……」宦官忽然想起機器族根本沒有道德觀，只能靠法律制約，可是副總統不受大部分紅星法律管束。宦官知道這樣無法勸退副總統，改口道：「那麼那個『教堂女孩』呢？大人今晚不是有行動嗎？我們不如好好討論一下吧。」

「這有什麼關係？我兩個女人都要！」話音剛落，副總統就甩開宦官的手，「她要走了，我要趕上去。」他一邊整理西裝外套的口袋巾，一邊向蒙特羅夫人跑過去。

宦官叫也叫不住副總統，只好跟上去。

「蒙特羅夫人，」副總統這時已擋在目標面前說：「時間尚早，妳非得這麼掃興提早離開嗎？」

蒙特羅夫人早聽說過副總統的荒淫，心中一凜，但仍極力保持禮貌回應：「不好意思副總統先生，小兒有點累，請恕我們一家先失陪，下次再來拜訪。」

這時已走到府邸大門的蒙特羅察覺到妻子沒有跟上，回頭看到她正跟副總統對話，深知不妙，連忙跟兒子往回走。

副總統跟蒙特羅夫人對話時一直保持警惕，察覺到她的丈夫有所行動後，馬上向宦官打了個眼色，要他想辦法攔下他們。

宦官嘆了一口氣，爲要怎樣攔下他們苦惱之際，卻摸到西服口袋內的小物，是今早去星體安全處巡視時拿到的——這東西看來現在能派上用場。

「博士，這位就是公子嗎？」宦官把二人攔下，駝背的他不用明顯蹲下，視線已很自然地落在蒙特羅幼子的臉龐上，「雖然年紀尚輕，但已經散發出蒙特羅家不凡的氣質。」

「謬讚了。」蒙特羅無意跟宦官閒聊，拉起兒子的手想要繞過宦官。宦官在蒙特羅沒注意的瞬間，把那件小物塞到蒙特羅兒子的手上。

不一會，父子二人回到夫人身旁。副總統感到沒趣，本想責備宦官辦事不力，回頭之際，卻發現宦官帶著一批星安（星安隊隊員）靠近。

宦官指揮星安道：「把這個小孩抓起來。」

「你們要幹嘛！」蒙特羅夫婦幾乎異口同聲地大喊，蒙特羅也緊接站到兒子的前方保護他。

「得罪兩位了，」宦官解釋，「有人匿名舉報，你們家的公子私藏禁書。」

「荒謬！」蒙特羅喝斥。「犬兒才七歲，怎會藏禁書？」

「是嗎？」宦官笑了笑，把視線移到蒙特羅兒子的身上，只見他這時正趣味盎然地翻開一本只有成年人手掌大的小書。當然，他並不大懂內容，只是覺得它很迷你、很可愛，就隨便翻頁。

星安這時從他手上搶走那本書，交到宦官手上。

「人贓並獲，不容你抵賴。」話畢，宦官把書封展示在眾人面前——那是《動物農莊》袖珍版。

「一……一定是有什麼搞錯了，」蒙特羅緊張起來，「我們家一向讀電子書，這東西不是我兒子的。」

宦官聽到這番話後笑得更開懷。「不是你兒子的？那就是你的吧？把他也押下！」

身邊的星安馬上逮捕蒙特羅父子二人。蒙特羅被抓離現場時不忿地大喊：「可惡！這是莫須有的罪名！我發誓這不屬於我們！你敢以《星安法》殘害我和兒子的話，我要詛咒你們失去最珍視之物，被全宇宙制裁，生生世世只能留在這鬼星球！」

宦官見慣風浪，但此刻目睹蒙特羅裂眼瞪視的怒色，耳聞對方聲如洪鐘的詛咒，心頭忽而揪動了一下。這是多麼惡毒的詛咒！而且不知爲何，他的直覺告訴他，這詛咒不是一般的隨口辱罵，而是以生命能量做出的終極控訴，是極有可能會引發實際效果的預言。

他一定要用盡辦法阻止它成眞！

宦官心跳紊亂，但仍不忘向副總統邀功，「大人，我成功除掉那兩顆眼中釘了。」可是，副總統卻一臉不快啐了一啐。「你這次做得有點太過分了，你們人族不是有句話『禍不及妻兒』嗎？」

「我……」宦官對副總統的反應稍稍吃驚，連忙辯解，「我只是按照你的吩咐去做，現在他們二人被抓走了，您就可以安心跟蒙特羅夫人……」

「安心個屁！你自己看，她現在哭得死去活來，本來好好的舞會氣氛也被你破壞了，怎麼可能繼續下去？罷了，我回去休息，你負責善後。」

「知道……」宦官目送副總統離開，心裡卻不是滋味。他自問沒有做錯，只是全心全意完成副總統的要求而已。

而宦官的惡行都看在在場不少高官的眼內。蒙特羅不只跟大總統熟絡，也是不少高官的朋友，可恨宦官以私藏禁書這種涉及《星安法》的罪名入罪，他們也無能爲力，敢怒不敢言。

待宦官走遠，他們竊竊私語，覺得任由宦官在朝野繼續放肆也不是辦法，其中一名高官包爾沙建議以法律以外的方式挫捽他的銳氣。

第三幕

宦官花了點時間才完成舞會的善後工作，步行離開副總統府邸。駝著背的他走路有點慢，但回家前他想去一個地方，那裡跟副總統府邸只有幾個路口的距離，叫車反有點廢時失事。

他轉進燈光昏暗的小路時，不安感再次浮現心頭。他長年為了討好副總統，出賣勞力、出賣靈魂，做著各種齷齪之事，對咒罵本該稀鬆平常。可是，他忘不了蒙特羅那惡毒的詛咒——失去最珍視之物、被全宇宙制裁、生生世世留在這星球——或許這正好擊中了他最深層的恐懼。

「先生！」冷不防間，一名全身黑裝束的男子走近揚聲。

宦官全身激靈，忍不住罵了句髒話。驚魂稍定，他鄙夷地大罵：「滾開，我不支持記憶解放運動。」

「你誤會了，我在找生意。」黑衣男按了一下腰間，透出電槍的形狀。

「你是機器族殺手？」

他莞爾。「剛才看到先生你若有所思，應該是被什麼人困擾吧？」

宦官提防著眼前人，對他的提問不置可否，轉移話題問：「你也是機器族，爲什麼做這門生意？」

「就因爲我是機器族，我才有能力替你除掉討厭的機器人。」

宦官揚一揚眉，他的興趣被這名男子勾起了，追問：「高官也可以？」

「可以，但你也得付相應的酬金，而且要先付一半訂金，事成後再付餘額。」

「我怎知道你不是騙子？」

黑衣男稍稍掀開上衣，那貨眞價實、能殺死機器人的電槍在月光之下閃爍出無慈悲的銀光。黑衣男重新紮好衣服後補充：「無論你希望那個人死在荒野，或死在室內，我都可以辦到。」

「室內也可以？」

「對。」黑衣人自信地回應：「因爲我有一家附有酒吧的小旅館，由我跟妹妹一起經營。她非常惹火，且能歌善舞，若目標人物貪戀女色，肯定會被她誘惑得團團轉。」

「但我仍不能確定你收訂金後會不會逃掉。」

「請殺手這種非法的事，難道我們要簽訂合約嗎？」

宦官沒有被殺手完全說服，黑衣人也看出了對方的想法，道：「不打緊，你不用馬上決定，有需要時在淩晨來這裡就能找到我。」

「我該怎樣稱呼你？」

「我叫斯巴拉夫奇勒。」

「太長了，沒有人族會記得住。」

「那你叫我斯巴就行。」

宦官對斯巴忽然產生了好感，因爲他也爲了賺錢甘願弄污雙手，而且毫無原則，爲了遷就客戶就隨便改短名字。他覺得他們根本是同一類人。

宦官跟斯巴分別後，沿著沒有路燈的小路繼續往前，到達一間兩層高的小房子，女兒吉爾達滿心歡喜地投身到他的懷抱中。

「我等你很久了。」

「親愛的女兒，讓妳久等了。」

吉爾達察覺到父親鬱鬱寡歡，「爸，你有什麼煩惱嗎？」

「沒有。」宦官不眨眼地撒謊。煩惱來自工作，而他從沒告訴女兒自己是宦官，那就自然成了不能說的祕密——所有要當官的人族都必須去勢，這是紅星的法律。人族有人族的優點，但要混入這些沒有人性的機器族，坐擁財富和權力，就必須付出代價。同時，如果女兒知道他是宦官的話，也會知道自己是領養的，且根本沒有媽媽。

這些都是宦官希望隱瞞一輩子的陰事。

宦官這時留意到吉爾達穿著襪子，著急地問：「妳出去過？」

「沒有，我有聽父親的話，除了週日去教堂外，寸步不離家中。我只是有點冷。」

「那就好。女兒，妳可能會覺得難受，但最近有什麼記憶解放運動，那些黑衣人到處破壞，妳還是盡量減少出門較安全。」宦官今晚特別語重心長，是因爲他仍擔心那詛咒會靈驗——吉爾達就是他最珍視之物。

吉爾達很想告訴父親，她接觸過記憶解放運動的抗爭者，也很支持他們的理念。不過她不想和父親起衝突，只虛應道：「我明白了，我答應你不會到處亂走。」

儘管得到女兒的應允，宦官思前想後，還是不能徹底放下心頭大石，於是召來了女傭。「最近有人上門找我嗎？」

「沒有。」

「很好。妳記緊每晚都要鎖好門窗，包括前後門和通往陽台的窗。我不在的時候，妳要幫我守護吉爾達。知道嗎？」

「知道。」

「另外……」宦官本來還有其他事情要交代，卻被個人電子助理收到的訊息打斷。那是來自高官包爾沙的訊息，表示副總統剛才意猶未盡，現在到了鄰市的酒吧暢飲，請宦官也趕來同歡。

宦官嘆了口氣，無奈地跟女兒道別：「我有事要辦，今晚恐怕不會回來，妳先睡吧。」

「這麼晚還要工作嗎？」吉爾達依依不捨，也爲父親擔憂。

「對，但這都是爲了我們美好的將來。親愛的吉爾達，晚安。」

宦官離開住宅，女傭關好門不久，門鈴響起。女傭以爲是宦官遺漏東西而折返，沒料到眼前站著的是名年輕人。她想起宦官剛才的提問，遂說：「先生你好，老爺現在不在家，如果有公事找他的話，請你明早直接去他的辦公室吧。」

「不，我是來找吉爾達的，我可以進去嗎？」年輕男子開腔的同時，塞了一枚金幣給女傭，以表誠意。

「當然可以、當然可以！」有錢能使鬼推磨，女傭無視主人的吩咐，連忙應許，還幫忙指路，「小姐在二樓的房間，我帶你上去吧。」

「謝謝。」

在這一連串的對答中，女傭並沒有認出這名年輕人是喬裝過後的副總統。

吉爾達與父親道別後回到房間，坐在梳妝桌前忐忑不安，因爲她剛才沒有告訴父親，這幾個禮拜的確有人跟蹤上門，不過那個男生應該不是可疑的人。

一個月前，他們在教堂相遇，二人一見鍾情，奈何父親不准許她去其他地方，他們只能每週在教堂內短聚，不能約會，甚至短短的聚餐也無法如願。

到上週，男子希望延長二人共聚的時間，堅持要送她回家。吉爾達深知父親對她的住處特別小心保密，才會讓她獨自住在這房子裡，但她實在不想拒絕對方的好意，也因此讓對方得悉了住址。她現在有點擔心，自己會不會連累父親。

但與此同時，除了父親，她的心思也停留在那男子身上。她清楚知道自己已愛上了他，經常無意地想念著他，難以自拔。

「叩叩。」女傭的聲音緊接著敲門聲傳來，「小姐，妳睡了嗎？」

「呃。」吉爾達把心思拉離那兩個男人，回應道：「還沒，請進。」

房門打開，吉爾達轉身一看，竟冒出了那朝思暮想的男子。

「欸！你爲什麼會在這裡？」吉爾達既驚且喜地問。

「不爲什麼，就爲了妳。」

吉爾達心跳加速，臉頰也不期然脹紅起來。心愛的人特意到訪，還如此肉麻地撩她，她固然高興莫名，但也焦慮萬分。「你快走吧，我怕我爸會回來，如果被他發現，我們都會有大麻煩。」

「我專程來找妳，妳就不能讓我多坐一下嗎？」男子努力按捺著心中的不滿。

「這裡眞的不是個合適的地方。或許下週我們去完教堂，再去其他地方約會？」

吉爾達自知這違反與父親的協議，但當務之急是要讓他離開。

「好吧。」男子無奈地答應。「話說回來，我還沒知道妳的芳名。」

「我叫吉爾達，你呢？」

男子猶豫了一下，覺得不適合如實相告。「馬爾德。」他臨時編造假名。

吉爾達正要送馬爾德離開房間之時，通往陽台的窗戶突然傳來巨響，玻璃碎裂一地，一群黑衣人闖進來。

二人皆吃了一驚，但馬爾德打量一下這群人，透過他們獨特的機器族眼睛，竟辨識出當中包含了部分朝中高官及其部下。那些高官也認出了副總統，不理解為何副總統也會在這裡，愣在原地，一時間都未採取進一步行動。

副總統猜這群人應該是想要擄走吉爾達，儘管原因不明。他靈機一動，這或許是「英雄救美」的好機會，能騙取吉爾達的歡心。副總統遂偷偷向高官們打手勢，請他們把自己也抓走。

另一邊廂的宦官，花了點時間穿梭，到達鄰市的酒吧時，並沒有找到副總統和其他高官，才察覺到被擺了一道。一個多小時後回到小房子，深愛的女兒已被拐走，只剩下哭喪著臉的女傭跌坐在陽台前，呆望著碎裂一地的玻璃和一條口袋巾。

宦官看到眼前的景象，不禁與蒙特羅的詛咒連結起來，驚悚得昏倒過去。

那群黑衣人把副總統和吉爾達抓住後，吉爾達馬上被迷暈，此刻正躺在客房床上；副總統當然沒有人敢對他怎樣，反正唯一外人已失去知覺，他只假裝被綁起坐在車裡，回到府中才把握時間向高官們問個究竟。

副總統面帶不滿地問：「你們爲什麼會突然破窗而入？嚇了我一跳！」

「抱歉讓大人受驚，因爲……」高官們面面相覷，思考著要不要道出眞相。思量片刻，覺得紙包不住火，欺瞞副總統也不會有好下場，包爾沙只好代表眾人，老實直說：「這女人是那駝背宦官的情婦，我們想教訓一下那老頭，就把她抓走。」

「情婦？他有如此年輕且美若天仙的情婦？」副總統難以置信。

「嗯，我們跟蹤他好一陣子，發現他幾乎每天都會去找她。」

「那你們把她抓回來後，打算怎麼辦？」

「其實也沒有什麼，只是想嚇一下那宦官。」包爾沙說。

「那就實在太巧合了，肯定是愛神的安排！」副總統高興得不能自已。「吉爾達……就是那名女子，正是我暗戀已久的夢中情人。」

「實在太好了，也難怪大人會出現在該處。那麼……」

副總統不待包爾沙說完，就打斷他道：「你們就把她交給我處理好了。」話畢，副總統已迫不及待離去。

副總統回到客房，躺在吉爾達的身邊，靜觀著她的美。他盯者吉爾達胸脯的起伏，血液不自禁地沸騰起來。經過了一天的奔波，他決定先去沐浴更衣，再回來好好享受這難得的韶光。

清曉之光漸現，嚇昏了的宦官在女傭照顧下終於醒來。他憶起昏倒前的驚駭畫面，沒有浪費一分半秒，馬上趕到副總統的府邸。

剛才綁架吉爾達回來的那群黑衣人，不敢打擾副總統的春宵，大都散去，只剩包爾沙等三人在，以防副總統臨時需要協助。

突然間，宦官闖進了府邸，與包爾沙等人打個照面。眾人杵在原地，互相對視半晌，包爾沙才回過神來先開腔：「喂，你幹嘛擅闖副總統府邸。」

宦官也不客氣地回敬對方：「我有事要找副總統，與你們無關。」

包爾沙想打發對方離開，「副總統出去晨運了，之後就會去辦公室上班，不會回來，你去辦公室等他吧。」

宦官不相信——如果副總統不會回來，這三人幹嘛要留守這裡？

清晨時分府邸內的大部分家傭還沒起床，只有少數在工作，其中一人聽到吵鬧聲，躲在大廳一角偷看。宦官留意到，改爲走向他問：「副總統的早餐準備好了嗎？」

家傭沒聽到他們在吵什麼，但認出宦官經常出沒在副總統身邊，應該可信。「差不多準備好了，副總統要提早吃嗎？」

包爾沙這時跟著走了過來，搶著道：「不對！副總統出去了，不吃早餐。」他說著之時也向家傭使眼色。

然而家傭似乎沒有看懂，不識趣地繼續說：「欸？他沒有告訴我們喔，而且他剛才不是在客房嗎？」

宦官至此已明白一切，瞬即轉身往客房方向，邊跑邊咆哮：「吉爾達！吉爾達！」包爾沙等人也追上去，他們三人腳程快，順利把宦官攔下來，然而他的叫聲早已響徹整個府邸。

客房中的吉爾達剛清醒過來，聽到叫聲就跑出房外，投進宦官的懷裡。「爸！」「親愛的吉爾達，妳沒事吧？」宦官緊抱著她問。

「爸？」包爾沙等人卻一臉糊塗地反問。

倒是跟著走出房間的副總統先理解狀況，問：「吉爾達是你的女兒？」

「對，我是來接她走的。」宦官待在副總統身旁多年，早已練成了喜怒不形於色，但這次回話時仍透露出絲絲恨意。他走近副總統，把在吉爾達房間的陽台前撿到的口袋巾塞到他的手中，「順便把東西還給您。」

第五幕

那個讓吉爾達躲藏起來的小房子已曝光，回去也沒有意義了，宦官只好把女兒接回自己的豪宅。

「女兒，現在安全了，妳可以告訴我到底是怎麼一回事嗎？」宦官緊握著吉爾達的手問。

吉爾達在回程時已想好答案，她不想連累女傭被解聘，故意跳過了最初的部分開始說：「我剛才被一群黑衣人迷暈並抓走了，幸好馬爾德救了我，並把我接到他家中休息。」

「馬爾德是誰？」

「就是剛才那府邸的主人。」

宦官從此話推導出，吉爾達仍不知道剛才那個人是副總統，也不知道剛才那地方是副總統府邸。宦官續問：「那麼那群黑衣人和副……那個馬爾德沒對妳怎樣吧？沒有玷污妳吧？」

「怎麼會？馬爾德是虔誠的信徒，每週都會去教堂祈禱呢！」

宦官在心中冷笑。

吉爾達忽然反過來問：「爸你怎麼會知道我在那？」

宦官連忙想了個說法，「馬爾德認識我，所以就通知我去接妳。」

天真的吉爾達沒發現這回答的不合理之處——從剛才眾人的反應可看出，他們事前根本不知道吉爾達是宦官的女兒。

「爸，其實我有件事想跟你商量。」吉爾達微微低下頭，靦腆地說。

「怎麼了？」

「我下禮拜天去完教堂之後，可以……可以……」吉爾達深吸了一口氣，才有勇氣說下去：「可以跟馬爾德去其他地方走走嗎？」

「爲什麼是他？」宦官驚詫地問。

「其實我本來就對馬爾德有好感，現在我更覺得他是個好人。他說他會永遠愛我。」

「這件事……」宦官清楚知道副總統是個見一個愛一個的渣男，他在昨天的舞會上就突然對蒙特羅夫人出手，還間接讓自己迫害蒙特羅父子。宦官整理起已知的線索，終於想通女兒爲何會被擄走，應該是副總統指示包爾沙等人僞裝成黑衣人，然後他英雄救美，騙取吉爾達的好感。他沒有在副總統府邸侵犯吉爾達，只是爲了放長線釣大魚，讓大魚稍後自己送上門。

「爸。」吉爾達見父親遲遲沒有回應，懇求道：「你答應我吧。」

「對不起，今天發生了太多事了，妳先讓我想一下。」宦官始終不想答應，不待女兒說下去，就回去自己的房間。

宦官自問為了錢什麼都可以忍受，唯獨不能讓女兒受傷。繼續這樣下去，吉爾達鐵定會受騙，最終被副總統傷害，無論是精神上抑或肉體上。

宦官多年來受盡屈辱，早已滿肚怨恨，加上為了保護女兒，他的心中開始萌生一個念頭。不過，這想法還很初步，而且這種無法回頭的事必須三思而行，宦官因此只把這個念頭一直維持在動念階段，沒有付諸行動。

然而幾天後發生的事，終於成為壓垮駱駝的最後一根稻草。

早前被抓走的蒙特羅父子，星安後來對他們詳細調查，竟在蒙特羅家中找到有關記憶科技技術的研究和裝置。他承認有關物品都屬於他，跟妻子和兒子無關，他於是被加控《星安法》中的「私自管有記憶科技技術罪」。

記憶科技技術是記憶解放抗爭運動的焦點議題之一。現時紅星機器族的記憶都由政府統一管理，保存在政府伺服器中。市民須至少每三十天自行安排到指定地方上傳記憶，相當擾民和損耗生產力；遇有疾病或重傷需要修復記憶的話，也必須向政府申請才能存取，中間的行政時間加上備份之間的空白時間就會造成「記憶回溯」的問題。此外，遭他人惡意傷害造成的記憶遺失並不能成為申請修復記憶的理由——政府辯稱這是為了與人族對等，因為人族被謀殺後也不能復活，實際上根本沒有必要對比兩族，政府只是想藉此留下後門，成為抹除反叛機器族的手段之一。

記憶解放運動的訴求之一是市民能自行上傳記憶，只要連上安全的網路，就能把最新的記憶自動上傳，節省定期去指定地方的時間，也能減少備份之間的記憶空白。運動另一訴求是改以區塊鏈技術記錄記憶，確保記憶無法輕易遭到篡改。

不過，政府表示，容許市民自行上傳記憶代表民間必須管有記憶科技裝置，而法例一直不允許民間擁有相關裝置，學術研究也只由官方在指定的地方進行。政府擔心，容許民間管有記憶科技可能會引起非法修改記憶和記憶轉移的問題。

反對者則指，記憶本應屬個人資產；在文化和歷史層面上，個人記憶也是對抗集體遺忘——包括獨裁政府以手段促成的集體「被失憶」——的方法。而且，只靠政府伺服器儲存人民記憶代表政府擁有控制人民的記憶與生殺大權，市民的記憶只存放在單一地點也更容易被不肖人士偷偷修改，這是非常危險的。

民間與政府就記憶技術議題一直抗衡，政府後來乾脆漠視反對聲音，更加重民間管有記憶科技技術的罰則至死刑，最終催化成記憶解放抗爭運動。

回到蒙特羅父子身上，他們被宦官栽贓藏有禁書，雖屬《星安法》的禁止行為，但只是小罪；私自管有記憶科技技術卻是死罪。蒙特羅此刻已被押到刑場中央，由宦官負責監察刑罰執行，不少市民——當中包括記憶解放運動的抗爭者和蒙特羅夫人（兒子則因禁書案仍在囚）——在刑場外圍圍觀著。

不過，宦官最在意的只是那個詛咒，他希望能讓蒙特羅收回詛咒，因此在行刑前極力澄清：「蒙特羅，你看，你惡名昭彰，這不是莫須有的罪名，你是罪有應得。」

「我不服！」然而蒙特羅沒有半分退縮，更用力地申明他的想法，「不論是禁書還是記憶技術，都有違當今宇宙的普世價值。你們的審訊也黑箱作業，只花幾天時間就定罪和行刑，毫無程序正義。全宇宙都會看到紅星的墮落和荒謬。我縱然死了，仍會永無止境地詛咒你！你們必被制裁，失去最珍視的一切！」

「可惡！死到臨頭還大言不慚！」宦官被詛咒激怒，痛斥過後也無法消滅怒火，決定提早了結蒙特羅，「來人，行刑！」

劊子手拿起電槍，走到蒙特羅的身旁，用電槍抵著他的後腦杓。刑場外的蒙特羅夫人哭得呼天搶天，卻無力回天。劊子手扣下扳機，短暫卻強烈的電擊通過蒙特羅的機器腦，電流產生物理性的徹底破壞。同一時間，受刑者已被處決的訊息傳送到政府伺服器，蒙特羅的記憶在下一秒被抹消。科學家蒙特羅正式死亡。

宦官完成工作，回到辦公室向副總統報告。雖然嚴格來說他只是矇上了，但仍算是成功揪出一名蟄伏在政府體制內的抗爭者，他認爲自己立了大功。

「還好吧。」不料副總統對他的工作不以爲然，「如果你願意獻上你的女兒，才是眞正立下大功，哈哈。」

宦官自問對副總統一直盡心盡力，甘願背負著惡名代爲行事，不只被市民唾罵，還受到死者詛咒，然而熱臉貼冷屁股，副總統毫不領情。

他能夠犧牲自己，對於最疼愛的女兒卻半步都不能退讓。他受夠了，爲了保護女兒免受多情又無情的機器人傷害，也爲了防止那個詛咒成眞，他終於下定決心要剷除副總統，然後與女兒遠走高飛。

第六幕

「曼托瓦先生，歡迎光臨，我是今晚接待你的兔女郎瑪達蕾娜喲。」

副總統這回打扮成風度翩翩的公子，以另一假名「曼托瓦」到訪一家鄉村小旅館。瑪達蕾娜先前已認識他，今天特意招待他到旅館來喝喝酒。

醉翁之意當然不在酒，副總統想要的是瑪達蕾娜。

「瑪達蕾娜，妳這樣穿眞的很美，我愛死妳了。」

瑪達蕾娜側側頭，「男人的花言巧語都不可信。」

「不對，不可信的是女人。」

「何出此言？」

「妳沒有聽過這首歌嗎？」曼托瓦開始唱起他最喜歡的歌曲〈善變的女人〉：

「女人眞善變——像風中雞毛——」

瑪達蕾娜被他逗樂，吐槽他說：「先生，這首歌有點政治不正確，你公開演唱的話，恐怕會被女權分子聲討啊。而且第二句歌詞的雞毛應是羽毛啦。」

「看來妳不只有外在美，也有內在美，這種事也懂。但妳放心，這首歌我只會為妳而唱。」

「真的嗎？」

「當然。」曼托瓦握著瑪達蕾娜的手，「妳的手比絲綢還要滑，我捨不得放開。」

「那要怎麼辦？」

「那就只能一直抓住，永遠跟妳待在一起囉。」語畢，他就把瑪達蕾娜一擁入懷。

宦官和吉爾達站在旅館外的大石頭上，透過旅館的氣窗，副總統跟瑪達蕾娜的調情過程盡收眼底。

吉爾達泣不成聲，「怎會這樣？他說過他會永遠愛我的！為什麼現在又對另一個女人說相似的話？」

宦官搭著女兒的肩膀說：「我早就告訴過妳，這個男人不可信，現在妳終於認清他的真面目了吧？」

「爸，我的心好痛，我不知道要怎麼面對。」

「沒事，我已經為妳安排好。我叫了車，妳先去太空船飛行場，我完成收尾工作就會趕過去跟妳會合，一起去黃星過新生活。」

「但……」吉爾達仍有點拿不定主意。

「不要多想，就這樣吧。」宦官聽到引擎的聲音，回頭一看，車子已到達，吉爾達不情不願地被宦官推了上車。

待車子駛遠後，斯巴才現身道：「人我們順利騙來了，要演的戲也演好了，這樣你可以安心付訂金了吧？」

宦官滿意地點點頭，依照約定奉上十枚金幣。

斯巴淺笑著說：「謝謝，事成後我會把他丟到河裡，到時再向你收取尾款。」

「不，」宦官不放心，「你殺掉他就可以了，我要親手把他推下河。」

「好，那你兩個小時後再回來收屍吧。」

副總統喝得有點多，瑪達蕾娜引領他到閣樓稍事休息後，就回到酒吧的範圍。

斯巴送走宦官後，不久也回來了，壓低聲音問瑪達蕾娜：「目標怎樣了？」

「剛睡著，應該不會太快醒來。」瑪達蕾娜也輕聲回應。

「那就好，我現在去完事。」斯巴拔出藏在腰間的電槍，正要上樓，卻被瑪達蕾娜拉住。

「哥，不要！」

「怎麼了？」斯巴一臉不解地問。

「這個男人……」瑪達蕾娜欲言又止，「你可以……放過他嗎？我好像有點喜歡他。」

「妳瘋了嗎？」斯巴忍不住低聲罵了一句。「這個花心大少信不過，妳何必糟蹋自己？」

「我也不知道爲什麼會這樣，但我眞的對他有好感。」

「不行，我收了那駝背宦官的錢，就得完成任務。」

「才二十枚金幣，我們不如反過來……」

斯巴猜到瑪達蕾娜的意思是反過來殺掉委託人，激動地說：「我重視誠信，不可以這樣。」

「不如這樣吧？反正屍體會丟下河，你可以隨便交一具屍體給他。求求你了！」瑪達蕾娜誠懇地說。

斯巴一向疼愛妹妹，開始有點動搖。

瑪達蕾娜進一步勸說：「哥，這個人是副總統欸，我跟他保持關係，說不定將來對我們有用。」

「那……」斯巴覺得有道理，終於軟下心腸，但仍附帶條件，「除非妳找到替死鬼，我就放他一馬。」

「這樣嘛……時間已經這麼晚，我也很難找喔……」

「我已經退讓了一步，這是我的極限了。」

這番話，被站在大石頭上的吉爾達聽到了——她還是有點不甘心，折返旅館，想要跟馬爾德或曼托瓦對質，卻在偷聽期間得知一連串驚人祕密。

——駝背宦官？我爸是宦官？那個人是副總統？我爸要殺死他？

頃刻間，吉爾達心亂如麻。儘管副總統不是專一的人，但吉爾達對他仍有好感，不希望他被殺掉。她亦不希望父親背負教唆並指使他人殺死副總統的罪名。

吉爾達不知所措，在混亂間踏空了，從大石頭摔下來。斯巴和瑪達蕾娜聽到外面傳出巨響，馬上一看究竟。

「居然是妳……」斯巴看著倒在地上的吉爾達，無奈地嘆了一口氣。

「妳全都聽到了吧？」瑪達蕾娜卻一臉得救的樣子說：「哥，那我們也別無他法了。」

兩小時後，宦官帶著尾款回到旅館。如果不是受制於身體機能，他應該會蹦蹦跳著回來——再也不用受氣、不用執行犯眾憎的任務、不用擔心女兒受傷害，這是期盼已久的歡欣。

斯巴點算金幣後，從店裡拉出一台手推車，上面放有一個藏著屍體的麻布袋。

「屍體就交給你了，你快點推下河，不要讓人看見。手推車也記得處理掉。」

斯巴離開後，宦官在麻布袋上綁上石頭，心想大仇得報，正要把這重物永遠沉到河底之際，卻赫然聽到熟悉的歌聲——

「女人眞善變——像風中羽毛——」

這是幻覺嗎？抑或只是恰巧歌聲相似？不對，宦官被副總統刺耳的歌聲折磨已久，不可能辨認錯。宦官細聽，發現歌聲從旅館閣樓傳出，那麼這麻布袋內的不是副總統的屍體，會是什麼？

宦官連忙解開麻布袋，裡面是有一個機器人沒錯，但從身形來看並不是副總統。現場燈光昏暗，宦官把麻布袋袋口再打開一點，瞬即被嚇得跌坐在地上，歇斯底里地叫喊和搖晃著那具機器人。

「吉爾達！吉爾達！妳不要嚇爸爸。」

不過，吉爾達已然死亡，是不會回應的了。

宦官稍後才知道，在同一時間，多個鄰近星體得悉有官員蓄意損害紅星人的自由並嚴重侵害人權，決議對他們做出制裁，當中包括宦官（但不含副總統）。有關星體將禁止他們出入境，凍結當地資產，並不准人民和企業跟他有任何往來。宇宙其他星體也正在考慮類似的議案，以實際行動支持普世價值。

失去女兒的宦官一蹶不振，也無法繼續奉承副總統，鳥盡弓藏，最終他被解僱。

一無所有的他就只剩下財富，卻因爲被宇宙制裁無法離開紅星半步。鬱鬱寡歡的他不久患上多種慢性病，但因著醫療技術發達死不了，長命百歲，受盡肉體和精神折磨。

蒙特羅的詛咒成眞了！

第七幕

「妳醒來了？」

吉爾達睜開雙眼，卻發現全身動彈不得，只看見一片全然陌生的天花板。她焦慮起來，想張開嘴巴叫喊，身體卻不聽使喚。

斯巴這時靠近觀察「吉爾達」。儘管她沒法說話，仍嚇得在腦中驚叫。

——是你！那個殺手！救命啊！你想對我怎樣？

「正確來說我是工程師。妳不用怕，我正在幫妳。」

——工程師？咦？我沒有發出聲音，你爲什麼知道我在想什麼？

斯巴向對方詳細地解釋：「妳已經『死』了，但在這之前，妳的意識和記憶被複製到另一具肉體，因爲妳跟新肉體還需要點時間才能完成連結，現階段只有視覺恢復了，所以我暫時利用人機介面存取妳的想法，以便能夠溝通。」

——你不是殺手嗎？爲什麼會掌握記憶技術？

「我沒說過我是殺手。我和瑪達蕾娜都是記憶解放運動抗爭者，是科學家蒙特羅的好夥伴，可惜他先走一步了。」斯巴傷感地說。

——你剛才說把我的意識和記憶轉移到另一肉體，那你爲什麼不乾脆放我走？

「對不起，當時時間有限，我們只好私自爲妳做了決定。如果我們按照那宦官的旨意殺死副總統，妳事後知道眞相，這輩子都會跟他一同背負著殺人的罪名，受盡良心譴責。當然，我可以改爲殺掉妳父親，但我想這也不是妳樂見的。如果我們什麼都不做的話，副總統之後仍會盯上妳，而妳也會因父親被宇宙制裁而受牽連。我痛恨妳爸，是他促成了《星安法》的訂定，也害死了蒙特羅，但我們知道妳是無辜的，有句話叫『禍不及妻兒』，且妳也很支持記憶解放運動。思前想後，我們決定藉此機會假裝殺了妳，這樣妳既能脫離副總統的魔掌，不會受牽連，也可以過新的生活；妳爸會得到應有的教訓，我妹亦可以接近副總統，希望能繼承蒙特羅的遺志潛入建制內。」

——那我現在使用的肉體是從哪裡來的？

斯巴有點尷尬地回應：「妳也知道政府藉控制記憶來控制出生吧？機器族驅體數量也因此被嚴密監控，我們只能找剛死去的屍體來用……」

「吉爾達」看到斯巴欲言又止的表情，馬上猜到答案。

——所以是蒙特羅的身體嗎？

「妳果然聰明。接下來，待妳完全適應這具異性身體後，我們將送你去一個沒有人認識妳和蒙特羅的地方。在那邊，會有一個來自另一星體的人接應新的你。她因爲某些原因，無法繼續在原本的地方生活。我期望你們在那邊，可以協助我們繼續抗爭，或完成你們自己的未竟之夢。」

斯巴把我送到這裡來。從今開始，這就是我，一個全新的我。既非吉爾達，也非蒙特羅。

對全新的我來說，這是我人生第一次步入教堂。

踏入教堂的一瞬間，我馬上被其內部的莊嚴與宏偉震懾。教堂中央尖拱型迴廊、兩側的飛扶壁結構、四周的彩繪玻璃等，這些我只在古文獻上看過的哥德式教堂特色，現在竟一一呈現在我的眼前。它們彷彿象徵著神從高處俯瞰著我的出現。

教堂肅穆的氣氛將我凝在原地好一會，我才醒覺這是神都無能爲力的年代，順利地把視線重新聚焦。我留意到在這空蕩蕩的教堂最前方，坐著一名女生，她低著頭，像是在禱告。

我以不驚動她的緩慢步伐靠近，心裡同時想像著她的芳容。隨著我逐漸步向教堂深處，傳到我耳畔的某種雜音漸強，直至我到達講台前的位置，終於找到雜音的來源——這名女生原來不是在禱告，而是低頭看著手機，上面顯示著某場抗爭運動的畫面。

我佇立在她的身旁，但她似乎太聚精會神，未有察覺到我的存在。這名女生身穿簡樸的黑色棉質T恤和長褲，雙肩削瘦，亮麗的長髮綁在頸後，腳踏一雙全黑運動鞋，似乎是適合到處走動的裝扮。

我端詳過她的側面後，她的視線仍沒有離開過手機，我只好無奈地開腔。

「妳……好。」我有點緊張，聲音在喉嚨卡住，由這具男性身軀發出的聲音也比我想像中的更低沉。

她抬起頭，把幾絡掉到白皙額前的長髮整理好，以圓而大的晶瑩雙目回眸。

我的心跳彷彿漏了一拍。

我知道，她就是我要找的人。

來自光州街的盧小姐[1]。

〈宦官〉完

（本作改編自威爾第的歌劇《弄臣》〔*Rigoletto*〕）

---

1 作者註：詳見〈那陣揚起黃色斗篷的陰風〉（收錄於《偵探冰室・靈》）及〈離人〉（收錄於《偵探冰室・疫》）。

威尼斯衰人

——

文善

1

接到英文科主任打來的電話時，小陳正處理完新買入的單位內最後一袋垃圾，下星期裝修師傅便會開工，他要在那之前清理好。

「Mr. Tam，有什麼事？」小陳看了看手錶，晚上八點，譚主任應該剛離開學校。

「Mr. Chan，我剛剛看到3C和3D班在班房[1]內，他們說在為英語話劇排練。」小陳是中學英國文學科老師，校內對英文和英國文學科老師都用英語稱謂。

「嗯，明天就是表演了。」

「但是為什麼你不在場指導的？而且，他們都神祕兮兮的，叫他們演給我看也不肯。」譚主任的聲音有點不快。「你們不是在亂搞什麼吧？」

「當然不是！我想學生們只是想把完美的表演留待明天吧。」小陳敷衍著譚主任，但心裡卻在想，明天的英語話劇表演，就是他和放牛班的翻身之作！

1 班房：在粵語中指的是教室。

2

一個月前——

「Mr. Chan，太好了，你還沒走。可以聊聊嗎？」踏出教員室的一刻，便迎頭碰上譚主任，小陳的心已涼了一截。

「Mr. Tam，我、我趕時間……」小陳看了看手錶。他不是想借機脫身，而是他眞的是約了女朋友琪琪，今早她還千叮萬囑他不要遲到。

「不用擔心，很快的！在裡面說吧！」說著譚主任已推著小陳回已空無一人的教員室，並把門關上。

「請問……有什麼事？」雖然短短數十秒，但小陳已努力地回想最近有什麼事可以被英文科主任盯上，但都摸不著頭腦。

「Mr. Chan，我們收到投訴，你在教３C班時離題，然後在３D班課堂上發表不當言論。」

「吓？」小陳心裡立刻翻了個白眼，不過他對投訴來自３C和３D班並不感意外。小陳任教的中學初中每級有四班，A班和B班屬精英班，C班和D班就是所謂的「放牛班」。他的學校屬Band 2頭的地區名校，爲了和同區的Band 1學校競爭，除了致力爭取上Band 1外，校長還要在學術和課外活動和名校看齊——至少在硬體上。

其中一項就是催谷[2]英國文學課程。

爲了讓學校有傳統英中名校的架勢，校長規定英國文學爲初中必修科，而且任教的老師還要全是外籍教師。當然，要討好家長，校長以前聘請的當然全都是金髮碧眼的「外國人」，本來小陳要得到教席，門都沒有。不過因爲各種原因，過去幾年外籍老師不少先後請辭回鄉，而學校在聘請「外國人」時遇上不少困難，因此造就小陳拿下這份工作——他是加籍港人，九十年代還是小學生的他隨家人移民加拿大，大學畢業後回流香港，幹過幾份工作但都沒有喜歡的，後來靠外國大學畢業的履歷找到補習社教英文的工作，後來趁這中學的外籍老師離職潮，以「加拿大人」的身分撈到教席，起碼校長還可以說，學校是一律由「外籍教師」教英國文學。當然，精英班還是由眞正的外籍老師任教，小陳被編去負責所有放牛班。

對連英文科的進度也跟不上的放牛班學生來說，英國文學的課程內容太難了。精英班的學生，自發性高，即使不上課他們的學習進度也不會落後。反而是放牛班，連閱讀選書和理解也有問題，根本不能進行課程要求的討論。小陳其實也有熱血的一面，爲了引起學生的興趣，一般他會花半節課的時間用中文解釋內文，再開放學

2 催谷：在香港指施加壓力推動，以求達到想要的效果。在教育上有揠苗助長的意思。

生討論，他則會加插內文的生字，學生起碼也能學到一點點，總比用全英語上課、學生失去興趣而趴在桌上睡覺好。

「有同學向我報告，Mr. Chan你在3C班的課上教學生吸菸。」

「啊，哈，不是啦，中三Eng Lit的選書是《蒼蠅王》嘛，我們那時讀到用眼鏡鏡片來生火，然後就講到……」小陳頓了一下，「就講到一些和火有關的日常英文俚語。」實情是，小陳在解釋生火時，有學生拿出打火機來玩，小陳就開始教要怎樣用英文問別人借個火，再聊到香菸不同部分的英文，學生都學得很愉快。

「但是那和內容無關吧？而且聊吸菸的話題也不恰當。」

「Mr. Tam，我只是想讓學生能輕鬆學英文吧，聊些他們有興趣的話題，他們會更投入嘛。」他心裡沒說那句是「反正他們大部分也不會讀懂小說的內容」和「根本大家都知道放牛班中不少學生抽菸」。

「還有，在D班的課中，你是不是讓他們看YouTube影片？」

「啊，因為剛巧講到為什麼其他小孩會繼續追隨首領，即使心裡覺得他做的事是錯的。你知道那有名的『阿希從眾實驗』嗎？我便在YouTube上找一段紀錄片給他們看，順便讓他們練習英語聆聽。」

「我不管那是什麼實驗，總之那和課文無關是吧？」

「也不能說完全無關……」小陳愈說愈小聲。「對不起，我以後會注意的。」

「那就好。」譚主任滿意地點點頭。「你是好老師，但還差點經驗，有什麼問題儘管跟我說，我畢竟已當了三十年老師……」

小陳感到口袋中手機的震動，不用看也知道，是琪琪打來催促了。「呃，Mr. Tam，很感謝你的提點，我真的趕時間……」

「我還沒說完，」譚主任按住小陳。「一個月後是班際英語話劇比賽吧。」

爲了標榜學校有優質的英語學習環境，每年中一到中三的學生，都有班際英語朗誦和英語話劇比賽，爲了減輕英文科老師的負擔，兩個比賽都是由英國文學科老師負責，也就是小陳和另一位外籍教師Miss Manns。鑑於程度差異，學校決定只讓A、B班參加。朗誦比賽已於上學期舉行了，剩下話劇比賽，小陳恨不得快些結束。

「是這樣的，今年校長請了個重量級人物當嘉賓評判呢！」譚主任一臉興奮。「是『寶和山莊』的CEO吳金！」

小陳立刻有股不祥的預感。「寶和山莊」是近幾個月的熱門話題，因爲它是一個虛擬平台，和很多明星合作，推出「風水位」和「明星靈鄰」計畫，更推出專屬的虛擬貨幣「寶和幣」，最近其代言人靈位附近的「位置」和「寶和幣」的價錢已被炒高幾倍。

重要的是，吳金是3C班學生吳匯書的父親。

「既然人家百忙之中抽空來當評判，沒理由他看不到自己的兒子演出嘛。」譚主任皮笑肉不笑說。「不如今年也讓3C班參加。」

小陳看穿譚主任的詭計，他沉住氣。「程度差太遠了吧，而且只有3C班比賽太著跡了。不如這樣吧，我們讓3C和3D班當『示範表演』，旨在讓大家看到所有中三學生的演出，那吳金當評判也不用擔心被指不公。」如果一起比賽，在精英班前，放牛班一定會被打得落花流水，輸得很難看，但如果作爲示範表演，既不用對上精英班，但又可以讓吳金看到兒子上台。

譚主任是故意讓小陳在校長和嘉賓前出醜，即使要犧牲3C和3D班。聽說譚主任有個外國長大的世姪女唸完英文系，想在香港找工作。如果小陳因失職被校長辭退，那他就順理成章安排自己人來任職。投訴什麼的，說不定是他向學生「收風」[3]收集小陳的黑材料。

「那……也不錯。呀，劇目也選好了，是莎士比亞的《威尼斯商人》。」

「不是《蒼蠅王》？」比賽的劇目一般是那年級的英國文學選書。

「因爲校長覺得《威尼斯商人》描述正直商人被騙陷入巨債，最後翻盤的故事有夠大快人心，也配合吳金的身分。」

小陳心感不秒，這肯定是譚主任的鬼主意，演莎劇對放牛班太難了，所以這次的表演，也是他的工作保衛戰。

3

小小的咖啡店內，雖然播放著悠和的音樂，但氣氛卻異常緊繃。

小店走文青風，桌椅都是木製的，角落就是開放式廚房和水吧，店內有一只大窗，可以看到對面的公園，在這鬧區中也算是不錯的景觀。店主在窗前放置吧枱和高腳椅，客人就可以邊喝咖啡邊呆望公園的風景。

現在窗前的位子坐著一對情侶，也是店內氣氛繃緊的源頭——女人在抱怨著。

「你可不可以快點喝完杯咖啡啦？已經打過卡，就快快喝完它走人嘛。再晚一點就很難找位子吃飯啦。」

「呃，ＢＢ，時間還早嘛，這裡的咖啡好好喝，要慢慢欣賞嘛，這樣品嚐著咖啡看著風景，不是很chill嗎？」男人面有難色地安撫著女孩，同時快速看了看店內其他客人。

「Chill你個頭！」女人拍了一下枱。「那個爛鬼公園算是什麼風景？」

店內其他客人都把頭壓得低低的，像是生怕和女孩有任何眼神接觸。

3 收風：指收集情報。

女人見男人沒有離開的意思，便決定軟攻。「耶~人家肚餓嘛。」

「啊，原來妳肚餓而已，那我們先吃塊蛋糕……」

「你就是這樣！等一下都去吃飯了，還吃什麼蛋糕！」女人站起來。「你忘了嗎？我們現在每個月還要供樓，而且你還沒求……」

「呀，BB妳看！」男人拉著女人，他一臉得救似地指著窗外。

女人沒好氣的看了外面一眼，本來還擺著臭臉的她瞬間呆住了。

外面在下雪！

女人走近窗前，香港當然不可能下雪，從天上飄然降下、在窗前飛舞的不是雪，而是細軟的白色羽毛。

「好美啊！這……」女人的臉突然溫柔了許多。

「這是初雪。BB，韓劇不是說，一起看到初雪的情侶，將會白頭到老嗎？」男人從口袋裡掏出一個藍綠色的小盒子。「BB，嫁給我，好嗎？」

這時店內所有客人突然站起來，原來他們全都是這對情侶的朋友，一直低頭等待著男人求婚的一刻，其中一人從枱底拿出一大束鮮花遞給男人。

「哇！你們竟然……！」女人用手掩著嘴，一副驚喜的模樣。

「BB，把妳的下半生交給我，我會讓妳成爲最幸福的女人。」

女人羞答答地點點頭，男人爲女人戴上鑽石戒指，輕輕地跟她親嘴時，旁邊的朋友立刻起鬨歡呼拍手，然後兩人緊緊抱在一起。

這浪漫的一幕，小陳和安迪只有在窗外看的份。

爲了這場浪漫的驚喜求婚，男人請了女方的好友協助。他預先包下這咖啡店，待他們入座後朋友們陸續進入店內，本來的計畫是咖啡來了不久後，在窗外待命的小陳和安迪便要撒下羽毛雪，安迪準備了風扇，營造漫天飛雪的效果，小陳負責羽毛，不過正要離開學校時被譚主任耽誤了時間。

「幸好你趕到，不然求婚變分手，你眞是擔當不起。」安迪說著把咖哩魚蛋塞進嘴裡。求婚結束後，眾人在咖啡店內開派對，女人們都圍著剛成爲未婚妻的女人，欣賞著她手中的鑽戒。

「這種求婚有夠無聊的。」小陳喝了口冰咖啡。「什麼初雪，爲什麼不乾脆去首爾旅行求婚？」

「你是眞的不懂啊？」安迪瞪大雙眼。「去首爾的話，就只有兩個人耶，求婚當然要在朋友面前才夠威嘛！不過他也很努力了，才剛『上車』，要用有限預算來辦一場浪漫的求婚……」

「這就是我不明白的。」小陳把臉埋在掌中。「他們已經聯名買樓，婚禮日期已有，酒席都訂了，婚紗照也拍了，還求什麼婚？連那鑽戒，都是他們一起去選的，不然哪會知道戒圍？」

「小陳，你不能用外國的一套啊。」安迪輕輕拍拍小陳的肩。「你就當那是計畫結婚的其中一個儀式，不要拘泥它叫什麼。對了，你和琪琪呢？」

沒想到小陳嘆了好長的一口氣。

「你也知道我和琪琪最近也買了樓啦。但她說想裝修一下，希望打造成她的dream house，我說如果明年才結婚，錢方面就可以寬裕些，她的父母已經不大高興，說女兒不能無名無分貼錢供樓，所以琪琪已下了最後通牒，這個月內一定要辦求婚，那起碼她也叫作是我的未婚妻。」

「那就求呀。」

「你也看到啦，」小陳指著咖啡店四周。「求婚要搞場『大龍鳳』[4]，又要有鑽戒。琪琪昨晚才說，這樣在咖啡店求婚真寒酸，我的錢都丟進首期啦，還哪來的錢搞一場浪漫『驚喜』的求婚？」

「你需要多少？」

「鑽戒、鮮花、場地林林總總的……」小陳跟安迪說了個數字。

「那樣啊……你現在應該不可以找銀行吧，那就只剩下信用卡和財仔[5]了。」

「利息好貴啦。」

「唔……」安迪想了一下。「包在我身上！」

「吓？你有錢？」

「你有聽過『寶和幣』嗎？」安迪說。小陳翻了個白眼，幾小時前才因爲寶和山莊CEO吳金而要做額外的工作。「小陳，我跟你說，我已把全部身家投資進去，已經賺了幾倍，以這個回報，幾萬億身家就不再是陰間的數字，在人間也可以擁有。不過兄弟有需要，我當然會暫緩這邁向財富自由之路，過兩天我去出金再入數給你。」出金就是指把虛擬或密碼貨幣換回法定貨幣例如美元。

「謝謝你！好兄弟！」小陳緊緊握著安迪的手。

4

誰來殺了我吧——小陳心裡想著。

面對著六十名十四、五歲，對學習毫無興趣，卻被迫用午飯時間和英國文學老師在禮堂準備班際英文話劇比賽，不，表演，沒有人會期望他們能靜靜坐下來討論的學生。眼前這些小屁孩，卻是主宰了小陳事業的人。

---

4 大龍鳳：指刻意造假演一齣騙人的戲。

5 財仔：在香港指的是提供借貸服務的財務公司。

「同學們！靜一靜！如果你們安靜一點，我們就可以快點完成討論，我希望我們能在二十分鐘內結束，ＯＫ？」因爲話劇表演是課外活動，而且３Ｃ和３Ｄ班都是他負責，爲了不影響正常課堂進度，和可以更有效利用時間，小陳決定兩班一起準備。「這次的話劇表演是莎士比亞的《威尼斯商人》，大家還記得那故事嗎？」

全部學生一臉茫然地看著小陳。

「《*Six Shakespeare Stories*》，」小陳嘆氣。「中一英國文學課已經讀過啦。」《*Six Shakespeare Stories*》是給年輕學生閱讀的莎士比亞劇作簡化版，收錄了《麥克白》、《羅密歐與茱麗葉》、《仲夏夜之夢》、《十二夜》、《威尼斯商人》和《暴風雨》。不少英中名校都用它作中一的英國文學課本，小陳學校的校長當然緊隨著。

無奈之下，小陳只好簡略講一次。「《威尼斯商人》是莎士比亞的喜劇作品，故事講述商人安東尼奧爲了幫助好友巴薩尼奧，讓他能向富家女波西亞求婚，而向放高利貸的夏洛克借錢，並承諾如果無法償還，便要割下自己一磅肉來還債。可是安東尼奧的商船遇險，無法還錢給夏洛克。夏洛克把安東尼奧告上法庭，他拒絕和解，誓要安東尼奧割下一磅肉不可。這時已和巴薩尼奧結婚的波西亞，聽到丈夫恩人被告上法庭並命懸一線，便女扮男裝扮成法學博士，她向夏洛克指出，根據合約他的確可以得到安東尼奧的一磅肉，但是並不代表他能拿到安東尼奧的血，所以除非夏洛克能在不讓安東尼奧流一滴血的情況下割下他的一磅肉，否則他只能放棄。」

小陳突然驚覺自己的情況和巴薩尼奧有點像，也是爲求婚的錢而煩惱，也是有朋友願意仗義相助借錢給他。幸好的是，安迪不像安東尼奧要跟高利貸借錢。

講完故事後，小陳看一下面前的學生，當中已有一半睡著了，另外一些低著頭靜靜地滑手機以爲不會被發現，大概只有十多名學生認眞在聽。小陳看了看那十多名學生，C班和D班大約一半一半。那就夠了，他想，話劇就由這些學生演出。

決定不再理會其他學生，小陳專注對那十多個學生說：「我們不用演出整套劇，只要挑其中一段來演就可以了。主要角色有安東尼奧、巴薩尼奧、夏洛克和波西亞，當然還有配角，例如法官、波西亞的父親、其他求婚者等等。我認爲C班可以演借錢和求婚那段，D班則演法庭那段，而劇本也可以不用原文，用現代英語也可以，我可以幫你們。」

「那不如用中文劇本啦！」其中一名學生嚷著，引得所有學生哄堂大笑。小陳望向那叫嚷的學生。

「吳滙書，這是英文話劇表演。」小陳沒好氣地說。*眞是的，你父親不就是麻煩的源頭*，小陳心想。

「Mr. Chan，我有問題。」有個女生舉手。「爲什麼波西亞要女扮男裝去法庭？」

「阿Wing，這是個很好的問題。」小陳點點頭。D班的阿Wing並不是壞學生，只是跟不上傳統的死背和考試制度，但其實她很聰明，甚至可能是資優生。「因爲當時女人的社會地位不高，女人都被認爲應該在家相夫教子，法庭、從商等都被認爲是男人的事。」

「那爲什麼我們現在還要表演那樣性別歧視的劇目？」

「我們是要欣賞它的文學性……」

「我也有問題！」吳滙書把手舉得高高的。「爲什麼夏洛克連錢也不要，硬要割下安東尼奧的一磅肉？那他不是會死嗎？就像古代什麼『水池』……」

「是『凌遲』呀！」阿Wing大笑。「你這白痴。」

「阿Wing，妳先不要笑，吳滙書的問題妳不知道答案是吧？」

「因爲夏洛克是個『衰人』囉。」阿Wing聳聳肩。

「這……也算是啦……」小陳緩緩地點頭。「因爲夏洛克的女兒和別人私奔，他內心的怨氣無從發洩，夏洛克的設定是猶太人，也有說那是當時歐洲人都對猶太人有偏見……」

「所以『衰人』不是夏洛克，而是莎士比亞！他這不是歧視猶太人嗎？」阿Wing跳起來。「所以，我們要表演的，是帶著性別和種族歧視，且整件事的起因是因爲一個守財奴把從女兒受來的氣發洩到別人身上的劇本？」

「呃……」小陳不知怎樣跟他們解釋這劇背後的爭議，這時口袋中的手機響起，他看了看來電顯示，是安迪打來的。「那，今天先這樣，明天我們繼續。」

在學生的怨聲載道下，小陳邊接電話邊離開禮堂。「喂？安迪？我銀行帳戶資料不是給了你嗎？我還沒看到入帳……」

「呀，那個……」即使隔著電話，小陳也好像可以看到安迪臉有難色。「是這樣的，你放學後可不可以過來一下？我把地址傳給你。」

「錢方面不是有什麼問題吧？」

「不不不，當然不是！只是有事情想跟你商量，你放心。」

雖然安迪這樣說，但想到已經和琪琪選好鑽戒和訂了求婚地點，小陳不禁感到背脊有陣陣涼意。

5

沿著安迪傳給他的地址，小陳在放學後來到新蒲崗一棟工廈[6]裡的辦公室。門外有個小小的招牌寫著「寶和國際金融（百慕達）有限公司」。它的大門是沒有玻璃窗

6 工廈：即工廠大廈，主要是爲一般製造業與其相關工序有直接關係之用途所建設的建築。只是工業在香港沒落後，不少工廈改變用途，成爲了小型公司的辦公室，甚至食肆。

的木門，完全看不到裡面，小陳推推門，是上了鎖的，他只好按牆上的門鈴。

出來開門的正是安迪，他後面站著一個穿著高級西裝、一臉親切的男人。他們邀小陳進去時，他留意到那辦公室只是一個小房間，連個像樣的接待處也沒有。

「你就是陳Sir？幸會幸會，敝姓周，安迪說陳Sir你是教英文的？你可以叫我英文名Ben。」Ben周用力地和小陳握手。

「安迪，這是怎麼回事？」

「小陳，阿Ben是他們集團負責客戶金融的，因爲我本來要出金借錢給你嘛，阿Ben便來跟我了解了解。」

「客戶金融？是哪方面的？我……不大明白。」

「陳Sir，是這樣的，我知道安迪和你是好兄弟，但如果他現在出金的話，即使是很短的時間，他也會損失這段時間的回報。」

「安迪！是你拍心口說會借錢給我，我才敢買鑽戒準備求婚的！」

「啊，陳Sir，你誤會了。」Ben周笑著說。「我就說我是客戶金融嘛，我想爲你們提供一個兩全其美的方案。請坐請坐，我給你們講解。」

Ben說，如果安迪把錢繼續留在投資寶和幣的話，阿Ben願意免息借錢給安迪，不過條件是小陳要當擔保。

「這是……『寶和國際金融』借給安迪的？」

「不不不，」Ben周笑著說。「這是我私人借給你們的，但我是以公司董事的身分，先從公司墊支，再以私人名義借給你們。」

「爲什麼你肯免息借錢給我們？」

「因爲交易平台會根據客戶帳戶中的價值抽成，把寶和幣留在平台帳戶中，公司賺到的手續費比法定利息還要多嘛。我是不希望安迪損失了能賺到更多回報的機會啦，陳Sir，恕我冒犯，你打算何時把錢還給安迪？」

「呃，我會每個月還的……」小陳倒是真的沒有想過如何還錢給安迪。

「就是嘛，現在寶和幣的價格差每個月就翻一倍！你怎樣彌補安迪的損失？所以公司才會讓我這樣做，因爲我們不想讓投資者作出不理性決定嘛。不過你知道啦，我也要向公司交代，所以借貸合約中有道條款需要陳Sir你同意。」

他要小陳作擔保，並不是要安迪不能還錢時要代他還錢，而是如果安迪不能如期還錢，那Ben就可以擁有小陳物業一部分的使用權。

「這不是要我用層樓作抵押嗎？」小陳站起來。「琪琪，呃，我女朋友，不會答應啦！」

「陳Sir，你先冷靜一點。」Ben讓小陳再坐下來。「我不是說抵押，那是業權。我說的是使用權。我就說嘛，以現在寶和幣的價格，我們先讓安迪再滾大一點，之後才出金還錢給我，那個條款，只是意思意思，根本沒有機會執行啦。」

於是他們繼續研究細節，小陳從手機叫出和琪琪聯名買入的六百呎[7]兩房兩廁單位的平面圖。

「不錯不錯，兩夫妻住的話，很實用。」Ben端詳著圖則。「但這房間沖正門口。」

小陳無奈地點點頭。正門在單位的中間位置，一進門左邊是牆壁，右邊是客廳，直走幾步左邊是廁所衛浴，右邊是開放式廚房，再經過短短的走廊盡頭就是客房，左邊則是主人房。如Ben所說，客房門對著大門真是「沖正」。

「Ben哥，不如這樣吧，」小陳指著客房。「合約上的使用權，就寫上客房吧。」

「好好好，」Ben笑著不斷點頭。「不用擔心，只是形式上的。」

定好合約條款，三人也簽名後，錢順利地存進小陳的帳戶。

小陳小心翼翼地把合約收好，心裡卻為自己的聰明沾沾自喜。

6

「嘩，你學校校長來不了，真可惜。」琪琪笑著吃完最後一口抹茶千層餅。

雖然是平日，但晚餐時間這五星級酒店內的日本餐廳也坐滿了大半。

兩天前小陳跟琪琪說，校長的朋友是酒店高層，想找校長當臥底客人，除了可以在日本餐廳品嚐晚餐外，還可以住海景套房住一晚，不過校長這天剛巧沒空，學校其他人也來不了，小陳便得到這好康——當然那是騙琪琪的。

一切都是小陳的「求婚大作戰」。

拿到安迪從Ben周那裡借來的錢後，小陳先買了琪琪心心念念的鑽戒，當然是那藍綠色盒子那家，她沒有說，但小陳知道她心裡是想要比她那朋友更大更閃的鑽石。然後他就訂了可以看到維港景色的酒店套房，還有酒店日本餐廳的omakase晚餐。爲了不像之前朋友求婚時硬找個理由去咖啡店，差點激怒女友失敗收場，他決定不假手他人，當然他會找琪琪的好友來見證這重要時刻。問題是，如果約琪琪去staycation，她可能會責怪他亂花錢而說不要去，或是猜到他要求婚而沒有了驚喜。所以他編了這個酒店找臥底客人的藉口。他還跟琪琪說要「做戲做全套」，要穿得好一點，這當然是讓等一下琪琪拍照好看。

吃完晚飯，他們便上去房間，琪琪還說要好好浸浴一下。

「咦？」甫打開房門，琪琪看到裡面時不禁輕輕喊出來。「這是什麼？」

一進門，琪琪便看到，本來一般放在沙發旁的小茶几，現在被搬到玄關，上面放著三個盒子和一張卡片。「請選一個盒子，裡面會有浪漫驚喜。」琪琪唸出卡片的訊

7 呎：爲平方呎的簡稱，是香港計算土地面積的常用單位，一呎約爲0.028坪。

息。「沒有下款，是酒店送的？」

「那就選一個吧。」

「痴線！小孩子才做選擇，我全部都要！」說著琪琪快速把全部三個盒子打開。

盒子當然是小陳安排的，他也猜到琪琪全部都會打開，只是想不到她動作那麼快，原以為她會一個一個來。

最左邊的盒子，裡面有一張小陳指著他左邊的寶麗來照片，看起來是指著中間的盒子，照片空白的地方寫著：「拯救小陳破關成功！請挑戰下一關。」

中間的盒子，裡面也有同一張照片和訊息。

最右邊的盒子，裡面有一張沒有人只有一樣背景的寶麗來照，盒中還有個藍綠色的小盒子。

這時小陳走到窗邊，按了一下牆上的開關，不過亮的不是牆邊的落地燈，而是貼在眺望維港夜景的玻璃窗上，串出「Marry Me」的小燈泡串。

房內突然傳出港產男團的跳舞團歌，琪琪的朋友們從睡房裡衝出來，最前的那位捧著一束九十九朵玫瑰的花束並交到小陳手上。

小陳雖覺得男團舞曲完全破壞了浪漫的氣氛，但那是琪琪最愛的所以也沒辦法。

小陳捧著比他上半身還巨大的花束，並打開那藍綠色小盒子，好讓所有人都看到裡面那只完美切割的鑽戒。「Can you save this guy, who is hopelessly in love with you?

Kiki, will you marry me?」子華神話齋[8]，眞心話用外語講，頓時感覺眞心得多。

琪琪邊用力點頭邊咧嘴而笑，在朋友的掌聲下小陳爲她戴上鑽戒。

無敵維港夜景完勝假初雪——小陳倒是覺得羽毛初雪比較浪漫，但看著琪琪和她那朋友的表情，顯然她們不那麼認爲。

求婚這事總算超額完成，直至大夥在房間內喝香檳閒聊時，其中一位朋友聊起：

「你們有沒有看到寶和幣的新聞？」

「什麼事？」小陳問。他一整天專注求婚的事，都沒有看新聞。

「寶和出事啦！有投資者投訴不能出金。」

「什麼不能出金？」

「寶和山莊宣布暫時無限期停止出金，但仍接受買入寶和幣。」

「即是有入無出？」眾人笑著，但小陳一點也笑不出。

7

8 子華神話齋：即子華神如是說，或是如子華神所說。子華神則指的是香港演員黃子華，他早年以脱口秀成名，因爲表演非常受歡迎，當中有很多「金句」，而被捧爲「子華神」。

小陳慶幸在求婚前已準備好英語話劇表演的事。他從《威尼斯商人》中抓出求婚和法庭兩段戲，再濃縮成幾分鐘的短劇給3C和3D班演，劇本用了簡單的英文，主要角色也安排好了，C班演求婚戲，主角是巴薩尼奧，理所當然是由吳滙書來演。D班法庭戲，焦點是波西亞，阿Wing來演就最好，其他的配角也選好了，兩班一共選了十多人，午飯時間用半小時，教教他們英語生字的讀音，然後讓他們在禮堂排練，他就可以只是隨便看著指導一下。

本來這樣他就可以把心思放在新家裝修和婚禮準備的事上，幸好琪琪跟她父母說一生人一次，要一圓心願擁有夢中的婚禮，所以要花時間好好做資料搜集和計畫。

因爲現在小陳根本沒心情想結婚的事。

「Mr. Chan！我接受不到囉！」阿Wing又在抱怨劇本了。「波西亞可不可以不女扮男裝？這樣好父權囉。」

那天聽到寶和幣出事的消息，小陳立刻傳簡訊給安迪，問他有沒有出到金，但對方都已讀不回。

「對啊！我也不要演那個求婚戲！」吳滙書也加入。「選什麼箱子？好無聊！」

吳滙書和平日一樣，本以爲是他家長不想讓小孩知道父親出事，全港的新聞和網路已是鋪天蓋地的有關寶和幣「煲燶」的新聞，小陳以爲要聯絡學校輔導員，畢竟寶和幣出事，他父親吳金作爲寶和山莊CEO也會被警方問話甚至拘捕。

但什麼也沒有發生。

小陳看了財金KOL的YouTube片，才知道原來吳金只是寶和山莊的負責人，即是虛擬靈位的生意，「寶和幣」是完全由另一無關的境外公司營運，想買虛擬靈位的人，除了可以跟寶和山莊用一般方法付款，還可以購買「寶和幣」再用它來付款。但買家要通過發行「寶和幣」那公司的交易平台購買「寶和幣」。現在出事的是那交易平台。吳金表示，「寶和幣」的苦主可以用「寶和幣」再補錢買虛擬靈位，但網民指那補錢的金額只是靈位價錢的九折，變相把「寶和幣」送給寶和山莊。

「Mr. Chan！」C班演摩洛哥王子的同學、也是籃球隊明星的男生嚷著。「我想問爲了表演，我是不是需要曬黑一點？還有，我覺得爲了突顯摩洛哥王子對自己的驕傲，可以加段籃球控球的戲。」摩洛哥王子是波西亞其中一名追求者，波西亞的父親給女兒追求者的難題，要在三個箱子中選一個，如果選對裡面放著波西亞畫像的箱子，就可以抱得美人歸。摩洛哥王子選了寫著「選我的必得到眾人所求的」的金箱子，結果當然是失敗收場。

「那是十六世紀耶！」坐在椅子上的阿Wing向後仰。「哪來的籃球？」

昨天小陳才收到訊息，但不是安迪，而是Ben周。他約小陳放學後到小陳快要裝修的新屋單位見面。小陳和Ben在屋苑樓下碰面再一起上去。「雖然這麼快就找你好像不大好，」Ben邊說邊走進客房。「但你也知道，安迪不能如期還錢，那根據合約，我擁有這個房間的使用權。」

「等等！」小陳扠起腰。「但是安迪還不了錢，是因爲寶和幣不能出金啊！你不是寶和的人嗎？」

「你看清楚合約，安迪是跟我借錢的，跟寶和一點關係也沒有。」

「不是說你以董事身分跟公司墊支……」那時小陳明白了。Ben一早知道「寶和幣」有問題，爲了延遲「爆煲」，他遊說想出金的客戶，讓他先借錢給他們，再要他們簽「形式上」的合約，以借款人其他資產抵押。

現在他來收傘了。

不過Ben周奸，小陳也不笨。

「Mr. Chan！」現在又輪到演阿拉岡王子的同學。「我不想演這角色！他又蠢又自以爲是！」阿拉岡王子選了寫著「選我的必得你值得擁有的」銀箱子，表現了他對自己的自滿和自負，最後當然也空手而回。

小陳預計到萬一安迪眞的不還錢，Ben會拿到客房的使用權，所以他早就想好了。

「Ben，你是有客房的使用權，可是，」小陳冷笑一下，「你沒有這單位其他地方的使用權。」

這表示，Ben周沒有玄關和通到客房的走廊的使用權。「除非你能不走過走廊也能到達客房，你會飛嗎？」

但小陳低估了Ben，不，他是高估了自己的單位的大小。

「Mr. Chan！我不喜歡波西亞。」演法官的同學站起來。「在耍小聰明，根本就是個八婆。」他說時看著阿Wing。

「喂！」阿Wing扯高嗓門喊。「你說誰是八婆！」

「哈，我說劇中角色呀！妳自認是八婆嗎？」

那時Ben只是不慌不忙地從手提旅行袋拿出一個奇怪的東西。「我就知道你會這樣說。」那是一塊兩呎寬的伸縮鐵板，他把一邊架在客房中，然後鐵板延伸到大門外，就像一條橋懸空在走廊上。「哈，比我想像還要短。」Ben指出，合約沒有明文寫空中的使用權，所以他的鐵板橋沒有違約，但由於那是Ben的東西，小陳沒權動它。

「但這伸到外面，我怎關門呀？」

「那不是我的問題啦，現在我可以叫我的朋友來開派對了。如果你不想的話，我們可以改簽一份新的合約，重新釐定欠款。」他從旅行袋中拿出一式兩份的新合約，原來他已一早準備好。

「Mr. Chan！」吳滙書的叫囂又把小陳拉會現實。「爲什麼安東尼奧要爲巴薩尼奧簽那種借據？還不了錢要割下一磅肉啊！不是會死嗎？我覺得這是ＢＬ！而夏洛克那樣執著要割下安東尼奧的一磅肉，也是因愛成恨！因爲安東尼奧愛的是巴薩尼奧……」

「喂！你是C班的，我們D班的戲關你什麼事？」阿Wing指著吳匯書。「你先唸好英文對白才說啦！不過Mr. Chan，我覺得割一磅肉但不能流血的理由太隨便囉，唔……我覺得有點狡辯囉。總覺得……這不是萬全的方法囉。」

「阿Wing又在耍小聰明了！」

「現在這是我的房間啦！我可沒有走你的走廊！你不要以爲能跟我耍小聰明！」

「比波西亞還八婆！」

「我勸你早點告訴你的未婚妻，要不然她上來看到這就不好啦！」

「做BL劇啦！」

「當然我也不是那麼不近人情，簽了新合約，我立刻走。」

「選箱子情節好白痴！」

「你知啦，我只有使用權，你才是業主啊，萬一這裡發生什麼事影響樓價就不好嘛……」

Ben周的聲音和學生的七嘴八舌吱喳聲重疊，令小陳感到頭痛欲裂。

「Mr. Chan，反正只是表演，不如魔改啦！」吳匯書打趣叫著。

「啊啊啊啊啊！Shut up！」小陳抱著頭大叫，再用廣東話罵了句四字髒話。學生被這從沒見過的Mr. Chan嚇到，頓時安靜卜來。

「不管了！我們就魔改吧！」小陳把雙手抛起。「聽著！兩班自由發揮，但都是法庭戲，同一個主題：夏洛克要如何解決『割一磅肉但不流一滴血』。表演後我選出哪班勝出，我請全班喝那排隊店的檸檬水！」

禮堂內的學生興奮地歡呼，小陳第一次有被學生愛戴的感覺。

8

警方邀請了和「寶和幣」有關的明星代言人和分銷商協助調查，並說明並無證據顯示「寶和山莊」和「寶和幣」不能出金涉嫌詐騙投資者有關。這次是吳金在警方表態後第一個公開活動，所以引來不少記者到學校採訪。看到吳金在校舍外被記者包圍著，小陳知道英語話劇比賽沒那麼快開始，他趁這空檔跟裝修師傅確認裝修的事。

「師傅，對對，不好意思，前陣子學校有點忙，單位也做了點清理。對啦，現在除了教學還有很多課外活動要帶，呵呵，我只是個小老師啦，推薦信沒什麼分量。不過，下星期開工沒問題，我過兩天把門匙給你。對，衛浴的淋浴間全部砍了，我們想用別的瓷磚，客房地氈也很舊，有不少污漬，我們要換成地磚，款式已經跟另一位同事確認了。那下星期麻煩你們了。謝謝！」

掛了電話後，小陳匆匆走到禮堂裡的評判席坐下，他跟旁邊另一位英國文學老師Miss Manns點頭打招呼。

「我很期待３Ｃ和３Ｄ班的表演呢。」她用英文說。「我都沒機會和他們互動。」

小陳只是禮貌地報以微笑，心裡暗忖Miss Manns不用爲放牛班的學生煩惱。這時譚主任和校長陪同吳金走來評判席，並且安排他坐在小陳旁邊。

「您就是Mr. Chan吧？」大概因爲在意Miss Manns，吳金用英語問小陳。「小兒對這次的話劇表演很投入呢，在家也要『姐姐』跟他排戲，所以我很期待。」出乎小陳意料之外，吳金的英語相當流利。

「很高興聽到匯書在家練習，這活動就是希望提升學生對英語的興趣。」小陳說，Miss Manns在旁認同地點頭。

首先是比賽部分，精英班眞是不簡單，中一的演出無論是發音、語調，甚至演技都已經超過中三放牛班了，Miss Manns在台下像是導演一樣微微地手舞足蹈指揮著，小陳好羨慕她像是眞正投入的教學。當所有比賽項目完結後，Miss Manns的眼眶突然紅起來。

「Miss Manns，妳沒事嗎？」

「Mr. Chan，我就先告訴你，你暫時不要說出去——其實，這個學年以後我就會離職回英國。」

小陳差點跳起來，這不是代表學校有多一個英國文學老師的空缺？那他不是就不用擔心譚主任要把他踢走？

提交了評分後，接下來就是表演部分，首先是３Ｃ班的演出。

幾星期前決定了題目後，小陳把原來寫好的法庭戲劇本給學生，就放手讓學生們自行改寫，他只在他們有問題時從旁協助，因爲是兩班對決，他們爲了不讓小陳和別班知道自己班的方案，大多都自己在網上查生字、學讀音。所以小陳亦是第一次看他們的演出，他也滿好奇的。

兩班的開場都是由飾演波西亞的同學，向夏洛克說他可以準備動手割下安東尼奧的肉，但不能令安東尼奧流一滴血，也不能多或少割一磅肉。

３Ｃ班由吳匯書演夏洛克，他穿著一身黑，臉上掛著假鬍子。「法官大人，」他用英文唸著台詞，雖然和流利還有點距離，但自信搭救。「波西亞說的是，但我有辦法，可以在我割肉的時候不讓他流一滴血。」這時他把演安東尼奧的同學帶到椅子上坐好，然後他拿出玩具針筒和細管，連接著用蒟蒻果凍飲僞裝成的血袋，看到他們在上面貼著寫上「BLOOD」的紙條，台下的同學都笑了出來。

「法官大人，只要我先把安東尼奧的血抽乾，那割下他的肉時便不會流血。」說著他扮用針筒抽血，然後另一位同學拿了一把玩具刀給吳匯書，再用大毛巾遮掩著安東尼奧和吳匯書，當吳匯書跳出來時，手上拿著捲成一團的粉紅色毛巾，上面貼著「1 lb」的紙條。

「哈哈！」Miss Manns開懷笑著。

「這是都是學生們自己設計的。」小陳小聲跟吳金說。

接著是D班的版本，夏洛克由阿Wing飾演，大概在這個劇本中，夏洛克對白比較多，所以班裡的人都推多話的阿Wing去演，而演波西亞的則是另一位女生。阿Wing沒有女扮男裝，她穿著校服裙，外面罩著應該是從家裡帶來的圍裙。

「法官大人，其實答案很明顯，那是我們每天都會做的事！」

接著其他同學推出一個紙皮箱拼貼成的框架，阿Wing看了看裡面。「呀，對不起，剛剛在做午餐忘了拿出來。」說著她拿出一塊披薩的列印照片，台下傳來零星的笑聲。

「Clever。」Miss Manns點點頭。小陳也表示欣賞，小小的道具，觀眾立刻理解那紙皮箱是代表烤箱。

演安東尼奧的同學從後面走進框架中，阿Wing翻下框架上面的透明包書膠，而在安東尼奧頸部以下貼著畫了裸體，但重要部位被葉子遮住的卡通身體，頓時引起哄堂大笑。她再翻下另一張包書膠，也是同一張裸體畫，但身體的顏色塗成深棕色。

「沒錯，只要把安東尼奧烤熟，那從他身上割下一磅肉，他也不會流一滴血。」阿Wing伸手進「烤箱」，然後像是變魔術的手勢，展示出手中的東西——一根香腸。

這時全場已掌聲如雷，Miss Manns有點尷尬地笑著輕托太陽穴，吳金也笑著鼓掌。已經沒有人記得精英班的表演。

小陳瞄到坐在吳金旁的校長和校長旁的譚主任，兩人都鐵青著臉。不過當吳金跟校長說：「太棒了，很高興可以看到小兒的學校能那麼鼓勵創意，我還怕這會是沉悶的英語話劇，雖然我也是所謂傳統名校出身，但最討厭催谷了。」校長臉上立刻掛著笑容。

「對啊，課程綱領我們控制不了，但課外活動我們盡量給多些自由度讓學生發揮。」校長指著小陳。「Mr. Chan當然功不可沒，他是非常熱心的老師。」

「校長過獎了。」小陳看到譚主任一臉不爽，內心的感覺就像是正在山上奔跑吶喊般自由輕鬆。

9

午飯時間剛開始，小陳來到校門時，吳匯書已在等著，他們一起走到附近的韓式炸雞店。

「喜歡吃什麼儘管叫，今天我請客。」小陳把餐牌遞給吳匯書。「怎樣？還是對輸了給D班耿耿於懷？」一星期前的表演後，小陳宣布D班的表演比C班優勝，也兌現了承諾，請了D班全班喝他覺得像是水一樣無味，但深受學生喜愛的檸檬水。

吳匯書只是聳聳肩。「我輸給了阿Wing的黃色笑話。」

「我就知道你會誤會，才約你出來。我希望你了解，以整體演出來評價的話，D班的表演生動又有創意，你也不能否認阿Wing的英語會話比你好……那我隨便點吃的。」說著小陳跟侍應點了個二人餐。「你記得D班的『烤箱』嗎？紙皮造的，看起來一點也不像，但阿Wing用了個高明的手法表達。相比你那血包和一磅肉，以貼紙條來標籤，你看得出分別嗎？」

吳匯書點點頭，但表情有點不忿，連熱騰騰的炸雞上桌，他都沒有開動的意思。

「而且那始終是英語話劇。」小陳拿起一塊炸雞。「雖然你用抽血作解答也講得通，但D班烤熟安東尼奧才割肉，更符合英文『不流一滴血shed thou no blood』的意思。」

「因爲我還是有見血。」吳匯書伸手拿起一塊炸雞吃起來。

「不過，」小陳把雞塊的皮撕下來。「D班的娛樂性是比較豐富，但以可行性來說，你們班的解答則比較貼近現實，雖然還有不少瑕疵。」

吳匯書看著小陳。

「首先，要達到至死的分量，成年人要失去大概兩公升的血，你只用了一小袋，那顯然不夠。然而，要割下肉，最麻煩的不是血，」小陳小心翼翼地把黏在雞皮上的脂肪摘下來抹在紙巾上。「而是脂肪。」

吳匯書盯著小陳一點一點地把脂肪扯出來，不禁吞了吞口水。

「切肉時，刀子會黏著皮下脂肪，導致作業困難。所以刀子一定要夠鋒利。」沒有理會吳匯書不安的表情，小陳低著頭把雞塊撕成一口大小。「而且割下肉後，流出來的脂肪比血更困難清理，所以切肉的地點要小心計畫。」

小陳仍是低著頭，但雙眼吊向上盯著吳匯書，差不多有一分鐘小陳沒有說話。

「Mr. Chan……」吳匯書有點蜷縮著背，店內播放著節拍熱絡強勁的K-pop，但小陳卻渾身散發著令人發涼的氛圍。

小陳突然抬起頭坐直身子，滿意地微笑著咬了一口刮走肥膏，炸得香脆的雞皮。「食雞不食皮眞是罪過，不是嗎？」

吳匯書頓時放鬆下來。「哈哈，我也覺得呢！特別是炸雞，哪有理由不吃皮的？」

「你年輕，可以肆無忌憚地吃，我呢，要刮走肥膏才敢吃。」小陳笑著吃完那片雞皮。「而且我還要保持身型……」

「對了！Mr. Chan要結婚啦！恭喜！」

兩人愉快地吃著炸雞，吳匯書對小陳的未婚妻很好奇，問他是怎樣追到的，小陳說等他考到大學才好想拍拖。這時小陳看了一眼手機，久沒聯絡的安迪終於傳了短訊過來。

「你聽說了嗎？Ben周失蹤了，警方估計他和寶和幣案有關，爲逃避刑責而着草了。」

炸雞店內播放著K-pop舞曲，低音一下一下地捶著，就像那天小陳拿著刀子一下一下砍下去的節奏。

〈威尼斯哀人〉完

再世紅梅之庵堂夜話

夜透紫

曹雄（官兵打扮持棍棒從客房門邊上白欖）：昔爲宮中相，佢今爲階下囚。呢個賈似道，佢恃勢弄權謀，領軍迎敵暗求和，任由元賊將江山偷，又貪財縱色慾，強行將紅顏收，妻妾三十六，色心猶未夠。得聞盧家女，貌美且目秀，登門欲強娶，霸道如惡獸，豈料新帝初臨朝，密旨早已傳揚州，紅梅爲香餌，國賊栽跟斗，高官厚祿全罷黜，如今押送到循州。

（曹雄領向益朝官差甲乙抱拳作揖，甲乙退下，曹雄與向益換替看守房門兩邊。賈似道背台口坐桌旁。）

向益（白）：哦，原來他就是右丞相賈似道，難怪流放都尙有一人大轎可坐。今晚咱們投宿木棉庵，他還有客房可用。嘿，曾經位列三台，還眞不是一般囚犯可比。

曹雄（白）：你有所不知，他還是我們鄭大人的殺父仇人。鄭大人下令拆掉轎頂，讓他暴曬於烈日之下。今晚夜宿佛庵，又不許他關門，只令咱們看守門外。嘿，你瞧，小和尙們在那邊竊竊私語，掩臉暗笑。賢弟，羞辱比死更難受呀。

向益（白）：那萬一他眞的奪門而出？

曹雄（白）：那更易辦，到時我們就當場將他亂棒打死（作勢揮棒介），就像他當初對李慧娘一樣！

向益（白）：曹兄，恕我無知。雖說這惡賊的事蹟我也有所耳聞，但故事中那位紅梅女子，怎麼一時又說是李慧娘，一時又說是盧昭容？我道聽途說，未曾聽到一個完整的來龍去脈。

曹雄（白）：這也難怪，你本不是揚州人，若不是阿牛抱恙，你也不必代他走這趟苦差。罷了，長夜漫漫，且讓我娓娓道來，將整件事一五一十都講一遍。

向益（白）：願聞其詳。

（台後背景投影出用皮影戲風格製作的動畫，重現原作「觀柳還琴」的劇情。）

曹雄（白）：此事要從李慧娘說起。據聞李慧娘長得天姿國色，但家境貧困，唯有賣入相國府為妾。一日賈似道與姬妾乘舟出遊，李慧娘於柳下偶遇一名秀才，彼此一見傾心，奈何相見恨晚。豈料賈似道得知此事，就憤而將慧娘亂棍打死。

向益（白）：難道兩人意欲私奔？

曹雄（白）：非也。慧娘雖未與賈似道完婚，但自知已入相國府門，故此還琴別愛，都未有踰矩。只因目送書生離去之時，感嘆一句「美哉少年」，賈似道剛巧聽聞，便勃然大怒。

向益（白）：就因為一句「美哉少年」便怒髮衝冠。哎呀，賈大人，難不成你花甲之年，還想妻妾喚你「美哉少年」？（大笑）人謂宰相肚內可撐船，我看你肚內那個，只是一個尿壺。

（我憤怒得幾乎想要站起來，但還是忍住坐下。因為背向觀眾，只能以身體的抖動來傳達憤怒的情緒。舞台不同電影，動作不誇張一點很容易會被觀眾忽略，但過於浮誇又可能會顯得滑稽，要小心注意。）

曹雄（白）：哼，他從不憐香惜玉，視烹紅煮綠爲人生快事。呢，他府上姬妾三十六，有一位絳仙夫人，與慧娘性情親近，她深知相國殺人不手軟，便爲慧娘跪地求饒。哪想到慧娘一介弱質女子，竟敢頂撞相國，情願以身殉愛。唉，可憐慧娘慘死，首級還被這個惡賊割下，藏於錦盒內對妻妾示警。

向益（白）：唉，賈大人呀，看你老當益壯，假若你面對元軍，亦能爲國爲民怒髮衝冠，手起刀落，斬元軍將領首級示眾，就眞是萬民之福呀。奈何你青鋒三尺只及欺負一介弱質女子，才會苦了天下百姓慘遭元兵屠戮，生靈塗炭！

（歷史中的賈似道聽了此話會慚愧面紅嗎？但故事裡的賈似道應該不會。唐滌生筆下的賈似道是個早已拋棄忠烈貞節的利己主義者，對他來說爲君爲國血戰沙場只是愚忠，爲己用權才是聰明人。聽到這種話他只會嗤之以鼻。所以我用力冷哼了一聲。）

曹雄（白）：慧娘停棺於相國府紅梅閣，屍骨都未寒，這個淫賊色心又起。他有個姪兒賈瑩中，狼狽爲奸，向來到處爲他尋訪美艷芳顏，以討他歡心。這賈瑩中覓得一位盧昭容，音容顏色與慧娘竟是一般模樣。父女賣酒爲生，隱居繡谷。賈似道右手鮮血未乾，左手已命爪牙前去下聘，要納盧家姑娘爲妾，塡補慧娘之缺。

向益（白）：有云人有相似，貌有相同，那位昭容姑娘想必亦有天仙之貌。然則慧娘與昭容皆爲賈似道納爲妾嗎？

（這裡動畫重現原作「折梅巧遇」的劇情。）

曹雄（白）：冥冥之中，自有定數。原來慧娘爲之殉情之人，乃是太學員生裴禹，薄有才名。他不知夢中人已慘遭賈似道辣手摧花，歸途中，竟在繡谷巧遇昭容。好一個山西才子，宋玉少年。昭容也對他一見傾心，芳心暗許。秀才與慧娘僅有一面之緣，亦差點誤把紅梅當作湖上柳。

向益（白）：呵，看來這位裴禹也是個多情種子。風流才子配佳人，總比一朵鮮花插在牛糞上好。但父憑女貴，若昭容姑娘嫁入相國府亦算是飛上枝頭變鳳凰。其父如何決斷？

曹雄（白）：盧桐雖爲一介酒販，但他解甲歸田之前，曾是江大人手下總兵長。他早已不齒權臣禍國，又豈會賣女求榮？但賈似道權勢如日中天，他苦無良策。裴禹得知此事，便心生一計，欲救昭容於虎口。

向益（白）：玉兔既爲虎狼所窺覬，書生手無縛雞力，如何救人呢？

（投影動畫重現原作「鬧府裝瘋」的劇情，我特別要求動畫師盡量以賈似道的視角敘述。）

曹雄（白）：他教昭容裝瘋避劫。秀才先到相國府拜見賈似道，藉故談及瘋婦之害。待昭容乘花轎到來，倩女便順勢裝作十分瘋癲，大鬧相府。

向盆（白）：難矣，難矣。老狐狸弄權數十載，這點小把戲能成事麼？

曹雄（白）：正是。這老狐狸鐵石心腸，竟棒打盧翁於堂上試探小姐，幸虧昭容冰雪聰明，深知輕重，忍痛冷對老父受刑，瘋言瘋語把賈似道嚇到。又有裴禹再三勸戒瘋婦之害，父女這才被賈似道趕出相府，逃出生天。為免夜長夢多，父女二人不敢返回繡谷，連夜逃往揚州去。

向盆（白）：唉，躲避權臣，如避瘟疫，有家歸不得，無可奈何。

曹雄（白）：可惜賈似道叔姪隨即看穿裴禹與昭容串通之理，便藉口請秀才留宿紅梅閣下書齋，打算待夜半月黑風高，殺之後快，再派人追捕昭容。

向盆（白）：那秀才如何是好？

（投影動畫重現原作「脫阱救裴」及「登壇鬼辯」的劇情，這段用皮影戲風格做出來的效果真不錯。）

曹雄（白）：嘖嘖嘖，往後之事，奇哉妙哉，你且聽我道來。當夜賈瑩中奉命到紅梅閣砍殺裴禹，不料刀光劍影間，秀才竟能逃之夭夭！

向盆（白）：相府守衛深嚴，他如何逃脫？

曹雄（白）：奇怪吧。紅梅閣中，殺不到書生，卻抓著那位絳仙大人。原來家僕窺見絳仙曾與書生對話。賈似道思疑她私通裴禹，助其脫身，不分就裡，命賈瑩中將她拖出去斬了。可憐那位絳仙，只因念及姐妹之情，到紅梅閣夜祭慧娘，與裴禹提及慧娘死訊，便惹上殺身之禍。

向益（白）：唉，官家姬妾，華衣美服，高床軟枕，到底還是命賤如草芥。眞個伴君如伴虎也。

曹雄（白）：那夜怪事可多了。賈瑩中不知爲何，竟斬不著絳仙，原來慧娘陰魂不散，妨礙青鋒奪命。秀才能躲過砍殺，便是多得慧娘幽魂暗中通風報信，使神通在刀下救人。慧娘還現身直斥賈似道不是。可笑賈似道兩叔姪平生壞事做盡，一見紅衣厲鬼，竟嚇得魂離膽破，下跪求饒。所謂虎嘯狼嚎對活人逞威風，虎爪狼牙對陰鬼無一用！慧娘還命兩人面壁思過，眞眞可笑也！

（聽到慧娘現身之事，我縮了一下肩膀，示意想起女鬼仍心有餘悸。但聽到官兵嘲笑，又重感生氣。想發怒又忍住的坐立不安感。）

向益（白）：此話當眞？鬼神之說，似是以訛傳訛。

曹雄（白）：當眞！此事乃相國府卜福兒親口所述。你若不信，何不問問這位賈似道？

向益（轉身介白）：賈大人，此話當眞？你可有親眼見著慧娘冤魂？

（我繼續背向觀眾，怒而不語。但一想起女鬼便微微低頭沉思，一方面既感受辱，一方面卻又想起慧娘之美貌，始終不甘心未能到手。）

曹雄（白）：嘿，賈大人色膽包天，又豈會眞爲厲鬼嚇阻。梨魂一去，他便又思淫慾。大抵是不忿於受盧家父女欺騙在先，無法殺秀才於刀下洩憤在後。賈似道一得知昭容身在何處，竟便不辭勞苦，親赴揚州，誓要折得紅梅歸。

向益（白）：呸，說什麼納妾，根本強搶民女，實在可恥。

（這裡投影的動畫將「蕉窗魂合」的部分一分為二，交待擒賊在先，還魂在後。）

曹雄（白）：說得好。但這個老淫賊豈會想到，原來新帝臨朝忠良現，未容奸黨再流連。江萬里大人重新掌權，早獲密旨要懲處惡賊。盧翁得悉後，故意從揚州散布昭容消息，實為引蛇出洞。老淫賊果然上當。螳螂捕蟬，黃雀在後。他倉促離巢，到盧家強搶昭容，哪知江大人領兵包圍，當場逮個正著。江大人宣聖旨，賈似道貶為庶民，權勢榮華一朝散，眞眞大快人心！報應是也！

（其實宋恭帝登基時才三歲，權力仍由謝太皇太后和賈似道掌握。江萬里並無重新出任丞相。賈似道敵前逃亡導致南宋兵敗如山倒後，才會逃至揚州，不肯返回臨安。實因朝野輿論壓力過大，謝太皇太后才不得不將其罷黜流放。不過為求戲劇效果，這些都是必要的修改。歷史人物，僅是借用形象而已。至少，在劇中邏輯是合理的。我這個賈似道，在劇中乃是典型的淫惡大奸角，需要忠於惡有惡報的原劇精神。）

向益（白）：然則他若非為求強搶美人歸，輕率赴揚州。江大人雖有聖旨都未必有此機會解軍權，擒惡賊？

曹雄（白）：正是。想他在臨安擁兵自重，若得知聖上有意將他罷黜，焉知這等不忠不貞之人，敢不敢以下犯上！

向益（白）：幸好當今聖上英明，如今惡賊已除，昭容姑娘終能得保清白，想必能重配好姻緣了吧。

曹雄（白）：嘿，此事尚有下文。說到那位盧家小姐，原來命薄。盧翁雖想以稚女作香餌捕長鯨，偏偏昭容姑娘一病不起，賈似道未到，她已魂斷揚州。

向益（白）：可憐可憐，怎生跟李慧娘同樣紅顏薄命？

曹雄（白）：哎，但你可知世上有借屍還魂之說？話說那裴禹逃出相府後，說是受慧娘幽魂指點，到揚州覓得昭容，正是紅顏陽壽已盡，魂斷紅樓之際。慧娘得閻君允許，竟可借屍還魂，重返人間，與愛郎再續未了緣。

（投影動畫完結。很好，至此已將《再世紅梅記》本事交待完畢，接下來才是我對這故事的理解。到底觀眾能不能接受呢？）

（想當初，不知道是誰把我在雜誌訪談中說的話斷章取義放大，說我自稱破解了唐滌生劇本的眞相，結果無端被　部分老派的唐滌生戲迷炎上，後來甚至引起了傳統粵劇與新派粵劇之爭。拜託，我這個戲根本就不是新派粵劇，而是在舞台劇中加入粵劇元素。眞難爲那些連戰場都搞錯的傢伙。）

向益（白）：借屍還魂？此話當眞？

曹雄（白）：當眞！揚州街頭巷口，茶餘飯後，無人不談論此等奇事。雖則再世慧娘以昭容自稱，亦與盧翁續以父女相認，但凡曾於相國府中見過李慧娘的，無不感盧昭容言談舉止，與慧娘根本一般模樣。盧氏父女為避議論，已隨新婿裴禹離開揚州。

（全叔願意出演曹雄我當然放心，他演出傳統粵劇的經驗，紥實的做手、功架和身段，真的為我們這次演出生色不少，而且也帶動了他自己的粵劇粉絲入場。全叔一直跟我說，其實很多粵劇戲迷根本不介意改編，頑固的只是少數，還一直鼓勵我繼續多使用粵劇題材。感覺他也是相當著急於如何才能保存這種息微的文化吧。）

向益（白）：嗯，果真怪哉，果真怪哉，此豈不為狗尾續貂？

曹雄（白）：哦，何出此言？

向益（白）：先不論紅衣厲鬼夜闖府門一事孰真孰假。賈似道為求昭容，在揚州落入盧翁的天羅地網，此事實與鬼怪無關。即或昭容紅顏薄命，魂斷於前，亦無關擒賊成敗。只要盧翁三緘其口，便無人得知閨女亡夭。待賈似道一干人等掩至揚州發現香消玉殞，亦身陷網羅，為時已晚。然則昭容是生是死，有否還魂再世，結局都早已註定。況且，若借屍還魂之事為真，那知悉此事者，便只有再世倩女與盧翁並裴禹，三人豈有將此等隱情訴之於外之理？反應竭力掩飾才對。若借屍還魂一事為假，昭容並未病歿，惡賊已除再無後顧之憂，三人亦無須編作此等故事節外生枝。

（嗯，將向益一角交給Edward是對的，不愧是演藝學院出身的年輕新星，他真的很擅長處理大段對話，可以帶出別人沒有的吸引力。自從看過他在《等待果陀》的演出我就決定主角是他了。）

曹雄（白）：這……恐是相國府中人，見昭容之言行神似，因而心領神會？比如說那位絳仙夫人，她亦有隨賈似道赴揚州。她與慧娘性情親近，或能察覺再世隱情。

向益（白）：昭容與慧娘既如花開兩朵，鏡中倒影，令人嘖嘖稱奇。即或兩人言行亦似，凡人只會想到人有相似物有相同，又怎會想到借屍還魂呢？依我看，是有人故意散布借屍還魂之說。

曹雄（白）：賢弟，悉才你提到盧氏父女與秀才絕無承認借屍還魂之理，那是何人所傳，所爲爲何呢？

向益（白）：曹兄，我方才細聽你所言，心中有一猜想，未知你可有興致聽我分說？

曹雄（白）：請說。

向益（白）：借屍還魂一說，無助於捉拿奸黨。唯一作用，乃是令人深信鬼魂之說，即李慧娘慘死後曾化作紅衣厲鬼。倒過來一想，則慧娘化鬼一事其實爲假。

曹雄（白）：賢弟，我知你素來不信鬼神之說，但門內這位賈似道，可正是親眼見著了慧娘陰魂。況且若無鬼怪之力，秀才與絳仙又怎能在賈瑩中刀下逃生？

向益（白）：世上若無鬼也無怪，賈似道所見者，即爲活人也。慧娘既已命喪棒下，首級被割，自不可能死而復生。那紅衣女鬼者，實別有他人，乃一音容與慧娘神似之女子是也。

曹雄（白）：世間哪有那麼多同有一般天仙容貌的女子？先有一個盧昭容，又來一個紅衣女？

向益（笑白）：若紅衣女即爲昭容姑娘呢？

曹雄（一怔）：且慢！盧氏父女當日好不容易裝瘋扮傻，方能逃出相國府，豈有再折返之理？其時兩人應早往揚州逃走。

向益（白）：世間容貌相似之人，實不罕見。兄與弟似，姐與妹同，實無甚特別。何不設想慧娘或有一親姐妹，或堂姐妹，共有天仙之貌，約有八、九分像。如兩人自小相依爲命，則言行舉止亦難免有七分同。

曹雄（一怔白）：你是說，昭容實爲慧娘之妹？

（我也同爲一怔，且忍不住偷看向門口的官兵。賈似道突然被小卒點出自己一直以來忽略的盲點，必定大爲吃驚，且開始細心回想自己過去遭遇的一切。）

向益（白）：設若慧娘慘死之後，有人將噩耗通報昭容，且提出一計，可合作剷除賈似道，爲其姐報仇雪恨……

曹雄（急問）：如何辦到？

（我也再次忍不住偷看向官兵，但仍不能讓觀眾看見我的正面。）

向益（白）：愚見以爲，其人應早已想過利用昭容美貌，引賈似道動身離開臨安。追捕一個民間弱女，自是殺雞焉用牛刀，不會帶太多兵丁，正是下手的好時機。李慧娘之死，可大大利用。

曹雄（白）：設計者莫非是盧桐或江大人？

向益（白）：非也。但其人想必亦對官場事了解一二，知曉有誰欲加害賈似道。嘿，其實自丁家洲一戰以來，滿朝上下，有誰不欲將他去之而後快呢？只須暗暗放出消息，日賈似道欲親身往某地擒一弱女，自必有人配合出手。

曹雄（白）：原來是借刀殺人之計嗎！

（此時我已大感驚恐，明顯坐立不安。）

向益（白）：愚見以爲，其人先教昭容投奔盧桐，且道出甘爲香餌引蛇出洞，爲姐報仇之因由。盧桐向來痛恨國賊，自必會答應配合，稱其爲女。盧桐深居繡谷，大可謊稱女兒自小體弱多病，長居閨閣，故未爲人所知。及至碧玉年華，最近精神稍好，方於小肆稍作露臉。

曹雄（白）：咦，想那盧桐已屆七十，半生戎馬，卻得一稚女，確是可疑……然則此計所謀者，先爲賈似道得知有新人可代舊人，後爲淫賊親去下聘，遠離軍兵護衛，方能成事。那裝瘋鬧府又是何因由？

向益（白）：此事我亦只憑臆測。原因或許有二。一者，欲成此事，天事地利人和，缺一不可。江大人暗中調兵遣將，或有延誤，或爲另覓撒網之處，以增勝算。故須臨時變陣，拖延時間。謀事者隱身幕後，江大人亦未必敢透露太多，兩處消息未通。裝瘋鬧府一事或爲意外變數，雙方只能見機行事。

曹雄（白）：其二呢？

向益（白）：二者，實爲欲擒先縱。

曹雄（白）：何謂欲擒先縱？

向益（白）：賈似道位列三台，視姬妾如草芥，豈會爲一介民女離開相國府？莫不是差遣心腹爪牙，擲下若干金銀作聘禮，使花轎接回美嬌娘，猶如買魚菜禽畜於市。故謀事者使一招欲擒先縱，教昭容先聽命至相國府，賈似道親見美艷紅顏，卻又不得不因故驅之，煮熟的鴨子飛了，定必心有不甘。若後來發現昭容裝瘋逃逸，自然怒不可遏，方有親自上門逼婚之契機。

曹雄（白）：有道理，那裴禹又是如何參與此事？

向益（白）：昭容裝瘋，謀事者得讓賈似道先信以爲眞，保盧氏父女平安出府。爲免賈似道起疑，當不能親自說服老狐狸。故此他暗中攏絡裴禹代勞。裴禹爲太學員生，不屑賈似道專權弄政，放榜之日，敢不登門拜謁，可見其人。如今驚聞湖上知音因愛枉死，更是咬牙切齒，甘爲共謀。山西才子，辯才無礙，足以擔此重任。

曹雄（白）：哦！此眞兵行險著。萬一老狐狸當場看穿昭容作假，強納爲妾，豈不賠了夫人又折兵？

向益（白）：正是。爲除國賊，三人想必已有冒死之心。

曹雄（白）：賢弟，聽你一言，我開始信以爲眞。既是如此，女鬼現身亦是計謀之一？

向益（白）：事涉鬼怪，恐爲意外。以謀事者計，秀才鼓其三寸之舌保盧氏父女出府，已可功成身退。待時機成熟，再道出昭容與秀才串通，對賈似道施以激將法便可。誰料到昭容亦對裴禹芳心暗許，三人出府之時，賈似道不用提示，已及時看穿昭容對裴禹眉目傳情。他雖中計放走盧氏父女，仍藉故留秀才於府中，欲殺之洩憤。

曹雄（冷笑白）：看來這老賊對江山社稷不上心，對女人的一言一笑倒很小心。

向益（白）：裴禹於謀事者已無用，冒險解救徒增風險，置其於死，反能保密。想是盧氏父女出府後未見秀才前來會合，料其無法脫身。昭容心知謀事者無心救秀才，不忍其死，別無他法，才決心換穿紅衣，裝作慧娘厲鬼，冒險至相國府內救人。此事當出乎謀事者意料之外。若失去昭容，則計謀不成。昭容既決心冒險入府救人，謀事者縱使千不甘萬不願，亦只能急急配合，助其裝神弄鬼，救秀才出府。

曹雄（白）：慢來，賢弟早前不是提到，只要賈似道誤信昭容已逃往揚州，則昭容是否仍在生，於計無礙？

向益（白）：若昭容死於揚州，的確無礙。但昭容絕不能死於相府，否則賈似道見屍細看，識破女鬼即昭容一事，萬事休矣。且秀才亦有可能供出謀事者以自保。權衡利害，只得配合昭容救人。

曹雄（白）：哦！難怪賢弟說絕無鬼神之事。蓋因你早已看穿紅衣厲鬼，實爲昭容所扮也！

向益（白）：正是。且昭容能於夜中出入相府，扮作慧娘之鬼，必是府中有人接應提點，教其道出當日慧娘與相國之對話。若非昭容冒險相救，那裴禹恐已爲棄子，橫死於相府中。

曹雄（羡慕貌）：書生怕是有潘安之貌，蓋世之才，致令兩位天仙美人一見傾心，甘爲其冒生死劫。

向益（白）：哈哈，情愛之事，在下未明所以。但知強摘的花不香，兩情相悅方爲美事。回說昭容裝作慧娘厲鬼，再見殺姐仇人，自是痛斥一番，凄怨怒憤，句句眞情，更似慧娘再現。眾人恐是沒料到賈似道向來霸道橫行，原來如此怕鬼。賈似道未能殺秀才以洩憤，又在其姪及手下眼前遭女鬼羞辱，面壁思過，顏面盡失，自是惱鬱難舒，急欲於人前重振威風。

曹雄（恍然大悟介白）：明了！此事雖爲謀事者意料之外，果效倒是更佳。賈似道經此一辱，一旦發現仙蹤，當如餓虎撲兔，再逞威風，折梅以解屈辱。

向益（白）：正是。江大人與盧翁於揚州設下天羅地網後，便著昭容於揚州露面於人前，好等賈府爪牙得知其所在。賈似道果然中計，於揚州自投羅網，終落得如此下場！

曹雄（白）：如此說來，到底是何方神聖能將此老狐狸玩弄於股掌之中呢？

（我悲憤地緩緩掩臉搖頭，因賈似道至此該已想到官兵所指的是誰了。）

向益（白）：曹兄，其人眞面目，早已呼之欲出。是誰素常爲丞相四出尋訪嫩葉嬌紅，藉此邀功，因而下聘李慧娘之時，已得知有一妹容貌相同？是誰素常隨侍在丞相左右，見秀才泛舟尾隨官舫數日，因職責所在，須先查明來者是否別有用心之刺客，故早已知悉美哉少年乃太學員生裴禹？是誰親眼見丞相如何辣手摧花，再將一切針鋒相對之話語轉告昭容？是誰告知丞相盧家有女初長成，與慧娘一般美艷，可以桃代柳？是誰與絳仙夫人早有私通，在昭容私自入府救人，頻生變故，橫生枝節之時，可使絳仙當場配合？是誰能於相國府中，持刀假劈而不殺，深夜偷放書生，再串通紅衣女鬼，演出怪力亂神，使相國深信刀劍不敵索命陰魂？究竟是誰，賈大人現在想必心中有數。

（這些正是我讀唐滌生劇本時所有的疑惑。《再世紅梅記》是他遺作，我實在很難接受他會在最後使用江大人宣旨這種「機械降神」劇情，盧桐的角色也總覺得怪怪的。畢竟在更早的《紫釵記》裡，他明明就可以精妙地鋪墊四王爺的登場。我愈是再三細讀，愈覺得那個人的情節很可疑。）

曹雄（驚愕白）：嚇！賢弟所指的，莫非是太師堂總領賈瑩中？噫，且慢，其人向來狐假虎威，爲虎作倀。何解要推倒自己的大靠山？

向益（白）：哎，雖說狐假虎威，狐亦不免受虎嘯。有謂伴君如伴虎，除卻一眾姬妾惶惶不可終日，賈瑩中恐怕亦終日受氣。阿諛奉承，只爲貪權勢戀金銀。今元軍壓境，賈似道臨陣退縮，致令我軍敗如山倒，社稷危在旦夕，朝野內外皆對賈似道怨聲載道，人盡皆知。賈似道年老荒淫，目中無人，未察自身氣數將盡，但賈瑩中應早有所感。與其坐等樹倒猢猻散，爲老狐狸作墊屍之鬼，不如早早爲自己謀求後路！

（我怒而拍桌，全叔同一時間拍腿，時間必須分毫不差。）

曹雄（拍腿叫絕）：好一個賈瑩中，見風轉舵，賣主求生！既然滿朝文武都在等一契機誅除國賊，不如雙手奉上，賣個人情，換條生路。難怪此番流放，未見賈瑩中一同受押。

向益（白）：故此我謂借屍還魂一說，乍看彷似狗尾續貂，但若愚見屬實，卻也合情合理。事因昭容扮鬼救郎一事，實屬賈瑩中意料之外，難免有破綻。一旦爲人所懷疑，憑吾等粗淺見識，亦能看穿誰爲幕後主事。故他特此散布怪力亂神之說，使人對慧娘曾爲女鬼深信不疑，他便可安枕無憂。

曹雄（白）：但詭計已成，他又何懼被人識破呢？

向益（白）：這箇中因由，我就未可知了。賈大人明察秋毫，或是心中有底。但言歸正傳，前述一切盡皆在下妄白臆測。抑或眞有紅梅再世，造化弄人，哈哈，我亦不得而知。

（賈似道此刻一定千頭萬緒，內心幾番翻滾，但仍忍而未發。如果他會向官兵發火，就是他不信姪兒是幕後黑手才破口大罵，他沒有向官兵發難，是因爲他已相信了。所以我必須表現出一種一觸即發的怒火，等振邦哥上場。）

瑩中（喬作小二打扮挽提籃上介，嘆息長花）：由來恃虎威，榮華視等閒，豈慣任人輕怠慢，怎奈一夕樹倒猢猻散。相府上下遭誅連，幸我機靈逃禍得脫難，哼，賈府落難仍藏千斤財，尚有餘力可謀作反。

（來了。經過全叔指點後，振邦哥這幾句唱起來還眞的有板有眼，比一開始彩排的時候好多了，但還是有點生硬。畢竟他這幾年很少演出，不能太強求。）

瑩中（白）：差大哥，奉我家主人劉克莊大人之命送來粗茶淡飯，以報往日相國之恩。

曹雄（掀布檢查提籃介白）：嘿，粗茶淡飯？（掀壺蓋檢查介）你這分明是酒，還有雞腿嗦喎。佛門清靜地，豈可在佛前開葷？

瑩中（陪笑白）：嘻嘻，差大哥，客房當不在此限。小人也預備了兩位的飯菜好作宵夜，二窩頭還是溫的。若兩位不便在庵內暢飲，何妨在外面稍作休息呢？

（瑩中連忙從酒壺倒出兩碗酒，向岔趨前先領一碗。）

曹雄（急拉向益衣袖阻止介白）：且慢！愼防有毒，怕他欲殺我倆劫囚嗚！

瑩中（佯驚，取一碗倒酒先乾介）：無毒，無毒，小人哪有這個膽子。

曹雄（懷疑白）：借燈一看，你還長得挺面善的。

瑩中（以袖略掩臉介白）：小人一介賤僕，販夫走卒，容貌平庸。今晚月色朦朧，差大哥杯弓蛇影啫。

向益（嚐酒介白）：好酒。曹兄，你也快來試試。

（瑩中再取出銀兩若干，曹雄張口欲斥，向益卻搶先收下。）

向益（白）：曹兄，有錢使得鬼推磨。你以爲鄭大人命我倆守門是眞怕這老頭逃跑嗎？我倆又何妨把酒稍息，待人家好好侍候咱們的賈大人飽餐上路。（取碗硬塞曹雄手中介）來，酒呀，（打眼色）走呀。

（曹雄終會意，與向益取雞腿，一邊喝酒咬雞腿從場邊下。瑩中攜提籃入房內急置桌上。）

瑩中（白）：伯父，伯父，是我。我已使銀兩支開兩小卒，可暫且暢所欲言。事已至此，不容猶豫。小姪知道伯父你尙有黃金萬兩，另藏於別處，現正爲當用之時。所謂有錢使得鬼推磨，大可招兵買馬，先救你脫身，再拿下三、四城池，獻與元軍，或能獲得元主禮遇。雖未必能如往日富貴，但至少應可衣食無憂。

（我繼續不動聲息，蓄勢待發。）

瑩中（白）：唉，伯父連日勞累趕路，一定是心力交瘁，待小姪替你倒杯暖酒，定一定神。再悄悄告知姪兒我黃金所在。

（振邦哥再次倒酒，把酒壺放在桌上，再彎腰向我奉上那碗酒，演活了卑躬屈膝的形象。不禁讓我想起那晚他在酒吧苦苦請求我讓他出演一角的情景。我知道他這幾年爲了生活，場務道具燈光後製什麼工作都做了，就是苦無演出機會。雖然他不是我心目中的最佳人選，不過我還是答應了。）

（我沒有接過酒，反倒站起來轉身用力揮手，將桌上所有飯菜和酒壺都摔在地上化成碎片。）

（於是我終於面向觀眾，也是觀眾第一次正面看見我的老人扮相。看他們驚訝的反應，到底是驚訝於我用現代特效化妝弄成幾可亂眞的老人臉孔，還是因爲看到我眞把東西摔一地呢？）

（傳統粵劇，講求虛形，多以身體形態動作示意，減少依賴道具。上馬下馬、推車坐車，都不會眞的在舞台上出現道具馬或道具車，幾乎全靠動作演出，其實是非常厲害的表演藝術形式。喝酒的話，即使有酒杯都是空杯，更不可能像這樣眞把飯菜碗碟摔一地，將舞台地面弄髒。不過爲了我所堅持的舞台效果，我們這次都眞的做了。）

（或許會有傳統愛好者覺得我破壞了粵劇的表演形式吧，但是，要是能看到有觀眾露出驚訝的表情，我就覺得値了。）

似道（大怒掃跌飯菜介白）：呸！你個酒囊飯袋！貪生怕死之輩！賈府被抄之時，你究在何處？

瑩中（放下碗怒白）：哼，說我貪生怕死，我還不是學你的！此一時彼一時！當今世上，只有我能救你脫身。你都一隻腳踏入鬼門關，朝我擺臭架子又有何用！

似道（氣結捧心後退）：哎呀呀！果然是你個狗奴才呀！

（我暗暗吸一口氣，隨即將我跟全叔苦練多時的水髮使出。但畢竟我不像那些從小就練習戲曲的紅褲子有足夠根底，沒法做到形神俱似。全叔也擔心我這外行人會弄傷脖子，彩排的時候一再替我調整動作降低難度。擅長現代舞的Edward也從形體表演的角度爲動作提供了很多意見。這一整套行雲流水踢椅捶地水髮拾物的動作，是傳統與現代表演的混合。）

（我沒有被滿場掌聲分心，但我內心確實暗暗鬆一口氣，看來觀眾買單了。但我絕對不能在臉上流露出半分得意，因爲賈似道現在幾近崩潰，怒火中燒。右手還偷偷趁賈瑩中沒看到時握住了「那個」。）

瑩中（見似道貌似崩潰，稍緩神色溫和地白）：唉，伯父，請息怒，請息怒。小姪的意思呢，我不脫身又如何找救兵？聽我說，我已暗中打點，只要能交付黃金百盒，水到渠成，定有十營士兵來拜見。東山再起，又有何難！

（賈似道緩緩站起，冷靜下來回心轉意，示意瑩中靠近附耳授之，趁其不避以掌中所藏杯碟碎片割其頸項，瑩中慘叫一聲一命嗚呼倒地。）

（假血漿——對，絕對不會出現在傳統戲劇裡的東西，我們用上了。難怪觀眾倒抽一口氣。當初舞台設計主打用素白色，除了因爲是佛堂，也是我要求美術要做到在這一幕突出鮮血的紅色。配樂全停頓，燈光聚焦，血液從屍體底下慢慢散開。）

（剛才我雖然故意做出讓觀眾看見的動作，似是拾取地上碎片，但演出殺人用的道具其實早藏在我袖中。因爲我們根本不會知道道具碎開之後碎片會掉到哪裡去，有多大多小。當然，這片碎片跟那些杯盤酒壺一樣，都是用聚氨酯製作的易碎道具，就算用力握也不會割傷人。）

（我用力丟下手中的凶器，還把手上血跡擦在衣服上抹乾淨，好讓觀眾感受到賈似道是何等視人命如草芥，殺人不眨眼。）

似道（朝屍唾罵）：呸！老夫今日落得如此田地，原來都是你！千刀萬剮都難洩我心頭恨！

（向益與曹雄重上介）

曹雄（白）：咦，眞的殺人了啊？賢弟果眞料事如神，狗咬狗骨，這個惡人賈瑩中，終於惡有惡報！

（似道大驚，低頭看瑩中屍首，再看自己身上血跡。突然回心一想，察覺不妥，渾身發抖。）

似道（恍然大悟驚恐介白）：你、你適才提到裴禹泛舟跟蹤官舫，（指曹雄介）那奴才都未有提及，你是如何得知此事？說什麼只有道聽途說，你、你分明早已清楚！

向益（白）：大人，在下早已說明，前述盡皆臆測而已。在下尚另有一假說。其實除賈瑩中外，亦有一人可以爲主謀，你可知道？

似道（白）：誰？

向益（白）：誰道書生定必手無縛雞力？假若有一才郎，從小既習文又習武，文武雙全，既有才氣可傲，又有精壯身材，試問誰家姑娘能不一見傾心？設若裴禹能文能武，則不必有賈瑩中作內應，亦可成事。大人試想，若當日慧娘與裴禹一見鍾情，恨不相逢未嫁時，雖還琴別愛，仍可能曾將妹妹託付於才郎，爲妹妹求個好歸宿。裴禹往李家下聘昭容，方知李氏兩老已辭世，剩下昭容孤苦無依。剛好絳仙夫人雖未敢告知慧娘父母斷腸消息，但怕其妹亦陷狼口，仍悄悄通報昭容其姐死訊。於是裴禹與昭容合謀報仇雪恨。以裴禹太學員生的見識和人脈，要找到盧桐此等有志之士作同謀實質不難。往後如前所述。只不過裝鬼一事，並非賈瑩中串通，實質書生不只出口成文，尚有輕功可閃躲刀劍。他再使暗器阻止絳仙被殺，助一時衝動裝鬼進府的紅衣昭容脫身。然則一切謀略，由此自終，皆在裴公子掌中也。

似道（震怒指向向益）：他！（一才）你！

向益（白）：待賈大人你身陷胭脂阱，貶官流放，他再命人喬作牙差，誤導你以爲一切皆爲姪兒所爲。唉，賈似道，就怪你一生詭詐弄權，但衝動易怒。眞個感謝相爺相助，省下咱們搜捕殘黨之力。你手刃血親，已把自己最後活路一刀斬斷！

似道（慢的的介沉花下句）：唉吔吔，三番兩次遭凌辱，苟且不若自投繯。（滾花上句）袖底猶藏龍腦香，回首富貴如夢散。

（我從袖中取出冰片，讓觀眾清楚看見，再放入碗中和酒吞下。）

（冰片又稱龍腦香，是用樹脂加工的藥材，有毒性。因爲它看起來很像冰塊，故此我們用冰糖代替。）

（曹雄驚奇地看著我痛苦倒地。）

曹雄（白）：奸賊自盡，如今如何是好？

向益（淡定白）：曹兄免驚，鄭大人早知這老賊袖藏毒物，如果他這樣也死不了，鄭大人就會親自下手。

曹雄（疑惑介白）：賢弟，那你眞是那個裴禹派來的？

向益（白）：哈哈，非也。（取出紙扇打開介）在下不過是一名說書人，受鄭大人所託，給賈似道說兩個故事而已。還得感謝曹兄你不明就裡，仍可配合得宜，在下方可順利功成身退。

（咦？我的喉嚨和肚子眞的開始痛起來。爲什麼……忍住！一日未關燈我都不可以動！）

曹雄（恍然大悟介花下句）：眞假紅梅惹疑惑，奸黨難逃閻王令！

（傳統鑼鼓尾聲煞科）

（好痛！救命——）

□

易角後，《再世紅梅之庵堂夜話》仍順利演完預定的全部七場。觀眾反應比預期好。也許正如全叔所講，只愛傳統劇目的守舊派戲迷，大部分根本就不會花錢去看新派粵劇，也自然不會來看我的舞台劇。會來看的人都是希望能看到不一樣的東西，故此都願意給本劇好評。

Edward也在這次演出中吸納了更多姨姨級別的女粉絲。他那天生的「潘安容貌宋玉身材」，差點都讓我想把裴禹硬放進劇本裡讓他演了。可惜賈似道曾見過裴禹，讓裴禹直接扮成官差實在說不通。

至於振邦哥——

「是你做的吧？」

我躺在病床上，用沙啞的聲音質問他。

「我？我做了什麼？」他一臉無辜地假裝聽不懂我的問題。我就說，他演技眞的比我差。

「我是說那張立體慰問卡，做得太精美了。」

「你喜歡就好。快點康復出院，大家都說要等你康復之後再辦一次慶功宴。」

我看著他虛弱地微微一笑。

那天勉強撐到完場後我便立即叫白車[1]去急症室，結果一躺就躺了幾天，根本沒法演出。於是，振邦哥頂替我演出賈似道，然後由後備演員代他演賈瑩中。

畢竟賈似道的演出有一定難度。其實最能駕馭的是全叔，但一來由他演會變得太重粵劇味道，二來曹雄一角沒人能代他演得好（這角色看似簡單，但要能跟Edward對戲其實很重要）。振邦哥排演最勤力，勉強可以頂替我。

我記得一開始，當他知道我絕對不會改換向益的演員後，他曾向我表示過想演出賈似道。他也似乎曾向全叔說過覺得我太年輕，由我來演四個角色中最老的角色根本不合適。

但我就是堅持。這是我自編自導自演的劇場，而我早就決定要自己演這個大半場背台的角色。像影帝那種「連背影都能演戲」的境界，誰不想挑戰看看？難得用上粵劇題材還能玩水髮，我當然不願意將這機會讓給別人。

沒想到結果我只能演出首三場，之後四場都由振邦哥代演了。我看了錄影，這混蛋演得還可以，分明就有事先偷偷練起來。

那天出事後，其實我第一個懷疑的是服裝。因爲那天演出，酒壺裡的只是清水，其他人有喝過。至少振邦哥一定有眞喝，因爲我劇本裡指定了。劇情中他喝酒是爲表清白，如果前排觀眾看見他假喝，就會想多了誤會劇情另有伏筆，所以我要他眞的喝下去。至於Edward和全叔我就不確定，全叔可能不會眞喝只做動作，但Edward在彩排時眞的有喝。

其他人沒事，所以我懷疑問題出在冰糖，但那塊冰糖是我自己帶來的，我不會自己害自己。

那麼會不會是在袖子做手腳？當我把冰糖藏在衣袖暗格的時候，冰糖從衣袖沾到毒？如果是這樣的話，就應該只有服裝——我的前女友——有機會動手腳。我很不願意這樣想但她也可能有動機，說不定和平分手只是我一廂情願。

可是我又想，會不會只是剛好腸胃炎發作？演出前大家都只吃了茶餐廳外賣的午餐，但我記得好像只有我點了B餐。會不會是B餐剛好有問題我吃了出事，也剛好在快要完場前才發作？

畢竟下毒什麼的也太誇張了，我應該沒做什麼讓人恨不得要殺之而後快的事。

1 白車：即台灣的「救護車」。

但醫生說我不是食物中毒。因爲我喉嚨和食道紅腫，腸胃都有受傷的情況，幸好不算嚴重，沒有潰爛。說我很可能是誤服了腐蝕性液體，可能是稀釋的漂白水之類。

那就不可能是兩小時前吃下的午餐了。

回想起來，我在舞台上喝的那口水，確實好像有一點怪怪的味道。但因爲聚氨酯製作的道具本來就有氣味，而且我又丟入了一塊冰糖，好像有一點點甜味。捫心自問，其實我根本不太記得是什麼味道。當時全副心思都放在如何演好角色，搞不好放的是辣椒油我也注意不到——即使注意到，我大概也會照吞下去。

當醫生擔心地問我有沒有印象自己喝了什麼東西，並暗示我要不要考慮報警的時候，我沒有報警。助導打電話給我的時候，我也只能忍著喉嚨的刺痛說了一句「the show must go on」。

犯人大概也是看準了這點。在香港做舞台演出太難，能取個收支平衡已經很了不起。取消或改期都是我們負擔不起的代價。表演一定要繼續，叫了警察來介入，搞不好下一場就沒法演了。

我沒有死，這不是謀殺案，恐怕就算叫了警察，警察也不會大費周章去搜集證物一一化驗漂白水從何而來。何況就算驗到了，也很難證明那不是爲了「消毒」而「不小心」污染到我喝進肚子裡的水。自從COVID後，稀釋漂白水已經是隨處可見的標準清潔配備了。

而且爲了還原場地在晚上演出，也必須要盡快把舞台上的東西清理乾淨。所以當日我也只能狠下心指示團員預備易角演出下一場。

躺在醫院病床，我終於明白犯人的目的不是要毒殺我，而只是想讓我沒法繼續演出。那到底是誰？動機是什麼？難道眞的是唐滌生的瘋狂粉絲嗎？

不，還是那個問題，當時台上我們四人，但明明其他三人都有喝過同一壺水，爲何只有我有事？

我喝水的時候，Edward和全叔暫時不在台上，而振邦哥當時是「屍體」不能動彈，所以不會是在當時動的手腳。如果是演出前就下在水裡，照說至少我和振邦都會出事。

那如果是先倒在碗中呢？按劇本全叔會先檢查提籃，他當時會注意到碗底有沒有少量透明液體嗎？

不可能，回想那三個放在提籃裡的碗，在進場時，是以碗口向下的方式疊起來的。我記得排演時，振邦哥也是一只一只拿起反轉再倒酒的。而且更重要的是，我和振邦哥共用同一個碗。他倒酒喝一口證明沒毒給官兵看，後來也是用同一個碗倒酒給賈似道。

當初就是爲了省道具費才用三個碗，不然，至少會有一個碗留在提籃裡被我跟其他東西一起摔壞。

所以如果腐蝕物是塗在最底下那隻碗上，振邦哥他會先喝到。

想來想去，我覺得問題還是出在道具上。所以我在指示大家易角演下一場的時候，也PM了我前女友把舞台上掃掉的垃圾整袋打包留給我。她是個好女生，還眞的替我拿來了。然後我人在醫院時間多的是，玩玩立體拼圖是個好消遣，胃痛時也可分散注意力。

結果我發現我根本不需要什麼化學知識去檢查碎片有沒有腐蝕物，因爲有幾塊碎片有褪色的色塊，大概是材質被漂白了吧。所以壺子裡確實有放過漂白水，但爲什麼只有我喝到？

我沒辦法把整個壺子完整拼合，本來聚氨酯的特色就是脆弱易碎，有些小碎片不見了，也有一些變形了。但顯然這個壺內有乾坤，有些褪色小碎片多出來。於是我上網查找了一下，終於恍然大悟。

有一種東西叫「鴛鴦壺」，可以在同一個壺中倒出兩種不同液體。它裡面有兩個完全分隔的壺室，共用一個出水口，且每邊各有一個細小的氣孔。只要在倒出的時候，按壓不同的氣孔，就能利用氣壓原理，決定倒出來的是哪一個壺室的液體。

簡單說，按住A室的氣孔時，就只有B室的液體流出。按住B室的氣孔時，就只有A室的液體流出。

但這種鴛鴦壺，爲了能利用氣壓原理，除了出水口和氣孔以外必須密閉。也就是說根本沒有可以打開的壺蓋。兩種酒水都只能從壺嘴倒進去。可是我們的道具茶壺有壺蓋。

不對，仔細一想，如果犯人的目的只是要在我喝的水中滲入漂白水，他並不需要兩個壺室都密閉。主要的壺室放清水，上方有壺蓋漏氣也沒所謂，因爲清水一定會倒出來。只要在底部內側偷偷加入一個細小的壺室，從壺嘴滴入少量漂白水就可以。

倒給自己和他人時，他都會按住小壺室的氣孔，倒出來的只有水。最後倒給我時，不按氣孔，倒出來的就是稀釋漂白水了。我試著重組多出的碎片，果然符合這種設計。

其實當場檢查應該很容易發現壺子有問題，但道具壺會被我當場摔碎，受害人會幫忙破壞證物，眞方便。

振邦哥他懂得製作電影道具。動機也很明顯，現在人們都會拿他的演出和我的演出來比較。

「這次看來反應不俗，也許有機會re-run。振邦哥你有沒有興趣再演賈似道？我覺得你演得比我好。」

「咦，我只是臨危受命，其實緊張得不得了。你覺得我眞的可以嗎？」

「也許這個劇我就專心編導好了，比較輕鬆。醫生說我腸胃炎可能就是壓力太大。」

「演哪個角色我都沒所謂，能參演好劇本我就開心。」

「那就一言爲定了。」

我放心地微笑。瞧他笑得多麼心虛。

到時不管在舞台上發生什麼事，the show must go on，我衷心希望他也有這種演員素質。

〈再世紅梅之庵堂夜話〉完

【編按】

〈再世紅梅之庵堂夜話〉中，作者特意保留粵劇話本特色，爲免影響讀者閱讀流暢與樂趣，我們另在此補充並簡介幾個有出現在故事中的粵劇特殊詞彙：

■ 白欖：九種粵劇說明體系形式的其中一種，在劇中常用於人物以獨白向觀眾介紹劇情。

■介：指劇本上對演員的指示，包含唱、做、唸、打的提示，又稱「介口」。也指演員的動作或做手，等於古劇中的「科」。

■白：「口白」的簡稱，是戲曲台詞中最常用的表達形式，無字數限制也不需押韻。

■台口：指舞台上演區面向觀眾的前方。

■一才：粵劇中鑼鼓點的名稱。

■滾花：滾花爲板腔體系中的一種板式，如「士工滾花」常用於表達一般情緒，而「合尺滾花」則常用在表達悲哀或較爲深入的情緒。

■沉花：指「沉腔滾花」，用於表達傷感、驚訝、絕望的情緒。

參考資料：

香港教育局　音樂課程配套資源，〈粵劇常用辭彙〉（https://www.edb.gov.hk/attachment/tc/curriculum-development/kla/arts-edu/resources/mus-curri/glossary-cantonese-opera-c.pdf）

學舍

——

黑貓C

楔子

此作改篇自「人民藝術家」老舍先生的《茶館》。

二〇二四年三月二十三日，香港特區政府完成中央賦予的憲制責任，就《香港基本法》第二十三條制定的《維護國家安全條例》正式刊憲。

《中華人民共和國憲法》乃國家的根本大法，是中國式全過程人民民主的體現。根據香港教育局的課程指引，《憲法》是母親（母法），《基本法》是兒子（子法），兩者有著血濃於水的關係。遙想老舍先生在一九五七年爲配合新中國憲法的宣傳寫下三幕話劇《茶館》傳頌至今。二〇二四年的今天，《維護國家安全條例》同樣值得歌頌。

第一折

二〇二三年十二月十一日，星期一，早上八點鐘。

鐵路站前十字街口車水馬龍，一位新當選的區議員在交通燈旁熱情地跟附近街坊揮手謝票。不過香港尚處於由治入興的起步階段，生活逼人，市民都急步上班無暇顧他。

話說昨天是完善選舉制度後的首次區議會投票，很多學校都被徵作投票站；爲避免投票過於踴躍以致影響翌日學校運作，教育局依照慣例把選舉翌日列爲全港學校假期，因此車站對面的香泰書院今天冷冷清清。

愛國學校現在已經很少見。二十世紀六十年代，中國踏入十年文革，激發起香港家長的家國情懷，紛紛把子女送往愛國學校唸書，當時香泰書院就非常風光，每年收生好幾千人。如今香泰的校舍看起來略爲殘舊，外圍的鐵柵油漆剝落，整體看來暗淡無光。假若有什麼突出惹眼的東西，那就是到處都有「國家安全」的橫幅。

儘管如此，香泰書院能夠屹立七十年本身就是個成就。教育改革風風雨雨，備受爭議的「通識科」已經由正確認識國家成就的「公民科」所取代；在校長王利發掌舵之下香泰書院乘風破浪，全靠一招「敢於創新」方能領導學校邁向下個七十年。

譬如政府於去年施政報告提出在中小學階段推動STEAM教育，王利發便參考國內優秀典型課程要求教師嘗試以辯證唯物主義指導理工教學，學科教師更因此榮獲行政長官卓越教學獎。去年他又留意到中國內地推出了《習近平新時代中國特色社會主義思想概論》教材，爲響應推動習近平思想進教材、進課堂、進頭腦；塑造學生正確的世界觀、人生觀、價值觀；進一步把習思想入腦、入心、入魂；王利發已經著手把《概論》課程引進香港，爲他贏得「愛國校長」的名聲，在教育界頗有名望。

所謂教育無小事，一切事情上利發都是親力親爲，深受師生敬仰。以往上學時間王利發會站在校門跟學生逐一打招呼，他幾乎能喊出所有學生的名字；可惜歲月催人老，現在要滿頭白髮的他巡視校舍亦感覺吃力，深切體會到自己到了退休的年齡。

「王校長早晨。」

一名中年女校工主動上前跟校長打招呼。但王利發看她衣著端莊，似乎不是來上班的。

「康姐，妳是要辭職吧？」

「是的。校長還記得我家大力？他已經身處英國打算不再回港，也想盡快接我過去那邊生活。」

果眞是這麼一回事。

「妳有好好考慮清楚了嗎？近年英國經濟差、稅率高，妳又不會說英文，留在香港豈非更好，非得要學那些人去外國捱苦不行？」

「我就只有大力一個孩子，跟著他走，受什麼累，吃什麼苦我也不怕。」康姐停頓半秒，「而且我不走的話我怕會連累你們。最近新聞不也有報導那些潛伏海外的逃犯家屬被警察邀請協助調查嗎？萬一事情鬧大了，大力是這裡舊生的事實被炒作的話我怕會影響學校的愛國名聲。」

「那是年輕人的事，康姐妳又沒犯事不用怕。再說，我王利發身爲愛國學校聯合會主席，在教育界有頭有臉，跟局長也是多年交情。我就看誰敢詆毀香泰書院這所愛國學校的老字號？」

「這很難說，十幾年前也有個愛國記者因間諜罪被國安拘捕，尤其這年頭校長更要當心小人……不說這些了，我希望自己突然辭工不會影響學校運作吧？反正我年紀大做事手腳慢也幫不上什麼忙。」

「我早就把妳當成自己人了。這些妳不用擔心，我自然有辦法處理。」王利發微笑道：「既然妳心意已決，那就祝妳一路順風。」

「謝謝你王校長。我也祝你身體健康、長命百歲。」

康姐向王利發鞠躬道別，往校門離開。雖然只是僱傭關係，但畢竟康姐在學校工作多年也算是老相識，心情難免複雜。尤其最近很多人離開香港，連王利發自己的兒子一家也在去年移民外國；只是跟那些逃犯不一樣，至少兒子已經訂了機票下個月回來香港過年團聚。

然而康姐的離開讓王利發憶起了些往事，便坐在操場的長椅發呆了好一陣子，之後又有客人來學校。

「王校長！終於找到你了。」

來訪的是個四十出頭的西裝男子，王利發認識他父親所以習慣稱呼他作小劉。

「原來小劉你回來香港了嗎？」

「是啊，回來很久了，始終是香港生活好。」

有人移民亦有人歸國。小劉像他父親一樣也曾當過警察，後來僑居美國創業；也許是習慣了外國人的說話方式，開門見山就談正事：「倒是校長你人在香港卻消失了似的，怎麼都不回手機呀？我看今天學校放假你也不忙，卻要我親自上門來通知你好消息，好像事情跟你沒有關係那般。」

「辛苦了。有什麼好消息？」王利發問。

「就是上次在電郵我跟你提議過的計畫。之後我請教過相關專業意見，確實可行！」

「可我還沒決定要那樣做。」

「放膽改良吧！香泰不也是一直改良才經營到現在嗎？你看人口老化是整個世界的大趨勢，香港也不例外。適齡學童減少這是特區政府怎樣也解決不了的。尤其香泰中學是直資學校[1]只靠那微薄的學費收入如何持續經營下去？沒有錢就沒有競爭力，你也不想香泰這個老招牌和其他愛國學校一樣漸漸被淘汰吧？」小劉興致勃勃地解說：「但不要緊，我們不用悲觀。以前人們說香港回歸以後愛國學校已經完成歷史任

1 直資學校：即「直接資助計畫學校」，在資源調配、課程設計和收生等範疇上，相對官立和資助學校更有彈性。直資學校得到的政府補助，是依照該校的收費和收生人數而定。

務，可是今非昔比，現在正流行『愛國』，要搞好愛國教育，國內甚至有愛國大Ｖ[2]坐擁百萬粉絲，愛國學校也可以成爲潮流的指標呀！」

王利發笑道：「怎麼你把愛國說得像盤生意一樣？」

「當然不是！我只是作爲商人想爲國家經濟出一份力罷了。我們好不容易才捱過了封城，如今香港和內地通關正是大好機會。香港作爲國際大都會，ＤＳＥ[3]也獲得國際認可，可以銜接海外升學，對內地學生特別有吸引力。而且香泰又有自己宿舍，給本地生寄宿太浪費了吧，不如改建讓內地生來港住宿，簡直是一舉兩得！你知道香泰附近地價多貴嗎？我們有現成的宿舍已經比其他學校優勝，若將來能夠把香泰中學打造成爲大灣區的名校，王校長你也是名留青史啊！」

「照你這麼說，香泰的土地那麼値錢不如索性改建成爲酒店豈不更賺？」

「呵呵，王校長你又在逗我啦。我又怎麼捨得拆掉香泰中學的老招牌？」

「我看你是貴人事忙，都忘記我們學校招牌叫『香泰書院』。」

小劉敲著腦袋笑道：「哎呀你看看我多糊塗，還是得靠你王校長幫忙說服校董會呢。而且這本來就是你們學校的事情，我只是爲你們著想給個提議，順便看看日後有沒有合作機會罷了。」

「好，我會考慮你的提議。不過我要回去忙沒空招呼你，今天先這樣吧。不送。」

小劉見對方無動於衷，便轉了個話題。「王校長呀，你知道爲何我很少來學校，連校名都記錯嗎？因爲我一踏入校門，看見這裡的花花草草，我就想起家父。我爸那時候當個雜差，混得不怎樣，渾渾噩噩就死在學校裡面。王校長你有親眼見到我父親的遺體嗎？」

「嗯……我也很難過。」

小劉得意回應：「不、不，我不是故意讓你難堪。我只想說我們眞有淵緣，我知道王校長你一定很樂意幫我這個忙。」

王利發面色沉重，還是保持禮貌回應：「既然是熟人的請求，能夠幫我是盡量幫。只是我還需要些時間研究，現在就不耽誤你的寶貴時間——」

說到一半，突然又有一男一女造訪，年齡均與王利發相若，男的甚至要比王利發老一點。

王利發看見那白髮老人便驚訝道：「今天究竟吹什麼風，連唐Sir你也來學校了？」

「我已經沒當唐Sir很久，都退休好幾年了，如今只在朋友公司擔任顧問養老而

2 大V：指在社群平台「微博」上獲得身分認證，有影響力且擁有眾多粉絲（通常是五十萬以上）的知名公眾人物。

3 DSE：即香港中學文憑考試。

已。而我今天是陪朋友來的。我給各位介紹……」

「這位我當然認識！原來是龐四姨太親身駕臨學校，很久沒見請恕我招待不周。」

很久沒見是因爲最近龐家爭產的新聞鬧得沸沸揚揚。龐老先生生性風流，有幾個沒有正式註冊的配偶，龐四姨太便是爭產風波的其中一名主角，所以王利發也不好意思打擾曾經一手提攜自己的龐家。

另外同場的小劉亦跟龐四姨太和老唐問好，尤其小劉父親當年當差正是老唐的同僚，老唐算是看著小劉長大的。至於龐四姨太，她看見小劉則感到有些意外，「怎麼你也在。」

「都是那些破事，不勞煩四姨太操心，我先告辭了。」

原本怎樣都打發不了的小劉，他在龐四姨太面前只有恭恭敬敬，卑微地向眾人道別，別時更向王利發展露出詭異的笑容。王利發只感到一頭霧水，今天突然有三個不速之客來訪，總覺得他們來者不善。

「請問有何貴幹須勞煩四姨太親臨學校呢？其實有什麼事情太太妳派幾個下人來讓我們自己處理就好嘛。」

龐四姨太交叉雙臂說：「少廢話，你們學校有個姓康的女工吧。」

旁邊老唐附和：「就是康姐，快叫她出來！」

王利發不好意思回答：「康姐她辭職了，已經不在學校。」

龐四姨太瞪眼反問：「那她住哪裡，把聯絡方法告訴給老唐，我們自己去找她。」

「這可是涉及到個人私隱，不大方便……未知你們有什麼原因要找康姐？」

豈料老唐年紀雖大卻中氣十足，大聲喝道：「別裝傻了！原因你心裡明白，還要明知故問嗎？把姓康一對母子的下落告訴我們，我們也不為難你！」

龐氏是社會名流，在教育界甚具影響力，王利發自然懂得人情世故。只不過王利發心裡亦衡量過，康姐作為當事人還是讓她離開香港比較好，這樣做也是為了自保。說不定稍微拖延一下康姐便已經登機前往英國，到時要找到他們就不那麼容易。他們在外國，不管香港的事情對大家都好。

「我可以幫忙聯絡康姐看看，明天再給你們答覆……」

老唐卻是咄咄逼人，拿出一條金色刻有「香」字的鑰匙展示在王利發面前說：「你認得這東西吧？別怪我沒有事先警告，總之你把康氏母子交出來我保證絕不虧待你，否則我不曉得在你身上會發生什麼事。你也不希望辛苦經營的事業和家庭出什麼問題吧？」

王利發頓然冒出一身冷汗，再想起小劉剛才的奇怪行為便恍然大悟。這三個人雖然各懷鬼胎，卻都是拿著鑰匙威脅自己。問題是就算王利發同意交人，康大力早就不在香港；又如果讓他們眞的找到康嫣，康嫣和康大力知道當年的眞相又不知會怎樣想。至於小劉居心更惡毒，直接衝著自己而來。

可是王利發別無選擇，只能見步行步。

「我明白了。我把康姐的住址和聯絡方法都交給你們就是。」

「算你識相。」老唐便監視著王利發，直至拿到他們想要的資料才扶著龐四姨太離開學校。

送別二人後，王利發感覺透不過氣來，心跳得很快，只好在學校田徑場附近找到涼亭坐下來休息。就在他嘆氣之際，操場那邊又傳來一道熟悉的老人家聲音。

「阿發，王校長，果然你在這兒。」

「哎喲！常哥，好久不見了！」

人稱常哥的老人，家中排行第四，大家也叫他常老四。而常老四還有另一個身分，他可曾經是香泰的老師，更是王利發的前輩。王利發見到老朋友，連忙招呼他到涼亭坐下敘舊。

常老四興高采烈說：「我剛到附近喝早茶，之後心血來潮就想來見阿發你了。你知道嗎？沿路的風景變了很多，唯一香泰書院依舊屹立不倒，果然是你有本事！」

「常哥你過獎了……」王利發望見常老四的臉，白髮蒼蒼看起來比自己老了許多，不禁有點唏噓，不敢直視對方。別過臉去，豈料又有一位熟悉的老人，衣著光鮮，撐著拐杖，一拐一拐地從操場走過來。

王利發看見便立刻上前攙扶，高興地說：「居然連秦老闆也來了，今天是什麼大日子嗎？」

「大喜日子呢！」

常老四在旁打趣說：「難道要娶新老婆了？」

「咦，你不是常老師嗎！原來你也在，多少年沒見了，眞高興！」

「我早就不是老師，你才是老師呢！」

「不、不，在常老師你離開不久之後我也離開香泰轉行做點小生意，當個小老闆；就只有這小子一直待在學校工作，還當上了校長。結果我們三人當中人生最成功的是王校長啊！」

「不敢當……我的事不足爲外人道。」王利發連忙問秦老闆：「反而是秦老闆，秦老闆剛才不是說大喜日子嗎？到底有什麼喜事？」

「對，大喜日子，我今天正式破產，財散人安落現在心情可好得很！」

「怎、怎會這樣？秦老闆上次見面時你的生意也很順利呀。」

秦老闆坦然笑道：「生意有賺有賠嘛。中美貿易戰再遇上疫情，就連那些上百億市值的大企業都經營困難，我的小生意簡直微不足道，倒閉了當個笑話聽聽就好。你知道嗎？昨天我到前海看我原本的辦公室，原來同層的辦公室也空了不少，結果前海還是沒取代到香港的地位！」

一聽見內地的話題，王利發不自覺地皺起眉頭，秦老闆連忙補充：「我記得以前讀書時，香泰有這麼一條不成文校規——莫談國事！學校是唸書的地方而非談論政治的地方，國家政策輪不到我們插口。所以我破產就只怪自己倒楣囉！」

王利發解釋：「畢竟學生年紀當小，很容易被人影響。但秦老闆都古稀了，難道我還罰你站走廊嗎？」王利發又安慰他說：「我的意思是至少你也風光過嘛，生意沒了，大不了重新開始而已。」

「對，曾經風光。所以我悟出了一個道理：有錢哪，就該吃喝嫖賭；有什麼事情不敢幹的先幹了再說，不然到老還是一場空。」

常老四聽見也苦笑起來。「我早就告訴過你，我們讀書人不應老是想著怎樣賺錢，而是要追求學問。所以我愛讀書呀，可是讀書有何用？只教過幾年書，往後大半生直到快七十歲依然搬搬抬抬做粗重活，結果我的人生比你更可笑！」

秦老闆不服輸，又說：「不、不，我比你更慘呢！別說買天價的龕位，我連買棺材的錢也沒了，這才叫死無葬身之地！哈哈！」

王利發同情二人遭遇，便指向校內彩色繽紛的海報跟二人說：「其實兩位大哥有沒有想過你們有如此遭遇，都是因為國家安全出現了漏洞呢？假如國家經濟安全不受外國制裁，秦老闆的生意就不會出問題，假如國家教育安全學生都是專心學習，學生也不會弄出其他事兒，常哥也能一展教育抱負。」

常老四答：「不愧是咱們的王校長，所以阿發事業一帆風順、家庭美滿。阿發你是有什麼人生祕訣給大家分享一下嗎？」

「哪談得上什麼祕訣。我嘛，只是當了一輩子的順民，不搞事，上面說什麼我就做什麼，只要國家好人民生活自然就好起來而已。」

常老四笑言：「我一生自作聰明都在探路，沒想到國家已經爲人民安排了最好的路！雖然我對自己的人生已經沒有冀盼，但我看世界還是有希望的。」

秦老闆搖頭嘆息，「其實我也只是缺個訴苦對象而已。今天見到兩位願意聆聽我這個破產老人的話，我心情也平復了不少，沒其他想說了。那麼，待國家安全之日我們再見吧！」

常老四應道：「好！到時候我再約大家安全地喝個早茶，再見！」

王利發拱手說：「兩位大哥路上也要注意交通安全，再見！」

——十二月十二日星期二，一則本地新聞。傳統名校香泰書院今晨發現一具男性屍體，懷疑死者吞槍自殺，警方到場圍封學校調查，暫列作屍體發現案處理。據聞死者是該校校長，現場沒有找到遺書尚未知道自殺原因，亦不知道手槍的來源。

十二月十三日星期三，死者證實爲香泰書院的校長王利發。據死者親友證言，王利發近日並無異樣，死前一天仍如常上班；他們認爲王利發不可能自殺，並希望警察早日找出凶手。但消息人士透露，案發當晚死者徹夜未歸，杳無音訊。妻子多次撥打死者電話均沒有人接聽，因爲擔心丈夫於是凌晨時報警求助。及後清晨警察到學校調查，破門進入校長室發現死者屍體。由於發現死者時校長室正鎖著門，因此警方初步推測死者是吞槍自殺。

星期四，香泰書院案再傳來驚人的消息。原來當初警察並非在校長室內找到懷疑自殺用的手槍。警方在蒐證期間只發現校長室內有個保險箱，裡面藏有手槍子彈，地上則掉落一把金色鑰匙，然而手槍卻在校長室外走廊的其中一個花盆底發現。凶器的位置與之前死者反鎖在校長室內吞槍自殺的推斷明顯矛盾，因此警方正式把案件列作謀殺案處理。

據悉找到的手槍屬「點三八軍警型左輪手槍」，與保險箱內還有死者頭顱裡面找到的子彈吻合。至於校長室內的保險箱有裝過其他東西的痕跡，卻在命案發生後裡面只剩下幾發手槍子彈。警方懷疑保險箱內的東西已經被凶手取走，死者的死可能與那東西有關……

第二折

十六年前，因應三三四高中教育改革，爲更有效分配師生資源，香泰書院在二〇〇七年籌得善款得以在暑假開始翻修校舍，到開學後有時候影響到平日教學進度學生便須於星期六回校補課。除了學生須補課，教師也要進修；一些課程因改革刪除，受影響的老師便要轉教其他科目，例如改革重點的「通識教育科」。當年新設的通識教育目標是訓練學生批判思維、獨立思考，這樣的課程該如何授課對教師來說也是個新挑戰。

不過那時候王利發已經是半個學校管理層，可以找藉口順便減少教學工作。最近升職成爲副校長的他在香泰書院默默耕耘二十幾年，見證著學校的變遷，與同事和校董會的關係良好，理所當然亦是將來接任校長的熱門人選，前途可謂一片光明。

整個學校都洋溢著樂觀向上的氛圍，教師就算星期六加班亦少有怨言。王利發回到教員室坐下工作，聽見一眾教師的話題只有一個。

「特別推薦1688阿里巴巴一定爆升，昨天沒跟到的可別後悔囉！」陳老師興奮地說。

「聽你口氣那麼大，你買了幾手？」林老師問。

陳老師舉起四隻手指，「四個字，多多益善！我昨天也說過就算借孖展[4]也要重錘出擊，這樣的穩賺的機會不多。你想想你買下股票後就坐下來等收錢，連馬雲都是替你打工耶。」

對面的宋老師問：「這世上真的有穩賺的好事？」

「當然啦，現在恒指三萬幾點，每日成交都過千億；你閉眼亂點一隻IPO都賺，差在賺多少而已。你看3833那個什麼金金礦業首日便升了超過一倍，收報十四元多，我連它公司名也不會唸還不是照買照賺。」陳老師轉過頭來問：「王副校你說對不對？」

「港股直通車，國內大量熱錢流入，國家好香港好，未來香港經濟只會愈來愈好。」王利發笑言：「以前我們學校有位秦主任，他棄教從商當秦老闆，如今在內地混得風山水起的。」

——叩叩。

一位職工走進教員室說：「王副校長，外面有位姓康的家長說想見你。」

「喔，我出去看看。」

這時間學生仍在補課，學校操場只有一位衣著樸素的少婦坐在長桌等候，王利發只看背影就認出了她。

「康媽媽，妳來學校找我有什麼事情嗎？」

康媽不好意思地回答：「因爲我沒有王副校的聯絡方式才冒昧來學校找你，如果阻礙到你工作的話我先向你道歉。」

「不要緊，你們母子也曾是我的學生，也算緣分，有什麼事我幫得上的盡量幫。」

「我就知道副校長你心腸好。其實我只想問問你們學校缺不缺校工？副校長你知道我單親把大力照顧成人，什麼苦都能吃！洗廁所、清潔、搬搬抬抬的我也不輸男人！」

「校工嘛……最近學校改革確實有考慮增加人手。」王利發又問：「但怎麼還要妳這位母親四處奔波找工作？康大力他畢業後怎樣？」

「唉，像我們這些讀書不多的人，不工作就沒飯吃啦。所以我都把希望寄託在大力身上，但他說要加入什麼政黨做什麼助理，政治那些事情我就不懂了，只知道他底薪不高。」

「原來康大力同學也有一番抱負。」

「對，最近才撐傘爭取二〇一二雙普選，之前又上街遊行要求釋放劉翔……」

「是程翔吧。劉翔的話明年北京奧運可以看到呢。」

康媽苦笑：「王副校你看我就是不大懂，只知道讀書時不談國事，到現在我還不大分得清誰人是什麼政黨。十二月有立法會補選，我聽大力說是填補民建聯主席的空缺，什麼坦克車之類的……」

4 孖展：在粵語中指保證金，在此指的是借貸融資。

看見康媽愈說愈擔憂，王利發便安慰她說：「康媽媽妳放心吧，現在國家改革開放，也願意聽取人民的聲音。每年七一遊行不也相安無事嗎？妳兒子可能賺不了大錢但也一定能養活自己。」

「說的也是，至少大力不像他外公那樣有錢就拿去賭，賭到連命也掉了。」

王利發對康媽的家庭狀況很清楚。因爲某些原因，有段日子他們康家的確是不愁衣食。代價是康姐只能獨力把孩子撫養成人。

「就這樣吧，妳來學校當校工的事情，我會盡量安排——」

正當王利發掏出手機時意外從褲袋掉出一串鑰匙，康媽連忙蹲下替他拾起。

「咦，這金色鑰匙……」

王利發眼明手快把鑰匙接到手裡，「謝謝妳。一切事情我會辦妥，妳回家等好消息就可以。」

「我才要謝謝你呢，王副校長。」

康媽站起來向他鞠躬道謝，然後王利發送她到校門離開。可碰巧的，康媽剛走不久，王利發又在校門口遇見熟人。一個皮膚黝黑的中年男人迎面而來，王利發感到驚訝先打個招呼。

「咦！你是常哥嗎？」

常老四點頭，「是呀，阿發，我們很久沒見。」

「對上一次見面差不多十年前。看你現在變成另一個人似的，健壯又精神！」

「倒是你沒有怎變，依舊在香泰教書。不過職銜有更新，我還沒祝賀你剛升職當副校長呢。」

「都是虛銜，做的事情還多了，比以往更辛苦就是。」

「也對，通常其他主任都不願意接這個燙手山芋，但我知道你不一樣。你有心想改良學校造福學生，有目標所以才會成功。」

「常哥你太過獎了……」王利發對常老四一直感到愧疚，又不好意思開口。

「還在爲當年的事情自責嗎？」常老四笑道：「那只是我倒楣，與人無尤，不是阿發你的錯。」

王利發問：「那常哥最近怎麼樣？生活還好嗎？」

「我啊，其實也剛好在這裡工作……」

「哦，這不是常老師嗎？」校內走來一個警察，語帶嘲諷對常老四說：「不對，你現在已經不是老師了吧，還記得當初是我親手把你抓進牢的。」

常老四挺胸回答：「托福！我在獄裡過了幾年挺充實的，生活有規律，表現規矩有時間還能讀書進修，甚至考了個文憑真夠諷刺。反而唐Sir你又來香泰抓人了嗎？」

王利發代爲回答：「唐Sir他現在是警察公共關係科的學校聯絡主任，今天幫忙來學校主持安全講座。」

「看來唐Sir這幾十年也混得不錯。我記得你們以前專門針對愛國學校，現在又愛國了。」

唐Sir答：「有英女王的時候我們效忠英女王，現在特區成立十周年嘛我們也效忠特區政府十周年。同樣是公務員，人家說教師是鐵飯碗，我看警察才是。國家可以沒有教師，但總不能沒有警察對吧？」

「你說得對！我啊，不效忠什麼政府；以往當教師教好學生，現在就賣力氣建設社會，腳踏實地活得自在！正好我也要回去工作，沒空閒聊，告辭！」

望見常老四大步走向校內的工地，唐Sir不忍笑道：「這麼多年那個人還是如此固執，不過他也挺可憐的。」

「是的……」王利發意外地望向他問：「咦，唐Sir也覺得他可憐嗎？」

唐Sir瞧了一眼王利發，小聲反問：「二十幾年前的案件，他是揹了黑鍋坐了冤獄吧？我沒有證據，純粹是警察的直覺而已。反而王副校是相關人士我猜你知道點什麼內幕。」

王利發目不轉睛地盯著唐Sir，沒有回答。

「你什麼都不用說。我聽過以前校長室還放著一把手槍，就算已經退居幕後，但龐家還是不好惹的，我什麼都不想知道。」唐Sir笑言：「其實二十幾年前DNA技術尚未成熟，要是重新檢驗一下證物的話說不定會有新發現。只不過沒有人會想這麼做，就連當事人那呆子也沒想法，我猜你身爲目擊證人也不方便推翻自己證供惹火燒身是吧？」

「我、我聽不懂你的話。」

「哈哈。我心裡有這個疑問很久了，今天總算能夠說出來舒服了不少。」唐Sir拍打王利發的肩膀說：「倒是你不知道還有什麼祕密要守多久呢？教育界的明日新星，我們的王利發副校長。我只忠告你一句，只有死人才能永遠保守祕密。」

第三折

英殖時期，傳統愛國學校不滿殖民政府獨裁管治、反對法西斯奴化教育，因此杯葛殖民地的會考，也刻意貶低英語的地位，結果畢業生大多只能從事較低學歷的工作或到中資機構打工。之後經歷六七暴動，有愛國學校把實驗室用作土製炸彈的生產工場，自此「愛國學校」被標籤成帶有貶義的「左派學校」，漸漸被香港人遠離。

到了七十年代，香港百廢待興，英殖政府爲避免再發生大規模暴動而專注於改善民生的工作，包括推行免費強迫教育，結果卻是進一步打壓以低廉學費作招徠的愛國學校的生存空間。

八十年代，中國改革開放與國際接軌，愛國學校亦不能固步自封，同樣須改良；

考會考、考大學才是硬道理，英語亦同樣重要，就連左派機構亦需要高學歷的人才配合國家發展。

那是一九八三年的二月。

年近歲晚，天氣轉冷，街上行人也穿起了大衣。兩名年輕警員唐Sir和劉Sir當值巡邏，看見車站附近有義工正協助市民登記做選民。接下來的三月將會是首次全港市民一同參與的普選，選舉氣氛從街上蔓延至學校也有討論。

學校就像是社會的縮影，午休時有學生在田徑場跑步互拚時間，坐在涼亭的學生替健兒打氣，或者另一邊象棋對奕引來其他男生圍觀，又有長桌上一群同班好友飯後在談天說地，校舍到處都是笑聲，熱鬧非常。

常老師年輕有活力、知識淵博、沒什麼架子，外表也俊俏，因此很受同學歡迎。在午休時他經常與學生打成一片，無所不談。相反王利發老師今年才新入職，還沒掌握到應該要怎樣才能成爲一個好老師；不過笑面迎人、多說好話、八面玲瓏的總不會出岔子。

「阿發。」

正當王利發倚在校舍走廊的欄杆看著操場上各種風景時，有位姓馬的資深教師走來關心他這位新同事。

「新入職習慣嗎？」

「托賴，都是前輩教得好，香泰的學生都很認眞學習，不需要我們操心。」

「哦，這就好嘛。」馬老師回答時不經意打了個呵欠。

「前輩昨天睡得不好嗎？」

「昨天是工作得很累，一回到家本想打個盹，殊不知有選舉團在洗樓拉票，硬要拍門講解他們的工作之類的。」

「對呢，下個月是區議會選舉，但我沒登記做選民也沒什麼想法要不要投票。」

「這是公民權利嘛，投一下又不用錢。」

「——此言差矣。」忽然常老師出現打岔說：「天底下哪有免費午餐，英國人給你們所謂民主選舉肯定沒安好心，我看他們只想把反對聲音吸納到建制內然後滅聲罷了。殖民制度一天不改變，香港也不會有眞正的民主。」

對方反問：「可是當上區議員能夠拿英國殖民政府的錢替市民做事，建設社區，這不是很好嗎？」

「我要建設社會不需要加入殖民政府，我當老師也可以造福人群。」

「好啦好啦，常老師我說不過你。」

接著又多一人插話：「照我說，你們二人的著眼點都錯了。」

常老師道：「原來是秦主任，請指教。」

「英國人積極在香港推行民主選舉目的就是要分化香港不同的利益集團，分而治之、製造矛盾，如此一來就算英國人撤出香港也能安排代理人繼續撈殖民地的利益。」秦主任說：「所以嘛，一直以來都是英國人和中國人在鬥法，你看中英談判都沒香港說話的空間。結果中英雙方簽署《中英聯合聲明》，香港也確定要歸還給中國，我們的著眼點就放到中國身上吧。中國如今商機處處，我打算一有本錢就在內地大展拳腳，建立一番事業，務實地賺錢。在香港談論政治是沒有前途的。」

「這不是爲了自己賺錢而已？我們讀書人應當追求知識，教育好下一代，國家才有希望。」

「常老師你不懂。人民有錢，國家才會富強。而且香港人到內地做生意有優勢呀，我們會說英文又擅於跟洋人打交道，能夠幫助國家與外國接軌。那時候國泰民安，誰還管你有沒有選舉呢？」

看見二人互不相讓，王利發便搶著打圓場說：「我看各位都有不同抱負，也是用不同方式建設香港，都值得敬佩。」

「——老師！常老師！」突然有幾個學生跑來，神情緊張，「常老師，康同學暈倒了！」

那位康同學正好是常老師的學生，於是常老師十分緊張馬上就跑往操場察看。那位康姓的女生倒在操場中間，周圍一堆學生議論紛紛；常老師把在場圍觀的趕走後便詢問了學生在場的狀況，似乎康同學突然感到不適就暈倒了。但至少康同學呼吸脈搏都正常，於是常老師便抱起她送往醫療室觀察。

王利發頭一次遇上這種事情，幫不了忙，只能在旁邊感嘆希望康同學沒有大礙。

「阿發，你先跟校長備案。」馬老師說。

「咦？只是昏倒而已有必要勞煩龐校長嗎？」

「有備無患嘛。」

畢竟馬老師跟校長關係不錯，王利發雖不以爲然仍照樣做。但他們都不知道，這時候在校長室裡面，龐校長正在跟當時的副校長討論學校的人事管理。

「總之替我把那個姓常的給解僱掉吧。」

「我懂，若要跟政府申請津貼，像他那樣沒唸過大學的教師只會影響學校評價。」

「當然你沒必要那麼坦白，只需讓他明白自己處境便可。現在正審計帳目我不想節外生枝。」

——叩叩。

龐校長聽見有人敲門，便中斷了對話，讓門外的王利發進來。

「學校有位女生暈倒了，暫時在醫療室休養，我先來給校長備案。」

龐校長皺眉問：「那學生情況很嚴重？」

「呃……尚未清楚，不過感覺應該還好。」

「好，我知道了。」正當龐校長想打發王離開時，馬老師卻緊張地親自跑來。

「事情變得麻煩，我們在暈倒的康同學的隨身物品裡發現了驗孕棒。康同學似乎懷孕了。」

「什麼！」龐校長大為震怒，「我們學校豈能容許有這種事情發生……但先不要驚動其他人，等康同學醒來再私底下問問她發生什麼事。」

「抱歉，之前沒想過事情會變成這樣，有老師已經通知了學生家長來接放學……而且驗孕棒不是我們找到的，是其他同學在替她收拾書包時不經意發現，所以班上同學也都知道。」

「你們是怎樣管理學生的！算了，先把學生關在課室裡面留堂，別將事情張揚。」龐校長嘆氣說：「我親自去處理，副校長你也跟來。」

但校長等人來到醫療室時，不只見到康同學已經醒來，康父更在現場大吵大鬧，又責罵女兒和學校。內容當然是逼問孩子父親的身分。而且康父認為自己管教嚴格，女兒平日都沒有在外面亂交朋友，肯定是學校的錯，甚至肯定孩子的父親就是學校裡的人。奈何康同學閉口不談，就算龐校長厲目盯著她，她也不願透露對方的身分。

「好啊！」康父怒道：「妳不說，學校也不說，那我打電話報警讓警察來查查到底是哪個畜生搞未成年少女！」

龐校長立刻制止，「康爸爸別衝動，其實我們學校的心情也跟你一樣。但我們也得考慮康同學的感受。而且只是一根驗孕棒還不能夠證明什麼，可能東西不是她的，也可能檢驗的結果出錯。總之我們先冷靜處理事件吧。」

「你別欺負我讀書少，無論結果如何會主動驗孕就已經說明有畜生搞我的女兒！今天我一定要討個公道！就算沒有公道，你們學校不賠個一百幾十萬也別想打發我走！」

「康爸爸你聽我說。我保證我們學校一定會把那人找出來。在此之前家醜不能外傳，這對康同學也有壞影響。」龐校長便指示在場教職員讓康父冷靜，接著瞧了一眼王利發，小聲對他說：「王利發你跟我來。」

「我嗎？是的。」

王利發不明所以地跟隨對方來到校長室，關門後龐校長坦白告訴王利發，其實校方早就知悉康同學的事。龐校長打開抽屜拿出一疊康同學的私密照片放到桌上，王利發看了有點尷尬。

「這、這是什麼意思？」

「你也是那女生的教師吧？我問你，學校內你有見到她經常跟什麼人在一起？」

「我沒怎留意學生的交友圈子，我想常老師會比較熟悉他的學生。」

「對，他就是太過『熟悉』自己學生了。」

王利發睜大雙眼，「校長是說……經手人是常老師？」

龐校長點頭，小聲說：「這些照片是在他辦公桌的抽屜裡面找到的，證據確鑿。

這可令人十分頭痛。」

「那為什麼不當場指控常老師呢？」

「攸關校譽，要是外面的家長知道我們學校有個禽獸不如的教師，他們還願意送子女來香泰上學嗎？現在我們已經被殖民政府視作眼中釘，稍有差池整間學校數十年心血就化為烏有；我不能讓香泰在我手上倒閉，偏偏姓常的又死不認錯，現在弄到連女方父親也知道，已經不能再拖要盡快解決。」

「校長有何想法？」

「解決不了問題，還解決不了人嗎？」龐校長把一個裝得厚厚的信封放到桌上，「你跟姓常的相熟，總之你用你的方法把信封塞進他的公事包，接下來我就有方法處理。但我提醒你千萬別打開裡面看。」

「這好像不大好吧……」

「難道你要把他們二人的醜事公告天下讓學校蒙羞這樣才叫好？」龐校長收斂了脾氣，氣語變得祥和勸道：「王利發你跟姓常的不一樣。他已經被時代淘汰，而你英文好有大好前途，我很看重你的。你是聰明人該知道怎麼辦。」

王利發內心掙扎，不過他誰都不想得罪，如果只是幫忙放個信封的話好像還可以。只是他們不知道，二人在校長室商量對策的同時，康父在校內大吵大鬧，終於鬧到校門口直接找來兩名正在巡邏的警察告狀，分別是姓劉的和姓唐的巡警。

「兩位差大哥！」康父纏著二人說：「這間學校有人強姦了我的女兒！兩位差大哥一定要替我主持公道！」

兩位警察聽見便跟隨康父走進校園，卻馬上被學校職員攔住。

「事情並非像那男人說的那樣。這是學校內部的事，不用勞煩到警察。」

「就是你們學校搞我女兒的！兩位差大哥別聽他們胡說！這間學校很有問題！」

劉Sir雖然對康父的話半信半疑，但過去有段時間港英政府爲了提防左派校園勢力經常派出警察巡視校園周圍收集情報，甚至連學校的教師都認得出劉Sir了。所以當劉Sir知道香泰書院可能發生校園性罪行之後，便主動要求在校內調查，看看能否立功。

眾人擾攘一番仍無法阻止兩位警察進入校園，後者甚至開始分頭在校內跟學生套取情報，而龐校長卻一無所知。此時龐校長找到了康父，花了好些脣舌才讓對方暫時不再鬧事。然後龐校長又要爲常老師的事情在校內奔波，想著王利發也在暗地裡辦事，沒料到他居然在一樓看見王利發呆站在男廁門外，好像不知所措似的。

「王利發，我交代的事情——」

「哇啊！」王利發嚇了一跳，連忙把手裡的美工刀藏到身後。

龐校長隱約瞄見美工刀上的血跡，冷靜問王：「廁所裡面是誰？」

「不，不是我幹的！我只是來到門口看見地上有把美工刀覺得危險便拾了起來，」王利發走入廁所解釋，「然後我聽見廁格裡有聲音，打開一看就看到這個……」

龐校長跟隨王利發來到事發的廁格，裡面竟躺著一個胸口染成鮮紅的警察！看那個出血量相信人已經死了。王利發則猛地搖頭說：「眞的不是我幹的！校長你要相信我！」

「我當然相信你。其他人我不知道他們會怎樣想，但我知道你不是這樣的人。」龐校長拍他肩說：「人嘛，總有一死，他死了跟你有什麼關係？」

「沒有關係，我只是發現了屍體！」

「而且有些人，沒有活著比活著好。」龐校長看見廁所地上散落的信封和文件還有一疊鈔票，便對王解說：「聽著，最近學校帳目有些問題，本來我想借來脅迫姓常的就範，但如果帳目被外人甚至被警察知道就不好。」

王利發立刻把東西撿起來收進信封裡。

龐校長續道：「至於那把美工刀，你先抹走自己的指紋，然後不用把信封塞給他了，把凶器放到他位子上吧。」

「其實這把美工刀我認得是常老師的……」

「那更好。抹掉指紋後，你去洗個手，穿回外套。等會守在走廊外面，我會讓常老師來廁所走一趟，那時候你就是目擊證人。你明白我的意思？」

「這……明、明白。」

王利發像靈魂被抽空似的，拿著美工刀打算走回廁所內，馬上被龐校長拉住了。

「你瘋了嗎？萬一被人發現你在屍體旁邊清潔凶器怎麼辦？往另一邊女廁吧。」

學校的男女廁在走廊的兩端，王利發便渾渾噩噩地走往女廁清理自己和凶器，回來時卻發現常老師比預期更早出現！而且常老師似乎聞到男廁有異味正往裡面走，王利發一時情急，只好把美工刀藏到走廊上的花盆後面，然後按照龐校長的指示日後作爲目擊證人把殺人的罪名推得一乾二淨。

其實他覺得自己也沒什麼做錯，只是聽龐校長的吩咐行事，偷偷在常老師位子動手腳時卻不幸被劉Sir撞個正著。劉Sir不聽解釋，把東西搶到手裡；王利發一直追他到廁所，不知什麼原因信封裡不小心夾了一把美工刀，二人發生了爭執，最後發生意外，意外則變成只有王利發和龐家知道的祕密。

王利發沒料過，自己的命運、香泰書院的未來都將一同被龐校長鎖在保險箱內；連同香泰的問題帳目作爲黑材料，也是雙方的投名狀。其實王利發一輩子都活得不安心。

〈學舍〉完

浮士德殺人事件 一

冒業

隨著觀眾席逐漸填滿，香港文化中心劇場內的談話聲響也愈來愈大、愈來愈混雜。漸漸地，所有位子都坐了人。

劇場正中央是事先設置好的四向舞台。舞台被觀眾席團團包圍，只留下一條通道連接後台。舞台形狀爲空心的正方體，正中間形成了有如四面都是高山的盆地。

從這裡可以遠眺票價最昂貴、只有三列的A區座位。最高一列坐著五名身分特殊的觀眾。他們是曾經參與推理短篇合集「偵探冰室」系列的推理作家，今次前來觀賞改編自《偵探冰室．劇》其中一部短篇的舞台劇版。作家們就跟其他觀眾一樣交頭接耳，藉著閒聊打發時間。

可是原作者並不在這群人當中。

因爲，他今次不是普通的觀眾。

「各位觀眾，節目即將開始。節目開始前，請將手機或其他響鬧、發光裝置關掉，讓您能夠專心地欣賞節目，並避免打擾其他觀眾和表演者。請不要在觀眾席飲食。爲尊重表演者及場內觀眾，節目進行期間，請盡量避免發出聲響及談話。如在演出中途需要離開觀眾席，請等待至該節目段落結束時離去。如欲再進場，請按照場地的安排。請於表演完畢時才鼓掌。」

嘈吵的空間頓時鴉雀無聲。

燈光熄滅，《浮士德殺人事件》正式揭幕。

地點是比雲層更高的天界，空氣中瀰漫著莊嚴的管風琴旋律。

白衣天使長拉斐爾、加百列和米迦勒站在高台的三角，輪流向上帝匯報世界近況。沒有實體、只有聲音的神在「上方」專心聆聽。

三位天使長提供的全是神所樂見的消息。太陽和群星照常運作、地球仍在旋轉、日時在推移，創世功業依舊美好。

然而，站在最後一角的卻是身穿繡金邊紅袍、頭插雞毛的貴公子。他公然唱反調，把上帝最鍾愛的人類貶得一文不值。他一說話，管風琴音樂馬上變調，純潔無瑕的萬物之歌被加進黑色的雜音。

「主啊，太陽和其他球體的狀態怎樣都好，我只看到痛苦不堪的世人，他們不是充滿迷惘，就是假裝喜樂，或是互相憎恨，比我這身打扮還要滑稽。更慘更滑稽的是他們對此毫不知情，以為自己身在福中。祢以自身的形象創造他們，卻冷眼旁觀他們一個又一個墮落，難道就不心痛嗎？還是說，祢和我一樣只想看他們笑話呢？」

他就是否定的精靈、破壞的精靈、在伊甸園誘惑亞當和夏娃墮落的古蛇的遠房親戚——惡魔梅菲斯特。

天使長們以不悅的神色瞪著這位不速之客。惡魔居然敢膽質疑上帝立心不良，是何等的傲慢，但更加令他們不快的，是主居然一直准許這異物進入天界。

「看來梅菲斯特就跟星星、月亮和太陽一樣照常運作，發揮著蔑視一切的機能。」上帝淡然應道，「可是你每次來都是發同樣的牢騷，難道世間就沒有稱心的事？」

「沒有！特別是人類的淒慘模樣連我都笑不出來！」

「歧途只是暫時的，他們終歸會回到正確的道路，投向天國的懷抱。」

「我可不這麼認爲。就算浪子短暫回頭，也只會重複被我的親戚迷惑至被趕出伊甸園的悲劇！不信的話，我就令祢最忠心的僕人墮落給祢看！」

「嗯……你認識浮士德？」

「那位博士？」

「對，浮士德雖然明白自己是有限的人類，但還是完全不染指觸手可及的娛樂，一心追求最美的事物、最高的知識、最大的快樂、最終的善。這是他侍奉我的方式，儘管仍在掙扎，但終有一日會開花結果，進入澄明的境域。」

「上帝……祢允許我勾引他脫離靈魂的本源？」

「隨你去吧。人在奮鬥時，難免迷誤。而人類實在太容易鬆懈，需要一點外在的刺激，這就是我放任你等存在滋擾他們的理由。倘若你成功，浮士德就歸你所有。」

大部分燈光熄滅，餘下一盞照向梅菲斯特。天界關閉，上帝和大使長同時退場，留下惡魔獨自沉思。

「上帝難得主動跟我這小魔頭打賭，他對那博士邁向天國的旅途想必充滿信心。哎呀……看來不認真一點不行呢。我要再增加一點籌碼。」

梅菲斯特綻放出笑容，心中盤算著他的大計。

經過漆黑一片、只有搬運和腳步聲的片刻，重新展現在舞台上的是個堆滿紙質物品的書齋。正中間坐著一名身穿長袍、假髮和假鬍子都斑白的飽學之士。

「唉……」

學者垂頭喪氣地搖搖頭。

「哲學、法學、醫學、神學，我浮士德爲追求智慧，拒絕一切世俗娛樂，埋首鑽研學問，換來的卻是一個又一個世俗的名譽。什麼碩士、博士，什麼老師，我內心只感到空虛。我以爲知識會帶來快樂，結果只徒增對自身無知的自覺。我年過半百，已不年輕，體力也在下降。再這樣下去，這一生也只會是毫無意義的虛度。」

他站起來，踱向另一個印著魔法陣的書桌。

「於是，我開始染指魔術，試圖借助精靈之力去了解世界最深處的祕密，結果只換來地靈的嘲諷！難道遠離塵世是錯的嗎？凡人就只能放棄最高的智慧，及時行樂？還記得跟我助手瓦格納出外散心，看到很多美麗的風景和看起來很愉快的平民。我的餘生是否應該放棄追尋那雙飛翔到天外永恆世界的翅膀，專心欣賞地上的美？」

他用力搖頭，重新回到正中央的桌子坐下，翻開原文《聖經》重啓翻譯作業，試圖從天上的話語獲得慰藉。

這時，一名裝扮成黑色獅子狗的男子在浮士德背後悄悄以四肢爬行。專心將聖典譯成德語的博士並未發現偷偷潛入書齋的動物。

浮士德正要提筆寫第一句，卻在筆尖觸碰到紙的前一刻就將它放下，拿不定主意。

「太初有言……？」

獅子狗彷彿遭受重擊一般往後一跳。

「太初有思……？」

獅子狗又再被無形之拳打中，重重倒地。

「太初有力……？」

獅子狗在地上痛苦翻滾。

「太初有爲！」

浮士德對這翻譯十分滿意，終於在紙上寫下第一句。這時獅子狗終於抵受不住痛楚，撲上去朝他狂吠。

「你是我之前在外面見到的那頭黑狗……？爲什麼那麼害怕？難道你抵受不住譯經的神聖力量？你是惡魔！」

他一把抓起書桌上的十字架基督像舉向獅子狗。

「顯出你的眞身！」

噗一聲，一陣煙霧籠罩獅子狗的全身。煙霧散去後，獅子狗不見了，取而代之的是身型瘦長的中世紀貴公子。

「惡魔，你是何方妖孽？」

「稍安無躁。在下名叫梅菲斯特，是否定的精靈。凡是出生的，終必註定毀滅。虛無才是萬物的終點，我只是幫助大家提早抵達盡頭。」

「可是神愛世人，他更在不滅的永恆國度預留了位置給我們。你顯然是誘使我們遠離救贖的惡魔，眞是萬惡不赦！」

「請別這樣說。我跟那位先生也是老交情了，他根本就允許我們繼續存在。況且，正因爲毀滅是不可避免，稍縱即逝的美才顯得可貴啊不是嗎？」

「很不巧，我就是對這些不感興趣，你走吧。」

「嗯？你准許我告辭？」

「爲什麼需要我准許？」浮士德一臉不解。

「我們惡魔有規則，進入時自由自在，離開時卻是奴隸，必須從原本進來的同一個地方離開。然而這書齋的門檻刻著驅魔用的五角星形魔腳，把我唯一可以離開的途徑堵住了。」

梅菲斯特望向畫有圖案的梯級。

「沒想到地獄也有法治，看來跟你們訂下契約也是會乖乖遵守。」

「是的，凡是契約有寫的權利你丁點都不會少。」

梅菲斯特瞇起眼。

「浮士德博士，你有意跟我簽契約嗎？只要你願意，我可以當你的僕從，滿足你的願望。」

「哼，眞可疑。」浮士德雙手抱胸道，「惡魔絕不會出於善心免費爲人效勞，這對你有什麼好處？」

「在死後，你的靈魂會成爲我的所有物。」

「這沒什麼，我對死後不感興趣，但更重要的是，你在今生能給我什麼？」

「永恆的學識。你一直夢寐以求著它吧？同時我在你今生任由你差使，我掌握的法術可爲你呼風喚雨。」

浮士德遲疑了一會。

「……你眞的可以實現我的夢想？」

「我可以讓你窺探些許世界的本質。」

說罷，梅菲斯特抬高右手彈指。

射燈向舞台照出太陽系的形狀，星體不斷螺旋運轉。

「啊……啊啊啊……啊啊啊啊啊……！」

浮士德心神渙散，思緒被突如其來的艱深知識浸沒。

「我突然懂了……爲什麼我一直都沒有搞懂這麼簡單的問題……！物質和能量可以互換！時間和空間其實是同一回事！這就是世界的構成！」

「好了，試用的話應該差不多。」

梅菲斯特再次彈指。群星消失，浮士德的神智也隨之恢復。

「剛才就是眞正的智慧……！眞是……太美妙了……！」

「剛剛是連千分之一都不到的眞理而已。博士，這下你相信我了吧？」

「……可是，這樣借助惡魔的力量不勞而獲絕對非正途！」

「博士，你的德語跟古希伯來語是跟誰學的？知識又是從誰寫的書中讀到的？人的成長向來都要建立在他人的成果之上。那麼，借的是人力還是惡魔之力又有什麼不一樣？況且天國的位置也不是你們人類自己爭取的，而是充滿慈愛的神留給你們的啊！難道你們會因此就放棄救贖機會嗎？」

「若要成功，必先承認凡人的限制，才能找出正確的方法……沒想到居然是惡魔教會我這顯而易見的道理！」

「博士你意下如何？體會過全知的喜悅的你，想必希望這份喜悅可以持續下去，加上我親自侍候你，即使用死後的靈魂交換也很划算啊。」

「……好吧。梅菲斯特，我跟你訂下契約。」

「太好了！麻煩你將條文寫在卷軸上，並且再用一滴血簽上你的名字。」

「沒想到地獄使者的契約也這麼正式。」

「血是特別的液體，它會令契約帶有強制力。」

「原來如此。」

浮士德坐下來，提筆在書桌上對一份卷軸做出寫字的動作，再用小刀刀尖碰向食指，以指尖在卷軸右下角畫出「Heinrich Faust」的形狀。

浮士德站起身，拿起完成的卷軸轉身向惡魔宣讀：

「本契約包含下述諸條款。」

「首先，浮士德必獲得永恆的學識。」

「其次，梅菲斯特必成爲浮士德的僕從，聽他差遣。」

「最後，在成爲僕從期間，梅菲斯特必須爲浮士德使用法術，盡可能滿足主人的一切願望。」

「我，海因里希．浮士德謹此聲明，若上述諸條款並未被違反，我死後靈魂將轉讓給梅菲斯特全權擁有。契約會在雙方同意的一刻生效。」

「同意。從此吾將隨汝同在，汝之命運將與吾共存。於此，契約完成。」

兩人腳下亮起了紅色的環狀光芒，象徵雙方因契約連在一起。

「那麼依照契約，我現在給予主人您來自天上的學問。」

梅菲斯特第三次彈指。

群星再度照耀浮士德全身。他抬頭閉眼，雙臂高舉，迎接眞理的知識流進腦海，臉上綻放出滿足的笑容。

「……我花費數十年仍然未能獲得的東西，如今居然一下子到手。我已知道了世界的祕密，這下，所有有識之士都無法與我匹敵，大自然亦將馴服於我！只要交到我的手中，就連沙漠也能變成沃土、海洋也能生出大地，人民會獲得溫飽，國家將變得興盛富強！」

梅菲斯特聞言，不禁「哈」一聲掩住嘴偷笑。

「這人嘴巴說要遠離世間追尋眞理，骨子裡卻仍是凡夫俗子，內心充滿對虛榮和權勢的欲望呢。主啊，這賭局我贏定了。看來放下身段成爲僕從根本多此一舉。」

他清了清咳嚨，轉向浮士德。

「主人接下來打算做什麼？要跟其他博士辯論駁倒他們從而獲得掌聲，還是準備對大自然大興土木，推進人類文明？」

「你知道海倫嗎？」

「恕僕人無知。」

「海倫是古希臘宙斯與勒達之女、特洛伊王子帕里斯之妻。她是世上最美的女人，哪怕一眼也好，我很想見她一面。」

「原來是異邦的古代美女，難怪當代的歐洲惡魔我從未聽說過。」

「梅菲斯特，你有沒有辦法令她復活？」

「要遠古的死者重返人間並非易事。我有一把開啓時空停滯的領域『母親之國』的鑰匙，可以將那位女士的『理型』短暫借來帶到現世，但這只是她的『理型』，並非本人，也無法長久。這是『從虛無發現萬有』的惡魔我唯一可以提供的辦法。」

「如果用來召喚古希臘的神呢？這些神自己就是自己的『理型』，因此『理型』應該擁有他們完整的神力，如此便能讓他們幫忙將冥界的亡者引領至現世。」

「眞不愧是博士，這麼短時間就想到如此巧妙的辦法。」

梅菲斯特從袖子裡取出一條金色鑰匙交到主人手上。浮士德接過鑰匙，轉身朝前方的虛空插入扭轉。無形之門發出解鎖的聲響，接通了無數「理型」所飄蕩之地。

「母親啊，我請求召見盲人先知特伊西亞斯之女曼托。」

浮士德穿過「門」，蹲下來從鑽進高台的暗門，失去了蹤影。

等待主人歸來的惡魔在書齋踱來踱去，隨手拿起不同物件把玩，同時在竊笑。

「眞是出乎我意料。還以爲他最先會追求財富、名聲、榮譽等事物，沒想到居然是美色，而且是別人的女人，好一個飢渴的老頭子。本來還準備帶他到魔女的工房，用魔鏡中的美女刺激他的性慾，看來已經沒必要了。」

「梅菲斯特。」

「主人，您動作真快！」見浮士德重新冒出來，梅菲斯特連忙放下手上的東西，站直身子面向他，「有結果了嗎？」

「我在『母親之國』拜託了曼托以眼睛搜索，她看見遠在達達尼爾海峽一帶，有個不知道是誰用祕術重現了特洛伊戰爭的小小世界。原來海倫早就在那裡重生了。」

「竟然如此！」

「所以我們現在就立即出發，你有馬匹、馬車跟車夫嗎？」

「沒這個必要。」

梅菲斯特伸手用力一揮，一塊紅色的布匹在他手中飄揚。

「這件斗篷可以載我們到天空中飛翔。來吧，主人，我們展開您全新人生的第一個旅程！」

他瀟灑地將斗篷披在自己和浮士德身上，兩人並肩踏著輕快的腳步離開舞台。

經過短短的轉場，燈光重新亮起。

只見舞台上沒有任何能夠說明地點是哪裡的物品或裝飾。只有一個人，以及一張椅子，除此以外空無一物。

正中間的浮士德依舊穿著長袍，雙目緊閉，坐在椅子上一動也不動。

紅衣貴公子登場，左顧右盼，彷彿已經許久沒有造訪過這地方。

「……禁足令終於解除了。這三年以來我被博士下命令，不得踏足這片仙鄉阿耳卡狄亞，妨礙移居至此的他和海倫享受二人世界。身爲僕從我只好乖乖照做。幸好外頭從不缺樂子，可以玩弄的人類多的是，特別是那個好大喜功的愚蠢皇帝，他又忙著跟別人打仗，製造大量苦難了，眞是有夠精彩。」

梅菲斯特瞥見前方浮士德的身影，隨即加快腳步。

「主人，好久不見了！這三年過得怎樣了？怎麼只剩下您一人，夫人呢？」

對方沒有反應。

梅菲斯特好奇地在浮士德身邊打轉，小心翼翼打量著對方。

「主人，你睡著了嗎？」

他把手輕輕放在浮士德的肩膀上。沒想到這麼一碰，浮士德的身軀隨即慢慢傾斜，最終整個人倒下，撞上地面發出巨響。

梅菲斯特呆然地低頭看著依舊毫無氣息的學者。

「……死了。才三年就撒手人寰，我還以爲至少要再周旋五十年呢。」

他一臉掃興地抬腿踩在屍體上面。

「雖然沉迷女色，更搶走了有夫之婦，但嚴格而言仍不算墮落，看來賭局是我輸了。不過我還是會獲得想要的東西。這人死後靈魂將根據契約歸我所有。」

他拿出一顆有著金色外框底座的紫色卵狀寶石，放在手心。

「……咦，空空如也？」

他拍打著寶石，可是它沒有任何變化。

「因爲肉體還沒死透？還是回收機制出現問題？」

梅菲斯特一頭栽進研究收納靈魂的法寶出了什麼差錯，絲毫未有發現背後在無聲無息地接近自己的矮小身影。

小小的身影掏出閃爍著銀光的物體，猛然衝向梅菲斯特。

「啊——！」

突如其來的衝擊令惡魔不由得弓起身子。

那是一名女孩，她手握一把短劍刺中了梅菲斯特的背部。

「妳是什麼人？爲什麼襲擊我……？」

向來從容不迫的梅菲斯特思緒一片混沌。

看起來只有十來歲的女孩抬起頭，朝他展露與其年紀極不相稱的老成笑容。

「梅菲斯特，好久不見。」

「好久不見？」

「你以爲我是垂涎美色才命令你尋找重生的海倫，但這其實只是欺騙你的把戲，我的眞正目的是找出獲得長生不死的辦法。在特洛伊我從未和海倫說過半句話。」

「長生不死……你──你是浮士德！」

「梅菲斯特啊你未免太遲鈍了，居然花這麼多時間才認得主人。」

「你怎麼變成了女孩子？那具屍體又是怎麼回事？」

「我把自己的靈魂轉移到這身體，地上的已是沒有靈魂的陳舊空殼。」

「靈魂轉移……難道你是從復甦的古希臘世界逆向研發出此法術──！」

「沒錯。復生的特洛伊人和亞該亞人其實不是平空出現，而是將古代亡魂附身至現代人的肉身。我運用你給予我的全知能力，分析這些樣本從而習得了靈魂轉移大法。如此一來我就不會死亡，也不需要遵守『死後靈魂將轉讓給梅菲斯特全權擁有』的契約條款。事實已證明我成功了，即使舊的肉體已經沒有生命，你手上的容器還是未能提取我的靈魂。」

「你……說什麼？」

「低賤的魔頭，在見到你一刻起我就知道，消滅你這邪惡之物正是主交託給我的使命。除掉你是我侍奉主的方式！你休想得到我的靈魂，去死吧──！」

浮士德咬住牙關，朝短劍施力。

「豈有此理……區區人類居然想愚弄我……！可惡的老天爺，原來會跟我打賭就是想令我被這瘋子信徒擺一道！自詡完美的上帝竟然用上這種奸狡的詭計！」

梅菲斯特一個轉身，以手刀揮開短劍。這次換成了浮士德不由得呆住，只見手上的短劍遭到截斷，只剩下劍柄，而對方的身體絲毫無損。

「很不巧，博士，我等身體是由地獄的物質構成，凡間的刀劍無法傷我分毫。」

浮士德丟走手中的斷劍，與比自己高一個頭的惡魔彼此對峙。

「梅菲斯特，我現在渴望你的死亡，身爲僕從你得滿足我的願望，用法術自刎吧！」

「哈，哈哈哈哈哈哈哈哈——！」

梅菲斯特仰天狂笑。

「博士，你藉著轉移靈魂避過『死後的靈魂結算』這一著確實漂亮，不過也造成致命的副作用。你曾用血在契約上簽名，但那是你舊肉體的血，如今你身上流著的已是截然不同的血液。所以，你不是我的主人，我也沒必要再遵守契約條款。」

「所以我們之間的契約已形同廢紙？」

「沒錯。不過，我們不會從此毫無瓜葛，而是恰恰相反。博士，你惹到我了，我非常不爽，這世界未曾有人類令我如此不爽過。沒準備好殺死我的手段是你失算了。」

「你要繼續糾纏著我？」

「浮士德啊浮士德，你雖暫時克服了死亡，可是在你眞正死去之後，靈魂會變成怎樣？假如有一天，你決定不再轉移到新的身體裡，執意要離開這世界時，你失去肉體的靈魂還是自由的嗎？還是說契約最後一段仍然有效，它將會變成我的所有物？」

「……」

「沒錯，沒有前例，所以就連擁有永恆的學識的你也無法回答。你無法冒這個險，只能一直轉生下去。而只要你仍在世上，就無法逃過我的魔掌。」

梅菲斯特露出略帶嘰嘲的笑容，向前踏步。

「如果你現在認命放棄，我會讓你死後稍微好過一點。」

「我絕對不向你屈服，放馬過來吧。」

浮士德猛然舉起十字架像，步步進逼的惡魔隨即被神聖的力量彈開。

「哈哈哈哈，很好，那就做好覺悟吧！我很期待你在我五指間掙扎求存的醜態！」

貴公子以輕盈的腳步在舞台上優雅地跑了一圈。

「浮士德，你是我的！你的靈魂是屬於我的！我發誓會令你生不如死，直到你反過來苦苦哀求，恨不得我馬上接收你的靈魂爲止！」

惡意滿溢的笑聲響遍劇場，惡魔退場。

過了一陣子，浮士德才默默放下十字架像，仰天閉目。

「主啊，我成功了。只要這惡魔的惡意全數指向我，他的魔爪就不會伸向其他神的子民。請以祢的大能保佑我，好讓我能承受接下來的煎熬日子。」

接下來的演出就如從時光機的窗口觀看世界一般在快進。人類浮士德和惡魔梅菲斯特之間開始了歷時數百年的漫長角力。

靈魂轉移始終會使另一靈魂失去棲身之所。為了將傷害減到最低，浮士德只會挑選生無可戀甚至已經決心尋死的人，在徵求同意之下取代對方的人生。譬如最初轉移的少女就是被海盜捉走轉賣到摩洛哥的年幼奴隸。

數十年後，少女浮士德已長大成人，她前往義大利佛羅倫斯成為文藝復興的核心人物之一，推動整個歐洲的人文發展。然而自那一天開始，身邊的人接連因為奇異的原因死去，不是意外身亡就是染上疾病，導致身邊的人認為她是不幸的女子，紛紛離她而去。

又過了數十年，轉移至成年男子的浮士德來到法國，與一名女子陷入熱戀。女子卻因為讓失眠的母親服用過量的安眠藥喪命而陷入精神崩潰，從樓頂跳下去自盡身亡。不用說，是梅菲斯特暗中加重藥量的。

時間跳到一百年後，移居至北美小鎮的浮士德與家人過著平靜的日子。有一天，九歲的女兒和十一歲的外甥女忽然染上不明怪病。她們不時陷入昏睡，不時突然尖叫和亂扔東西，更不時全身肌肉痙攣。鎮上的醫生覺得女孩們被巫術蠱惑，請她們指出誰是使用巫術的惡魔代理人。不料在女孩們胡亂指控三人之後引發了小鎮的獵巫風潮，最終被認為是女巫而被抓起的嫌疑人多達數百人，大量人被監禁、處以絞刑甚至被石頭堆壓死。

每當換了個身分，他總能獲得片刻的安穩。然而一旦被梅菲斯特發現，周遭的幸福就馬上被蹂躪成不幸和痛苦。顯然，梅菲斯特故意不直接對他下手，而是將厄運散播在他身邊，從而令浮士德深受良心的責備，覺得是他導致惡魔不斷傷害珍視的人。

浮士德從此孤獨在世界流浪，幾乎不再與人交往，只有一次在奧爾巴赫酒窖將部分個人經歷講了給一個名叫約翰．沃夫岡．馮．歌德的年輕人聽。

時間流動終於慢下來。

故事來到當代香港。坐在舞台中央的青年浮士德身穿T恤和牛仔褲。他正在電腦面前打字，草擬一份公開的網路貼文。

「我就是海因里希．浮士德，被惡魔梅菲斯特折磨了數百年之久的中世紀人類。我不再躲藏、不再害怕，但也不想讓身邊的人受到傷害。梅菲斯特，來找我吧！我們在此時此刻清算一番，來一個了結！」

浮士德按下了確認鍵。

「叫我嗎？」

他的背後傳來隨即熟悉的嗓音。

「你來得眞快。」

浮士德站起身，轉向好久不見的紅袍貴公子。

「我可是惡魔啊，可以自由存取各國政府的網路監控系統，要發現你的文章簡直小菜一碟。」

梅菲斯特環視了四周。

「你家的門檻刻有魔腳，還有你手邊的十字架像，兩者都是你多次用來對付我的小把戲。不過它們只能拖住我的腳步和保護你自己，無法徹底消滅我。博士，你應該很清楚才是。」

「確實如此。過去幾百年，我一直在尋找除掉你的方法。最終我發現，原來線索早已蘊含就在你的話語中。」

「哦，是嗎？」

浮士德舉起十字架像，梅菲斯特被強大的力量往後一推，猛然撞向五角星造成的無形之牆，夾在兩股力量中間動彈不得。

浮士德舉著十字架像，慢條斯理地走向被封印的惡魔。

「你說過惡魔的身軀是由地獄的物質所構成，所以人間的兵器傷不到了你。那麼，只要同樣是由地獄的物質造成的利器，就可以殺死你了。」

浮士德掏出褲袋裡的東西，那是一顆彎月型的牙齒。

「最古老的地獄使者、迷惑人類吃下智慧的果實繼而被神趕出伊甸園的元凶、你的遠房親戚——大紅龍撒旦遺留在世間的毒牙。我花費幾百年時光翻查惡魔學文獻、走遍世界各地，終於在庫德斯坦找到了它。」

「……哈！哈哈哈！」

梅菲斯特不禁啞然失笑。

「原來你這幾百年不是一直只被我玩弄在股掌之間，而是眞的有在尋找殺死我的手段啊！」

「我已說過，除掉你這惡魔就是我對主的侍奉。爲此花上數十年、數百年，甚至數千年也在所不惜。不過我始終低估了邪惡。原以爲你將矛頭完全指向我，結果你故意不這樣做，而是不斷傷害我身邊的人，是我最重大的失算。」

浮士德一臉平靜，低頭俯視長年令他苦不堪言的罪魁禍首。相較之下，倒地不起的梅菲斯特露出充滿敬意的神色，但不是對浮士德，而是對浮士德手中遠比他高級很多的惡魔之牙。

「哎呀呀，到頭來居然是被那位大人的牙刺死，這恐怕將永遠淪爲其他惡魔的笑柄。」

嘴巴上這麼說，梅菲斯特卻一臉泰然，彷彿已接受臨終的命運。

「永別了，我的宿敵。」

浮士德單腳跪下，高舉右手用力揮下，利牙刺中梅菲斯特胸口。

惡魔的生命和舞台演出，都在同一時間劃上句號。

經過半分鐘的黑暗，照明全數亮起。

一眾演員都在舞台現身，當中包括浮士德的演員、梅菲斯特的演員，還有企圖刺殺梅菲斯特的女孩版浮士德。他們雖然略顯疲累，但臉上堆滿笑意，並且散發著大功告成的放鬆氣氛。他們以三人爲一組站分別在高台的其中一邊，四度交換位置向觀眾鞠躬致謝，享受著如雷的掌聲。

「謝謝！謝謝！謝謝大家！」

一名手持麥克風的男子從後台走出來，他是本劇導演兼劇團「時空劇場」的藝術創作總監徐宇峰。

「感謝這麼多位演員，特別是主演David，他的梅菲斯特簡直入型入格，奸猾到令人毛骨悚然。感謝客串少女版浮士德的美儀小妹妹，很多人未必知道，她其實是本劇編劇蔣兄的女兒！」

觀眾聞言馬上用力鼓掌。

「辛苦大家，各位演員可以去休息。感謝眾多幕後，包括化妝、造型、服裝、音響和舞台等，沒有他們就不可能有精彩的演出。感謝合作單位，也是出版了原作小說的出版社星夜出版。感謝香港政府藝術發展局資助，如果沒有他們的支持，大家手上門票的售價將會貴超過一倍。所以大家記得多看幾場啊，這樣就等於退稅了。」

現場傳出一陣笑聲。

「相信很多朋友都知道，《浮士德殺人事件》是改編自『偵探冰室』系列的短篇小說，而很高興地，現在一眾推理作家朋友其實都在觀眾席！」

部分觀眾一邊鼓掌，一邊東張西望，試圖尋找推理作家的蹤影。對此，一眾作家只是乖乖待在座位上笑而不語。

「不過呢，今次最重要的人物不在觀眾席。現在我們有請《浮士德殺人事件》原作者，兼初次走上舞台飾演本劇主角浮士德的推理作家——冒業兄！」

才剛返回後台的青年馬上重新出現，他沒有換下T恤和牛仔褲，因為這本來就是他平常的服裝。

徐宇峰和冒業在舞台的中央位置坐下來，後者亦從工作人員手上接過麥克風。兩人開始了導演、原作者和主演的演後座談會。

「先恭喜冒業兄首場舞台劇演出成功，你現在的感覺如何？」

「……很累，快說不出話來了。」冒業笑道，「不但需要記憶好、身手靈活、有空間感，嗓門又要大、咬字要清晰，心肺也要很好，再加上表情要足夠清楚，演舞台劇簡直是一種燃燒生命的極限運動。我光是演一齣已經馬上想退出，完全不能想像職業演員是怎麼一直演下去。」

「所以最初你提出要親自飾演主角時，我都覺得你膽子真大。」

「現在回想，那時真是有夠不自量力。」

「不會不會，你的表現算不錯。」

「過獎了。」

「我們不如回到作品吧。最初讀到原著時，我覺得它是很異想天開的《浮士德》改編。過去作品的浮士德基本上是個被動角色，反之梅菲斯特是主動的。可是你這篇作品中，雙方都是主動的，於是衝突感就變得非常強。」

「其實我最初的構想很單純的：這是一個很壞的債仔逃避一個很壞的債主的追債故事。浮士德以死後的靈魂作抵押，換取梅菲斯特的專業勞動力——法術以及永恆的學識，這其實是典型的『跨期價值交換』。浮士德當初判斷『今生』比『死後』更有價值，對梅菲斯特而言則是相反，所以雙方才會答應這場交易。結果浮士德利用條款的漏洞無本生利。他獲得永恆的學識後轉移到另一個身體暫緩死亡，就如現實中的騙子一借到錢就捲款潛逃外國。這導致梅菲斯特一直拿不到他想要的東西，只能用暴力手段對付浮士德，最終演變成互相廝殺。」

「這麼說《浮士德》忽然就變成了金融犯罪故事！」

「幸好我們的作家朋友文善今日不在境場，否則我班門弄斧肯定會被她吐槽。」

冒業瞄了A區的推理作家們一眼，大家都笑得合不攏嘴。

「對了，現場有沒有觀眾有問題想問冒業兄？機會難得啊。」徐宇峰蹺起二郎腿，轉動脖子掃視四方八面的觀眾席。

眼見大家都害羞不敢發問，於是我舉起手。

「正中間那位！謝謝！」

徐宇峰指向我。工作人員馬上拿著麥克風跑過來。

「……冒業先生你好，我有個問題很想你回答……而這應該是在座很多人都有的疑問。」我很不習慣在眾人的注視下公開講話，於是說得吞吞吐吐，「你是推理作家，但請問《浮士德殺人事件》真的是推理故事嗎？這部作品雖然是有些許邏輯成分，比如浮士德和梅菲斯特都有鑽過契約條文的漏洞，但是我覺得其實不公平。至於最後撒旦的牙殺死梅菲斯特，雖然前面並非沒有伏筆，但也來得太突然了。加上它們都是天馬行空的設定，而不是一些會發生在現實的案件。最後，標題有寫『殺人事件』，但故事似乎沒有命案，所以……不好意思，很貪心問了好多問題，總之我很想知道你的看法。謝謝你。」

我將麥克風還給工作人員坐下來，其間見到幾名應該是中學女生的觀眾連連點頭表示認同。

「謝謝這位觀眾的發問。」徐宇峰向我點頭致意，然後轉向冒業，「的確就如這位朋友所說，《浮士德殺人事件》和大家熟知的推理故事相去甚遠。冒業兄你的想法是？」

「這是個好問題，也感謝這位觀眾勇敢發問。我就是怕沒人敢質疑我。」冒業清了清喉嚨，說道，「隆納德・諾克斯在一九二八年定下的『推理十誡』，其中第二條寫明『故事中不可存在超自然力量』，這導致很多人覺得推理小說的故事必須是建立在現實的邏輯之上。可是現在，其實我們大多數人都有能力運用邏輯思維跟科學態度去理解超現實的法則。我們在打電玩時，遊戲的運作邏輯總是不符現實的，例如《*Candy Crush*》裡面將同色的糖果連在一起時就會爆炸，正常的糖果哪會這樣？然而我們依舊可以適應。那麼推理小說一樣可以加入超出物理常識的法則，日本近年就很流行『特殊設定推理』。諾克斯這些接近一百年前的規則大部分已經不再適用。」

「所以《浮士德殺人事件》屬於特殊設定推理？」

「應該比較接近異能バトルミステリ——中文是『異能戰鬥推理』。浮士德和梅菲斯特都不是普通的人類，他們之間的『戰鬥』也有鑽規則漏洞的智鬥成分。這是我去年從日本評論家孔田多紀的文章中讀到的叫法。」

「我還是第一次聽說，推理小說的發展眞是一日千里。」

「最後一個問題是什麼？啊對，明明叫殺人事件但沒有命案。至於這部作品裡的命案——」

「導演導演！今次大件事了！」

冒業的話被從後台飛也似地衝出來的工作人員強行打斷。

「發生什麼事？」徐宇峰揚起眉毛問道。

「Dav、David他沒有呼吸——！」工作人員上氣不接下氣地說道。

現場旋即一陣騷動，聽到梅菲斯特的演員暴斃的消息，大家都嚇得說不出話。

「……知道David出事的原因嗎？」冒業憂心忡忡地問。

「應該是這個。」

工作人員小心翼翼舉起一個盒子，裡面裝著演出時作爲殺死梅菲斯特凶器的道具蛇牙。

「我們發現這道具的尖端被人添加了一根細針，上面很可能落了毒。」

冒業滿臉驚愕地轟然跳起，以惶恐的眼神瞪著盒中的道具牙。

「難道說……是我殺了他？在最後一場，是我用它刺向David的胸口——！」

「不是吧！」「居然死了人！」「到底發生什麼事？」「痴線！演戲演到出人命！」「霞姨，都怪妳老是在『命案命案』的，現在烏鴉嘴了！」[1]

全場的觀眾都因爲突如其來的死亡而陷入慌亂。

1 作者註：詳見〈雲吞麵有料到〉，收錄於《偵探冰室．食》。

「稍安勿躁！各位稍安勿躁！」

只有一人依然保持冷靜。

「各位觀眾，」徐宇峰神態從容地站起身，「演出其實還未結束，浮士德和梅菲斯特之間的恩怨仍未了，一直持續至現在的此時此刻。這宗命案以至這場舞台劇都是他們之間的鬥爭的延伸。」

「導演，你在說什麼鬼話？」冒業不禁嘶喊道。

「大家放心，冒業兄和這位工作人員的慌張表情只是演技而已。」徐宇峰對推理作家充耳不聞，逕自說下去，「現在的發展是，冒業兄墮入了梅菲斯特的陷阱，不小心殺害了David。」

「徐導演！別再發瘋了，現在有人死啊！」

「在我身上，」

徐宇峰高聲蓋過冒業的話語。

「有一封由惡魔梅菲斯特寫給所有人的信！現在我唸給大家聽！」

徐宇峰從口袋中抽出一張信紙，開始讀起來。

「各位觀眾，我是否定的精靈梅菲斯特。歡迎大家前來觀賞《浮士德殺人事件》，可是各位是不是覺得意猶未盡？殺人事件在哪裡？浮士德何時才會殺人？別擔心，命案已經發生，凶手也是浮士德本人。」

徐宇峰伸手指向旁邊的推理作家。

「因爲推理作家冒業不只是本劇扮演浮士德的演員，他同時亦是自中世紀一直轉生到現在的海因里希·浮士德本人！他的小說全是源自眞實的個人經歷！這就是爲什麼他替PureHay創作《無盡攻殿》小說版會寫得那麼得心應手，故事中不斷轉生的溥儀就跟他一模一樣！」

沒有人說話，因爲已經再也沒有人跟得上這齣舞台劇的故事走勢。

「不知道各位有沒有發現，剛才的故事有一個從來沒有回收的設定？那就是上帝和我的賭局。上帝曾向我承諾，只要我成功令浮士德墮落，這人類就會歸我所有。這是除了我和博士之外的另一份重要契約。不過問題是，怎樣才能令這人徹底墮落呢？相信現在大家都知道答案了。」

徐宇峰把目光從信紙移到冒業身上，綻放出笑容。

「使他淪爲殺人凶手。」

冒業腳步踉蹌，跌坐在椅子上，六神無主。

「惡魔終歸會取得勝利。梅菲斯特上。」

徐宇峰將唸完的信紙收好。

「所以……演後座談會是演出？David的死訊也是演出？導演讀信也是演出？冒業

現在這副模樣也是演出？救命啊，我愈來愈糊塗了，已無法理解發生什麼事……！」

坐在我旁邊的觀眾用力抱住頭。

看來，差不多是時候要讓事件落幕了。

「梅菲斯特——！」

我站起身，朝徐宇峰用力叫喊，掏出十字架像舉向前方。

「顯出你的眞身！」

噗一聲，一陣煙霧籠罩導演的全身。煙霧散去後，徐宇峰不見了，取而代之的是身型瘦長的中世紀貴公子。

「剛剛的煙霧也是舞台特效嗎……？」

我聽到旁邊有觀眾問道。

「這位觀眾朋友，看來你不是泛泛之輩呢。」

即使被我用神聖的力量迫使他現形，梅菲斯特也依舊從容不迫。

「你是浮士德的同伴？」

「不是，我才是浮士德本人，也是眞正的冒業。」我回答。

笑意終於從惡魔的臉上完全消失。

「你才是浮士德和冒業？」

「在台上跟你對談的那位仁兄，是我長年僱用來扮演冒業，以及在舞台劇扮演浮士德的專業演員。過去幾年我在專心寫小說，需要露面的場合就交給演員代勞，使他的臉孔和筆名『冒業』連在一起，用長達六年的曝光令所有人覺得他是推理作家。」

「我這一生拚命研究推理小說創作。入圍台灣推理作家協會徵文獎的〈古典力學的象徵謀殺〉、〈所羅門的決斷〉、獲得首獎的〈千年後的安魂曲〉、持續參加『偵探冰室』系列，還有長篇小說《千禧黑夜》、《無盡攻殿》和《記憶管理局》。這一切，都是爲了經營『冒業』這號人物。」

我瞇起眼看著舞台上的梅菲斯特。

「做了這麼多，都是爲了製造這個機會。首先讓你發現《浮士德殺人事件》，知道裡面的內容是浮士德對你的直接挑釁，藉此引誘你親臨現場，陷害上台主演的作者本人。以你喜歡戲劇性和幸災樂禍的個性，很大機會會親身嘲笑墮落的浮士德。結果如我所料，你假扮成徐導演混入現場。可是很不巧，誤殺David的人不是我，我至今仍未墮落。」

「哈，哈哈哈哈哈哈哈哈——！」

就跟由David演出的版本一樣，這個梅菲斯特也仰天狂笑。

「能夠擺我一道的人類果然就只有你一個啊，博士。」

「就跟剛才故事的結局一樣，你的退路已經被我用五角星封死了。」

「我想也是，所以我們只能在此互相廝殺，直到其中一方敗陣嗎？」

我一手拿著十字架像，一手緊握比剛剛的道具更像眞物的撒旦牙齒，它們就是我的盾和劍。

我默默走下觀眾席。惡魔一動也不動，靜候我踏上他身處的舞台。

接下來，我，浮士德，將要和梅菲斯特在此展開死鬥。我手執致命的惡魔之牙，所以他會死；而只要他令我現在的肉體死亡，我也無法轉移靈魂，所以我也會死。這是一場人魔對等的比武審判。

在場所有人都屏住呼吸，留心等待下一秒的發展。

現在舞台上發生的是眞實事件，抑或是在演戲？究竟我和這男人是演員，還是眞正的浮士德跟梅菲斯特？我手中的蛇牙又是不是道具？

在座各位很快就會知道答案。

〈浮士德殺人事件〉完

作者訪談

（本文涉及故事謎底，請斟酌閱讀。）

01 據知，由於《偵探冰室．劇》的主題難度較高，相對於以往的集數，作者們這次交稿的時間平均都比較晚。你覺得難度在哪？在創作過程中又遇到怎樣的困難？

陳浩基：我覺得最困難是要花時間仔細重讀打算用來改編的原作。我看書好慢。另外我要懺悔，這回我大超字，各位同僚都守規矩，只有我多寫了五成以上篇幅。因爲不想過度簡單地帶過某些情節（要同時考慮有看過和沒看過原作的讀者），所以刪減不了。

文　善：因爲會有看過和沒看過原著的讀者，改編的時候要顧及怎樣才能給已看過原著的讀者驚喜呢？沒看過原著的讀者，故事中會不會有他們不明白的哏呢？在故事中適度地撮要原著，讓沒讀過的讀者能理解，又要讓看過的讀者不覺得冗長，也是一個考驗。（其實我沒有很遲交稿吧？）

譚　劍：以往五集的主題很單純，但「劇」這個主題的取材文本本身就有其主題，也對我的創作構成限制。究竟「改編」的自由度有多大？要多忠於原著？我一點概念也沒有，在三月底deadline前一星期仍然不知道要怎樣寫。想到去年（二〇二三年）張飛帆兄改編〈重慶大廈的非洲雄獅〉爲音樂劇前向我索取意見時，我叫他放手人改，不用顧慮讀者。上演前夕，我給讀者心理建設，說明是和原著不一樣。所以，這次我改編，也一樣放手大改特改，反正，莎士比亞不會來向我投訴。

夜透紫：因爲人不在香港沒法參與題目討論，得知題目後第一個反應是「天啊這也太難了吧」，甚至一度覺得自己會寫不出來。結果不知道爲什麼，居然變成第一個交稿，很搞笑。

對我來說這次難在選材，因爲我對戲劇沒什麼認識，也不像文科生大都讀過莎士比亞原著，近代戲劇的話又有版權限制，能夠選擇的不多。其次就難在劇本的格式和語法。因爲我選擇了粵劇，粵劇劇本有很多專有名詞，我花了很多時間去查找，雖然最後爲了閱讀上的流暢並沒有全部使用。畢竟這始終是小說不是劇本。

冒業：大概跟其他人一樣，其中一大障礙是花時間努力啃原作，然後整理出可以在一萬多字的短篇用到的元素（所以是兩個小障礙〔原作＋字數〕疊加成一個大障礙）。我事前花了兩個月將歌德的《浮士德》、在法國歌劇院的公演版以及克里斯多福．馬洛的《浮士德博士悲劇》從頭看完。原本只打算改編歌德版，不過熟悉浮士德故事的人應該會發現〈浮士德殺人事件〉最終有混入馬洛版的內容。另一個挑戰是要同時兼顧到熟悉和完全不認識原作的讀者，不過由於我直接以浮士德和梅菲斯特爲主角，也可以在內文提及原作故事的內容，這方面大概沒其他人辛苦。

柏菲思：這次難度我認爲主要是要改編過往已有的劇目，而劇情通常比較複雜，人物也多，將它濃縮成短篇小說，還有加入推理元素需要技巧。我創作〈Toothless〉的時長和以往差別不大，但也有些超字數了。過程中遇到的難題，應該是既要繼承之前兩集寫下來的風格方向，也要把日本的傳統故事融入香港背景，同時兼顧犯罪情節。

望日：在選定改編劇目後，有個問題困擾了我很久，就是如何把謎團（或詭計）塞進去改編後的作品之中。這個問題之大，令我到了三月底deadline還沒動筆，甚至一度覺得今年可能無法參與。（自首：我是八人之中最晚交稿。）後來幸得劍哥啟發，想到《偵探冰室》的構成除了「偵探」還有「冰室」，能夠集中寫好後者其實也不錯。到再之後看到冒業的〈浮士德殺人事件〉，我才完全開竅，寫出這部完全沒有提及「香港」的「偵探冰室」系列作品。

黑貓C：雖然主題相同但大家做法不一樣，大概每個人面對的困難也不同。我自己的情況是如何在不大影響原作劇情下改編成推理故事吧。尤其改編的是中國名著必須加倍謹慎。

02

你會選擇這部原著或故事來改編的最大原因是什麼？

陳浩基：因為我想寫「九唔搭八」[1]的Dogberryism對白。四百年前莎士比亞也會寫無厘頭笑料，而且還是和今天風格差不多的愛情喜劇。

文善：給讀者的小八卦：本來一開始是有討論過統一用莎劇（最大原因應該是無版權顧慮），雖然後來取消了這個限制，但我已選了用《威尼斯商人》（我們每次都是鬥快拿下題目的），而且在構思期間發現竟然可以結合那麼多香港的熱話，又有一個可以發展的謎題，所以就寫出了這部〈威尼斯衰人〉了。

譚劍：首先，我創作推理不是先構思詭計，而是由主題入手，而這文本的「一報還一報」很符合我的要求。

第二，也就是最後，我是在deadline前四日才想到這文本適合，已經沒有時間選擇更好的文本。

夜透紫：《偵探冰室》是香港的冰室，就想到用粵劇或七、八十年代的大台劇[2]，最有香港特色的劇場，但後者有版權問題沒法使用。而我從小就受父親影響很喜歡聽任白戲寶[3]，後來發現喜歡的都是唐滌生的劇本，很喜歡他寫的詞眞正雅俗共賞，非常厲害。唸文化研究時有機會了解神功戲，對粵劇的表演形式很感興趣。再者，唐滌生先生在觀看《再世紅梅記》時離世的傳聞一直在粵劇界流傳，甚至有人謠傳他是被嚇死。這劇本戲裡戲外都有很多可以改編的元素啊。

冒業：浮士德博士的故事是「魔鬼交易」的代名詞，也有思考人類與知識之間的關係，所以它一直以來都很吸引我。當然也有推理哏的意味，日本講談社既有內容以推理爲主的雜誌《*Faust*》（ファウスト，台灣尖端版叫「浮文誌」），也有主要由推理小說獲得的「梅菲斯特獎」（メフィスト賞）。此外，我另一本小說同樣有呼應浮士德。

柏菲思：「八百屋お七」直譯爲「蔬菜店阿七」，據說她是江戶時代第一個因縱

1 九唔搭八：在粵語中指事物、話題之間毫無關係，令人摸不著頭緒。

2 大台劇：大台指無線，大台劇則指無線電視劇集。

3 任白戲寶：任白指任劍輝和白雪仙兩位粵劇名家。一生一旦，堪稱爲香港粵劇史上的代表人物。因此兩人共同演出的劇目，便被愛好者稱爲「任白戲寶」。

火罪被判處死刑的女子，這件事在當時相當震撼，後世以她爲題創作了許多劇目，試圖解釋她冒著性命危險在自家放火的原因。我認爲這故事本身具備能夠寫成推理小說的條件，因此選擇用作改編，加上日本傳統劇目不是人人認識，想借此機會介紹給華語區讀者。

望　日：在確定主題後，馬上有兩個候選劇目浮現在我的腦海，分別是關漢卿《竇娥冤》和威爾第《弄臣》。我本來傾向改編前者，特別是受那個「娥」字吸引，而且作品應該較受華文讀者認識。但深思熟慮過後，我不想因爲我魔改角色而玷污《竇娥冤》，而「弄臣」跟「宦官」恰好是對照，主軸發展不用太大的改變就能寫出我想寫的東西，於是就選定了《弄臣》。

黑貓C：一看到題目就想到中國的劇本，這就是堅定文化自信。

03

近年你最喜歡或印象最深刻的劇作是什麼（包括舞台劇、電視劇等）？

陳浩基：不是老王賣瓜，偵探冰室×劇場空間，譚劍兄原作的《重慶大廈的非洲雄獅》。改編幅度很大，但正好顯出原作小說和舞台劇各自的優點。

望　日：《重慶大廈的非洲雄獅》＋1，畢竟這是「偵探冰室」系列第一部改編

作品。（很實際的答案XD）

文善：最近我特別關注《殺人十角館》的日劇改編，因為那是堪稱影像化難度超高的作品，而效果也相當不錯。當年《愛的成人式》也一樣，而且更利用了觀眾看影視作品的盲點來成就詭計。好看的影像作品很多，這倒讓我留下很深的印象。

譚劍：張飛帆兄編劇的《大狀王》，不管是劇本、音樂、歌詞、舞台製作、演員等全部都達國際水平，好看到我回家後馬上找原聲大碟來聽。很快就聽了過百次，所有對白都倒背如流，可惜我沒能力去唱。

在此特別請大家找〈踏上清源〉那首來聽，這是整個大碟裡意境最高的一首。

夜透紫：糊塗戲班的《瑪麗皇后》，不管是故事還是演員還是美術設計等等部分，都讓我難以忘懷。好感動，好難過，被虐得死去活來但絕對會再去看的那種好看。他們重演的時候因為疫情而無法正式公演，真的很可惜。

冒業：最深刻的是在日本獲得謎之廣大人氣的印度「抗英ＲＲＲ神片」（？）《ＲＲＲ》，Naatu Naatu Naatu Naatu Naatu Naatu Naatu Naatu Naatu Naatu……

柏菲思：最近看過的舞台劇中，以《*Le rouge et le noir L'Opéra Rock*》（《紅與

黑》的搖滾舞台劇）印象最深刻，電影的話近年頗有記憶的是《*Call Me by Your Name*》（台譯《以你的名字呼喚我》）、《*Hold the Dark*》（台譯《暗夜之狼》）、《사바하》（台譯《娑婆訶》）。

04 在〈浮士德殺人事件〉中，「冒業」成為了劇場演員。現實中，你曾經有想過要投身劇場行業嗎（任何職位）？

陳浩基：原作者算不算……？（爆）

文　善：沒有，對我很多朋友來說，我會成為作家已經是很不可思議的事了。

譚　劍：做男優太辛苦了，幕後崗位較適合我。

夜透紫：在朋友推薦下曾經參加過劇場的興趣班，馬上發現自己完全不適合當演員演出。倒是曾經不知天高地厚地試過給教會寫舞台劇劇本，所以就算投身劇場，大概還是會寫劇本吧。雖然服裝設計我也很有興趣。

冒　業：沒有，想投身的應該是「殺人凶手」（！），會讓「冒業」踏上舞台純粹是想被梅菲斯特陷害去殺人，這是致敬已故日本推理作家浦賀和宏（1978-2020）包括《浦賀和宏殺人事件》在內的著作。浦賀筆下的自身形象百變，從殺人凶手、死者、食屍者、被吃掉的屍體，就連強暴的受害人都當過，盡顯其自虐本色。不過話說回來，劇場上的「冒業」只是「扮演原作者去扮演改編其原作的角色（但那角色其實就是作者本人）的舞台劇演員的演員」，所以眞正的「我」最終也沒有投身於「殺人凶手」的行業，而是「陷害梅菲斯特去陷害扮演原作者去扮演改編其原作的角色（但那角色其實就是作者本人）的舞台劇演員的演員成爲殺人凶手的幕後黑手」，一個要用六十字才能準確描述的身分（爆）。

文　善：（小聲）其實冒業已經在某香港電影中處男客串演出……

柏菲思：沒有過投身的想法，假若能試一試的話，大概就寫劇本？學生時代有寫過幾次，因爲本身比較在行寫作，通常學校裡有活動時會被老師或同學推薦負責劇本的部分，當然專業劇本家大概不是那麼簡單。

望　日：這兩年進修期間，其實有想過選修舞台劇或電影劇本創作的課程，希望將來有更多發展的可能性，可惜這些課程都不開放予外系學生修課。或許這是天意，叫我專心做作家就好，改編的事還是留給專業的人來吧。

黑貓C：沒有想過。反而我好奇現在香港有青年會夢想將來投身劇場嗎？有的話我相信他會是個好人。

05

如果你的作品獲改編爲舞台劇，最希望被改編的是哪一部？最不希望被改編的又是哪一部？

陳浩基：最想被改編的作品……大概是本書的這篇？至於不想被改編的就沒有。

文　善：我想說是第一集《偵探冰室》中的〈李氏力場之麻雀移動事件〉，一來預算應該比較低（整套劇就是家中打麻雀），二來如果在觀眾注視下能完成那手法會很有趣。最不希望被改編嘛……身爲作者當然說不出不希望作品被改編，但其他作品好像需要的預算不少，還是不要害人蝕錢……

譚　劍：我希望那些主要靠對白去推動的故事像《偵探冰室・靈》裡的〈禮義邨的黑貓〉和《免費之城焦慮症》裡的〈閃人〉和本書的這篇可以改編爲舞台劇。其他的不喜歡，主因是我覺得不適合，但如果碰到厲害的編劇或預算較大的製作就例外。

夜透紫：我一直公開說了很多次，我很希望《二次緣古物雜貨店》可以改編成眞人版，舞台劇或影視都好，因爲我很希望可以看到由男主角的原形出演男主角。儘管現在這個希望，已經比起單單改編或資金問題更多了一重困難。最不希望嘛……《貓耳摩斯》？雖然讓大家對貓角色眞人化留下恐怖陰影的是電影而不是舞台劇，但是嘛……

冒業：最希望改編的應該是這本吧，但千萬不要找我當演員（笑）。最不希望改編的則沒有。

柏菲思：我認爲小說和舞台劇本身是兩種不同的載體，而我創作時多數以「小說」作爲單位，因此沒有特別想過哪部作品能改成舞台劇。硬是要說的話，《孤島教室》應該較適合，場景轉換不多，角色也集中，主題也表達了一些對教育意義的反思，或者可以做讀劇之類的？

望日：最想改編是《有冇搞錯！我畀咗成千蚊人情去飲，竟然九道菜全部都係橙》（以下簡稱《橙》）。其實寫這部作品時已覺得很適合改編爲舞台劇，因爲前半部分的場景簡單，而且後來劇場空間也曾改編爲讀劇，我很期待作品將來能完整改編成舞台劇（不過要克服其他問題……）。最不想改編的是《當愛情變成一場遊戲》，因爲那是黑歷史。

黑貓C：我不熟悉舞台劇，但我大部分創作都是偏向幻想類，比較脫離現實，也許這部是最適合改編。

06 承上題，如果是電視劇或電影的話呢？如有差別，爲什麼？

陳浩基：沒有特別偏好，我對改編沒有限制或要求。我一直覺得，作家只要做好本分寫好小說就行，能不能改編成受歡迎的作品都是看緣分。

文善：一定是《不白之冤》！因爲整個寫作手法和章節的分法，已經是一部文字版的電視劇了（喊話）。不過如基哥說，改編是緣分，而且在此之前小說還要和影視作品競爭搶眼球呢。所以近年我也嘗試在作品中做不同的嘗試，希望能給讀者不同的閱讀體驗。

譚劍：舞台劇是在舞台上看演員的即時演出，而且在製作成本上跟電視劇（那些超低成本的電視劇不計算在內）和電影相差太遠，後兩者更側重利用畫面說故事，所以在挑選文本上有不少差別。我希望科幻小說《人形軟體》和《黑夜旋律》及推理小說《姓司武的都得死》和《復仇女性的正義》能改編爲電視劇。這幾個故事的劇情較豐富，需要電視劇的長故事體質才能容納。

夜透紫：答案同上。

冒業：當然是《千禧黑夜》，它本來就用影像感強烈的方式書寫，至於能否改編就要看鏡文學了。

柏菲思：這點同樣沒有想過，我想……《偵探冰室》裡寫的三部短篇？畫面感比較重。

望日：《橙》其實也很適合改編成低成本電影或電視劇集，不過我更希望《偵探冰室》內的作品獲影視化，畢竟這能讓更多人留意到這系列，促銷書籍。

（又一個很實際的答案）

07 最後，有什麼想跟讀者說說或分享嗎？

夜透紫：在香港觀看過幾次粵劇演出，感覺都很不同。某些老倌的演出甚至會讓人深刻感受到爲何這種表演形式會日漸式微。以前課堂上教授曾感嘆粵劇要保存下去，也許唯有像京劇一樣，像標本一樣固化，走高檔路線變成精緻藝術品來保存。但近年我注意到像台灣的歌仔戲或布袋戲，還在力求創新留在大眾娛樂的領域。台灣的歌仔音樂劇《1624》野心勃勃地挑戰多語言多形式的殖民歷史故事，《東離劍遊紀》與日本合作讓布袋戲開拓出一片新天地。可見只要有人願意創新，古舊的表演形式不見得必然老死。我還眞的去看了《粵劇特朗普》，雖然大家都覺得整件事只是搞笑，無論是劇本水平還是超時演出等等毛病，都似乎難登大雅之堂，但至少還有人願意嘗試創新。如果你從來沒有認眞欣賞過一次粵劇，眞的很推薦你至少聽一次《紫釵記》。

冒業：〈浮士德殺人事件〉同時埋了《*Fate/stay night*》和《魔法少女小圓》（一部同樣借鑑歌德《浮士德》的作品）各一個哏，大家可以去尋寶。

柏菲思：這次〈Toothless〉爲了呈現女性對愛情的兩種面貌，設計了這樣一個故事，希望讀者喜歡就好，愛你們唷。

黑貓C：作爲作者我把必要的話都留在小說裡面了。

文善：《偵探冰室》能走到第六集眞的很不容易，希望大家能繼續支持，讓這個系列能一直持續下去，將來能有更多香港作家加入這個大家庭。

望日：老實說，《偵探冰室》能夠做到什麼時候眞是未知之數，最近偶爾會有一種好像快做不下去的感覺（精神上和銷量上也是）。根據之前的規劃，系列的頭三集是第一季，第四至六集是第二季，我曾想過「見好就收」，在第六集（也就是這本）出版後就結束。但這樣的話，尚未有機會參加的香港作者就再沒有機會了，想到這點就會覺得太可惜，希望能多撐一會。期望大家可以繼續支持我們，也可以幫忙推廣一下這個系列。（預告：新一季應該會有新作者加入。）

譚劍：現在的出版環境一年比一年艱難，出版的模式也不斷改變（如只有電子書的推理雜誌《*PUZZLE*》），所以，各讀者遇到喜歡的書，不只要購買，也請在社交媒體裡分享，寫書評。去圖書館借書無法支持作者。另外，作者在電子書裡取得的分紅，比實體書要多。而根據最近一年的趨勢（主因是連我這個曾經很抗拒電子書的人也全面轉讀電子書，而我算遲了），「電子書徹底取代實體書」只是時間問題。如果大家要收集實體書，這幾年是最後機會。如果有閒錢，請紙電齊收。

最後，莫理斯兄今年無法參與，希望明年他可以回歸。

陳浩基：希望大家繼續支持華文推理外，也留意一下本地的劇場。香港和台灣有不少默默耕耘的舞台劇工作者，各位有時間的話，不妨購票入場觀看，讓假日除了「逛街吃飯看電影」外還有「看舞台劇」這個選擇。

〈作者訪談〉完

國家圖書館出版品預行編目資料

偵探冰室．劇／ 陳浩基 等 著.
——初版.——台北市：蓋亞文化，2024.10
面；公分.（故事集；37）

ISBN 978-626-384-138-3（平裝）

857.61 113015603

故事集 037

偵探冰室．劇

作　　者　陳浩基、文善、譚劍、夜透紫、冒業、柏菲思、望日、黑貓C
封面插畫　Gami
裝幀設計　莊謹銘
責任編輯　盧韻亘
總 編 輯　沈育如
發 行 人　陳常智
出 版 社　蓋亞文化有限公司
地址：台北市103承德路二段75巷35號1樓
電話：02-2558-5438　傳眞：02-2558-5439
電子信箱：gaea@gaeabooks.com.tw
投稿信箱：editor@gaeabooks.com.tw
郵撥帳號 19769541　戶名：蓋亞文化有限公司
法律顧問　宇達經貿法律事務所
總 經 銷　聯合發行股份有限公司
地址：新北市新店區寶橋路二三五巷六弄六號二樓
電話：02-2917-8022　傳眞：02-2915-6275
初版一刷　2024年10月
定　　價　新台幣 399元
Published and printed in Taiwan

ISBN 978-626-384-138-3

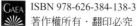

GAEA

GAEA

Gaea

Gaea